달맞이꽃

오탁번 소설 4

달맞이꽃

초판 1쇄 인쇄 | 2018년 12월 10일
초판 1쇄 발행 | 2018년 12월 14일

지은이 | 오탁번
펴낸이 | 지현구
펴낸곳 | 태학사
등 록 | 제 406-2006-00008호
주 소 | 경기도 파주시 광인사길 223
전 화 | (031)955-7580~2(마케팅부)·955-7585~90(편집부)
전 송 | (031)955-0910
전자우편 | thaehak4@chol.com
홈페이지 | www.thaehaksa.com

ISBN 978-89-5966-512-9 04810
ISBN 978-89-5966-122-0 (세트)

오탁번 소설 4

달맞이꽃

태학사

　나는 지금도 1951년 겨울 경상북도 상주까지 피란 갔던 일을 잊지 못한다. 봄이 되어 고향으로 돌아왔지만 집은 불에 타서 흔적도 없었고 먹을 식량도 하나 없었다. 누가 왜 전쟁을 일으켰는지도 모르면서 힘없는 민초들은 생존을 위하여 온갖 고생을 다 해야 했다. 바닥에 가마니를 깐 임시학교에서 노래를 배우고 반공방일의 구호를 외치며 국어와 산수를 배웠다.

　교과서도 제대로 없어서 선생님이 "동해물가 시작!" 하고 외치면 학생들은 노래를 불렀다. 입학하기 전에 어깨너머로 몇 글자 배운 탓이었을까. 나는 처음에 그 노래 제목이 '동해물가'인 줄 알았는데 나중에 교과서가 나왔을 때 보니까 '애국가'였다. 다들 아침밥을 굶고 다녔다. 공부하러 학교에 다닌 것이 아니라 밥을 얻어먹기 위해서 학교에 갔다. 유엔에서 원조한 식량으로 간신히 목숨을 부지하였다.

　외국 여행을 하면 할수록 천등산과 박달재 사이에 있는 내 고향이 더욱 또렷하게 떠오를 때가 많다. 그럴 때면 가난에 짓눌려 원한의 대상으로만 생각했던 내 고향이 본래부터 가지고 있던 독약과도 같은 매력과 못생긴 산과 시시한 강물이 주는 저 천덕꾸러기 같은 아름다움이 내 문학의 원천이라는 사실을 새삼 깨닫게 된다.

1년간의 미국 생활을 마치고 귀국한 1984년 가을, 단편소설 세 편을 썼다. 「아가의 말」, 「달맞이꽃」, 「저녁연기」는 마치 탕아가 오랜만에 고향에 돌아와서 오줌을 눌 때의 평화로움으로 썼다.

「우화의 땅」은 고려사 열전을 읽고 쓴 작품이다. 벼슬을 하기 위하여 제 아우나 아들을 거세시켜서 내시로 들여보낸 놈들의 이야기가 나와 있었다. 사람의 본능 속에 숨어있는 악마와 야만의 몹쓸 모습에 정말 놀랐다.

내가 겪은 80년대가 바로 '우화의 땅'이었다. 헌법을 유린하고 권력을 찬탈하는 자들이나 지식과 신념을 헌신짝처럼 내던지고 권력에 빌붙는 지식인들도 고려 시대 제 자식의 불알을 까는 놈들의 낯짝과 다를 게 없었다. 네미!

2018년 겨울
오탁번

차례

언어의 묘지

하늘에는 눈발이 잔뜩 섰다. 오후 네 시 반. 벽시계의 긴 바늘이 틱 소리를 내며 1분의 칸을 건너뛴다. 모든 게 조용하다. 각 학과 연구실이 오밀조밀하게 들어서 있는 C동 건물은 모로 누워서 새우잠이 든 것처럼 조용하기만 하다. 번듯한 대학 본부 건물 뒤편으로 아무렇게나 벽돌을 쌓아 지어 놓은 작은 C동은 오늘따라 더 적막하다. 요란하던 학생들의 발길도 뚝 끊기고 이따금 청소부가 빗자루와 양동이를 들고 낭하를 오다닐 뿐.

창밖으로 내다보이는 학교 뒷산이 이미 잿빛으로 가라앉고 있다. 다섯 시만 되면 어둠이 재빠르게 내려앉는다. 오늘같이 눈발이 잔뜩 선 날은, 잿빛은 더 맹렬한 속도로 캠퍼스의 구석구석을 찾아 내려덮는다.

졸업생 환송회 포스터, 겨울방학 동안 개최되는 외국어 특강 포스터, 졸업논문 제출을 독촉하는 게시문 등이 어지럽게 나붙어 있는 과 연구실 벽에도 잿빛은 분무기로 뿜는 것처럼 싸하니 달라붙는다. 종강, 그리고 기말 시험. 한 학기의 막이 내린 캠퍼스는 잿빛 어둠에 덮이며 긴 겨울잠 속으로 무력하게 빠져들고 있다.

노크 소리에 기달이는 얼굴을 돌린다. 문이 열리면서 조그만 얼굴이 쏙 들어온다.

"형, 아직 안 나갔어요?"

묘숙이다.

"나갔으면 내가 이렇게 난로 옆에 앉아 있을라구."

기달이는 웃으며 난로 곁의 의자를 가리킨다.

"대학원생은 데이트도 안 해요? 오늘같이 이렇게 스산한 겨울날에도요?"

"그만 까불고. 그래 묘숙인 요즘 뭘 하니? 네 주제에 무슨 특강을 들을 것 같지도 않고."

기달이는 기지개를 켜면서 웃는다. 일부러 기지개를 켜고 하품을 하자, 묘숙이가 의자를 끌어당기며 말한다.

"형은 나를 과소평가하시는데요."

묘숙이는 난로 옆 의자에 궁둥이 끝만 걸치고 앉으며 벙어리 장갑을 벗는다. 장갑 속에서 조그맣고 흰 손이 살며시 나온다. 묘숙의 손을 보자 기달이는 갑자기 가슴이 쿵당쿵당 뛴다. 기달이는 담배를 꺼내어 빨갛게 단 난로 위에 끝을 대고 뱅뱅 돌린다. 담배에 불붙는 냄새가 훅 풍긴다. 담배 연기를 내뿜자 묘숙이가 손가락 끝을 휘저어서 연기를 날린다.

"형은 리포트 다 냈어요?"

"벌써 끝냈지. 이 책 저 책 베껴서 냈어. 교수들이 어차피 읽지도 않을 테니까 나도 대학원생답게 수준 높은 표절을 한 거야."

"수준 높은 표절이라니요?"

"책을 가, 나, 다 이렇게 세 권쯤 펴 놓고, 가에서 조금, 나에서 조금, 다에서 조금씩 베껴 가면서 적당히 주술 관계를 뒤바꾸는 거야. 크라르테 운동과 바르뷔스의 민중예술론에 많은 감명을 받고 귀국한 팔봉 김기진은 우리 시단에 활력을 불어넣으려고 힘썼다, 쯤으로 하는 거야. 우리 시단을 개혁하려고 노력했다라는 말을 활력이니 뭐니로 바꿔서 윤색을 하는 거지 뭐."

"사기꾼."

"아무렴."

기달이는 창밖을 내다본다. 어둠이 한결 더 가까이, 바로 이마 높이까지 와 있다. 기달이는 이마에서 겨울 어둠을 훔쳐내며 말을 잇는다.

"눈이 많이 오겠군."

"……."

다섯 시가 된다. 틱 소리를 내며 긴 바늘이 한 칸을 건너뛴다. 기달이는 망설인다. 어둠에 잠기는 학교 뒷산. 눈이 쏟아지는 겨울 어둠.

"너, 나를 어떻게 생각하지?"

기달이는 퉁명스럽게 말한다. 묘숙이는 코트 속으로 목을 자라처럼 웅크린다. 빤히 건너다본다. 좀 가무잡잡한 얼굴이 좁혀지는가 싶더니 입가에 흰 웃음기를 띤다. 묘숙이의 입에서 눈송이가 날아오른다.

"시시한 대학원생이죠, 뭐."

"그래? 그럼 됐구나. 너 오늘 나하고 연애 한번 하자."

"실험 실습?"

"그래. 숙달된 실험 실습 조교니까."

기달이는 한국어문학과의 실험 실습 조교다. 한국어문학과에 무슨 실험 실습이 있을까마는, 연구 조교, 실험 실습 조교, 이렇게 정원이 두 명인데, 먼저 들어온 조교는 정식 명칭이 연구 조교이고, 지난 학기부터 증원된 조교 한 명은 실험 실습 조교이다. 기달이는 지난 학기에 새로 자리가 생긴 실험 실습 조교로 채용이 되어서, 학생들이 우스개 삼아, '형, 우리 신나는 실험 실습 좀 시켜 주세요.' 하며 짓까불곤 했던 터다. 흑맥주가 새로 나왔다는데, 어떻게 마시는지, 마시면 어떻게 취하는지, 실험 실습을 시켜 달라고 졸라서 바로 지지난 주에는 홀랑 바가지를 썼던 일도 있다

기달이는 뭐 중뿔나게 한국 문학 연구를 하려고 대학원에 진학한 것이 아니었다. 대학 졸업을 하고 곧바로 군대에 들어가고 싶은 게 그의 유일한 꿈이었다. 그러나 그의 유일한 꿈은 이

루어지지 않았다. 4학년 1학기 때 받은 신체 검사에서 그는 운수 사납게도 병종을 받았다. 2학기 때 다시 재검을 받았는데, 그때는 안경을 벗고 검사장에 나갔다. 시력이 약한 그는 재검을 받기 전에 안과에 가서 시력 측정표를 얻어다가 많은 연습을 했다. 시력 측정표의 ○, □, △ 등의 어느 쪽에 틈이 나 있는지도 다 외었고, 실지렁이같이 작은 1, 2, 3, 4의 아라비아 숫자들이 어떻게 배열돼 있는지도 몽땅 외었다. 또 나비, 잠자리, 비행기, 매미 등의 그림이 어느 쪽으로 대가리를 향하고 있는지도 다 외었다. 여러 번 연습을 되풀이했다. 시력이 2.0이 될 때까지 그렇게 했다. 기달이는 물론 2.0이 되었다.

그랬는데도 군의관은 기달이의 속셈을 금방 알아차렸다.

"절대로 시력이 약하지 않습니다."

기달이가 항변하자 군의관은 냉소했다.

"지난봄에 시력이 0.03이었던 사람이 어떻게 몇 달 만에 2.0이 되느냐 말이오? 당신 머리가 돈 것 아니오?"

새파란 군의관은 기달이의 눈꺼풀을 기분 나쁘게 까뒤집으며 웃었다.

"군대가 뭐 야외 캠핑하는 곳인 줄 알면 오해입니다. 무슨 까닭으로 꼭 입대를 하려는지는 모르나, 신체에 결함이 있는 자에게 신성한 병역의무를 지울 만큼 대한민국이 미개한 나라는 아니오."

그래서 기달이의 꿈은 산산조각이 났다. 병역 면제. 사회 진

출이 그만큼 빨라진다고 해서 모두들 구멍만 보이면 병역 면제를 받으려고 아귀 다툼하는 줄을 잘 아는 기달이었지만, 그러나 그의 유일한 꿈이 박살났다는 사실 앞에서 느낀 것은 절망 이외에 아무것도 없었다. 무슨 까닭으로 입대를 하려는지 모르나? 흥, 미친 녀석 같으니라구. 헌법에 명시돼 있는 의무를 하려는 것뿐인데 무슨 까닭이냐고? 기달이는 나오지도 않는 가래침을 신체 검사장 입구에 뱉고 돌아서면서 욕을 퍼부었다.

그래서 기달이는 무목적적으로 대학원에 진학한 것이었고, 빈둥빈둥하는 꼴을 보기 싫어한 지도교수가 다리를 놓아서 지난 학기부터 한국어문학과의 실험 실습 조교로 자리를 잡았다.

"형은 남자면서 왜 그렇게 우유부단하죠?"

대학 설립자의 공적비가 세워져 있는 학교 뒷산 입구에서 묘숙이는 싸움을 걸어 왔다.

"4학년 언니들 중에서도 형을 좋아하는 사람이 몇 명 있다던데, 형은 그런 눈치도 못 채고 맨날 과 연구실 난로나 지키고 있어요?"

이제 3학년인 묘숙이는 좀 되바라지고 올되어서인지, 다른 애들 같으면 조교 형, 조교 선생님 하면서 깍듯이 예의를 차릴 텐데, 툭하면 대들고 아픈 구석을 쑤시곤 한다. 언젠가 기달이가 말했다.

"너, 참 야릇한 아이구나."

"그래서 묘할 묘 자 아니에요?"

이렇게 한술 더 뜨곤 했다. 제 또래의 남학생은 아예 후배 취급을 해 버리고 나서 혼자서 목을 똑바로 세우고 나다닌다.

눈은 나뭇가지 끝에서부터 내려온다. 봄이 되면 새싹이 돋아날 가지 끝에서 흰눈이 잿빛 어둠을 비집고 사선을 그으며 내려온다. 숲길로 조금 접어들자 시내에서 아주 멀리 떨어진 깊은 산 속에 온 듯 모든 게 조용하고 발에 밟히는 가랑잎 소리와 눈이 내리는 소리뿐, 산토끼처럼 깡총거리는 묘숙이만 살아서 움직일 뿐, 무성영화의 필름처럼 스르르스르르 숲의 풍경은 풀렸다 감겼다 한다.

갑자기 기달이는 지금 자기가 삶의 벼랑에 서 있다는 생각이 목젖까지 차올라 온다. 4년 동안 대학을 다니면서 줄곧 갇혀 있다는 생각을 버릴 수가 없었다. 왜? 무엇에? 누구에게? 이따위 ?가 수없이 눈앞에서 알찐거린 적도 있었으나 졸업을 하고 군입대가 좌절된 다음부터는 그런 생각도 일지 않았다. 군대에 들어가서, 차렷! 열중 쉬엇!, 뒤로 돌앗!, 이러한 !속에서 스스로를 분해시키고 싶었는데, 기달이는 이도저도 아닌 말없음표(……)의 시시한 점과 점 사이에 처박히게 되었다. ?에서 !로 가고 싶어했던 것은 육체적 고통을 통해서 보다 큰 정신적 일탈의 한 단서를 붙잡을 수도 있다고 믿었기 때문이었다.

다시 학생의 신분에 유급되고 나서 기달에게는 점점 더 삶이 식어 가는 소리만 들릴 뿐이었다. 대학은 웃음거리가 된 거인 같았다. 대학원생은 그 거인의 발바닥에 기생하는 필요악의 존재였다. 현대시를 전공하는 대학원생이 간단한 김소월 시를 읽고도 조그만큼의 즐거움을 느낄 줄 몰라도 탁월한 논문을 쓸 수 있는 곳, 김유정 소설을 읽으며 그 재미와 익살에 킥킥거리며 웃어 보지도 못하는 문맹의 학생도 소설 비평을 하고 세미나에서 논문을 발표하고 장차 대학교수가 된다는 몽상을 즐기는 기생의 무리들이 안주하는 유일무이한 곳이 대학원이었다. 기달이는 이 세상에서 가장 우스꽝스러운 가숙에 와 있는 셈이었다.

"실험 실습 안 해요?"

묘숙이가 기달이의 얼굴을 빤히 보면서 종알거린다. 소나무 가지 위에서 눈송이들이 푸스스 떨어진다.

"왜 안 해? 내가 숙달된 조교라는 것 몰라?"

"별로."

"정말이야?"

"웃기시네."

기달이는 눈을 한 움큼 집어서 묘숙이의 가슴께로 홱 던진다.

"겨우 눈싸움 실습이에요?"

묘숙이가 키들대며 잠시 도망을 친다. 이름 모를 산새가 그녀의 호들갑에 놀라 푸르르 날아오른다. 산은 이미 어둠으로 꽉 휩싸였지만 그러나 내리는 설광 때문에 꼭 어둡지만은 않다. 형형한 잿빛의 어둠이다.

"묘숙아, 내가 수수께끼 낼 테니 맞춰 봐."

기달이는 묘숙이와 함께 고목 둥치에 기대서서 말한다. 눈송이가 안경알에 자꾸 달라붙는다.

"식인종이 공중목욕탕에 들어가서 뭐라고 말했는 줄 아니?"

"조교 형, 이제 보니 아주 학문적인데요. 그건 인류학? 보건위생학? 그런데 한국 문학하고는 상관없는 문제잖아요?"

"모르지?"

"식인종에 대해서는 백지예요."

"그놈이 이렇게 말했대. 나는 맨밥을 좋아하는데, 왜 물에다 말아 놨느냐!"

"치."

묘숙이가 웃는다. 기달이는 웃지 않는다. 언젠가 1학년생들이 학과 연구실에서 나누던 우스개를 흉내 내고 있는 자신이 갑자기 역겨워진다.

대학 건물 주위의 외등 불빛이 등대불처럼 눈 내리는 사이를 뚫고 숲으로 들어온다. 불빛이 건너오는 넓이만큼의 공간이 꼭 스크린처럼 공중에 길다랗게 펼쳐진다. 기달이는 묘숙이의 팔을 낚아채듯 잡는다. 묘숙이의 쌔근거리는 숨소리가 코 앞에 들린다.

"나는 아주 불량 청년이야. 병역도 면제되고 도덕도 면제된 놈이야, 너 지금 내가 무섭지?"

기달이는 눈송이가 달라붙은 그녀의 조그만 어깨를 껴안는다.

"그냥 무능한 조교인 줄만 알았지?"

아무런 대꾸도 없다. 나뭇가지가 틱 하며 부러지는 소리. 산에 들어가지 맙시다. 이런 팻말이 입구에 세워져 있지만 학교 뒷산은 학생들이 아무 때나 들락날락한다. '요즘 학교 뒷산이 아주 풍기 문란하다면서?' 지난가을 어떤 교수가 학과 연구실에 와서 한 말이다. 기달이는 문득 그 교수의 목소리가 생각난다. 축제가 있을 때 남학생들이 타 대학 여대생을 데리고 왔다가 날이 어두워지면 학교 뒷산으로 잠입해서 별별 짓을 다 한다는 소문은 이미 나 있는 일이었다. 그러나 그 교수도 설마 조교가 제 학과의 학생을 데리고 그런 짓을 할 줄이야 몰랐을 것이었다. 기달이는 주위가 어두워서 보이지는 않지만, 스스로 음흉스럽게 표정을 짓고 나서 웃었다. 나도 한 번쯤 용감해질 수 있는 거야. 올된 묘숙이를 상대로 한번 별별 짓을 다 해 볼 수도 있지 뭐. 그는 혼자서 말하며 또 음흉스럽게 웃어 본다. 그러나 그럴수록 기달이의 가슴이 텅 비어 온다. 이상한 일이다. 기달이는 스스로에게 확인이라도 하듯 말한다.

"너, 날 어떻게 생각하지?"

"……."

"어떻게 생각해?"

묘숙이는 눈을 맞으며 아무 대꾸도 하지 않는다.

"어떻게?"

"⋯⋯."

"응?"

"⋯⋯."

"?"

"⋯⋯."

결국 기달이에게 남은 것은 흰 의문부호뿐이다. 눈은 자꾸만 내린다.

"춘향전에 나오는 글자놀음 알지? 이도령 놈과 춘향 년이 서로 수작하면서 음탕한 짓은 골라 가면서 했거든. 두 입이 마주 닿으니 법칙 려 자 관주요, 흐흐⋯⋯."

묘숙에게로 입술을 가져간다. 눈은 입술에 차갑게 달라붙었다가 따뜻하게 녹는다. 그러나 묘숙의 입술은 닫혀 있다. 열려라, 참깨. 그러나 열리지 않는다.

"형은 참 이상한 사람이다. 묘할 묘 자 이상으로 아주 야릇하다."

산을 내려오면서 묘숙이가 말한다. 기달이는 몸을 잔뜩 웅크리고 비쩍 마른 곰처럼 걸어 내려온다. 네 발로 걷는 기분이다. 대학 설립자의 공적비가 세워진 곳에 이르렀을 때 그 주위에서 눈을 치우던 용원이 플래시를 번쩍하며 그들 쪽으로 얼굴을 돌린다. 늙은 용원은 혀를 끌끌 찬다. 미친 것들, 눈이 이렇게 쏟아지는데 연애를 걸다니.

"내 실력이 원래 졸렬해서 할 수 없지."

"실험 실습 조교 자격이 없네요."

불빛이 밝은 곳으로 나왔을 때 묘숙이가 웃으며 말한다. 기달이도 한결 기분이 나아진다.

"커피 사 줄까?"

"싫어요."

"싫으면 그만둬."

기달이는 안경을 벗어서 손수건으로 닦으며 눈이 쏟아지는 전경을 바라본다. 바닷가에 서 있는 것 같은 기분이다. 학교 앞 거리에서 반짝이는 불빛이 눈 내리는 항구에 정박해 있는 선박에서 나오는 불빛처럼 우유빛으로 다정하게 보인다.

"사 주세요. 형이 사 주는 커피 맛이 얼마나 형편없는지 실험 실습을 해 봐야겠어요."

그들은 캠퍼스를 벗어나서 길을 건넌다. 여기서부터 대학촌이다. 술과 차와 음악이 제멋대로 출렁이고 흐르고 피어오르는 곳, 버지니아 울프가 골목길에서 쓰러지고, 헤밍웨이가 술잔을 던지고, 니체가 가래침을 뱉는 곳, 송강이 술을 토하고 육당이 가락을 읊는 곳. 눈이 쏟아지는 대학촌의 거리는 크리스마스 카드가 쌓인 우편함처럼 얼굴을 붉히고 있다.

"난 오늘 키스하는 법 배우게 되는 줄 알고 기대가 컸는데 ……."

묘숙이는 커피를 홀짝거리며 마시다 말고 기달이를 빤히 건너다본다.

"문이 열리지도 않는데 어떻게 실습을 시킬 수가 있어야지."

기달이는 가슴이 쿡쿡 쑤신다. 담배 연기를 천장으로 후 내뿜는다.

"그것도 못 여는 무능한 조교인 줄은 몰랐어요."

묘숙이는 이 말 한마디를 던져 놓고 밖으로 나간다. 찻집 문이 홱 열렸다가 닫히는 소리를 기달이는 등 뒤로 들으며 그대로 앉아 있다. 가슴속의 모든 것이 증발해 버리는 느낌이다. 눈 내리는 겨울 숲처럼 그의 가슴은 잿빛으로 투명해지다가 마침내 기진한다.

묘숙이를 다시 만난 것은 12월이 다 저문 때였다. 크리스마스도 지나고 졸업생 환송회도 끝나 있었다. 12월 31일. 한 해가 끝나는 날, 기달이는 졸업 논문을 모아서 각 분야별로 지도 교수에게 나누어 주려고 과 연구실에 나왔는데, 뜻밖에도 묘숙이가 문을 두드렸다.

지난 번 학교 뒷산에서 설익은 용기를 내다가 쓴잔을 마신 일이 생각나서 기달이는 좀 쑥스러웠다.

"묵은세배하러 온 모양이구나."

이렇게 얼버무리려 하자 묘숙이는 생그레 웃는다.

"오늘 톱뉴스는 뭐예요?"

과 연구실 게시판에도 한 해는 조용히 숨을 거두고 있다. 지저분하게 나붙었던 게시문들도 다 사라지고, 다만 그것들을 붙였던 압정만이 반짝거린다.

"톱뉴스는 무슨 톱뉴스…… 세모라고 학교가 텅텅 비었는걸."

톱뉴스…… 이렇게 말을 받고 나자 기달이는 한동안 대학가가 항상 시끄러웠을 때의 일이 문득 생각났다. 학생운동의 물결이 수로를 잃은 탁류처럼 캠퍼스에 밀어닥치던 때, 학생들 사이에서는 서로 만나면 오늘의 톱뉴스는 무엇이냐고 묻고들 하였다. 유언비어가 더 많이 톱뉴스 자리를 차지하고 있었다. 떡풍뎅이 비이니 그야말로 풍뎅이 날듯 별별 터무니없는 톱뉴스들이 횡행하였다.

"계열별 모집이 도로 학과별 모집으로 바뀌었다면서요?"

묘숙이는 말장난을 하고 싶은 모양이다.

"그건 벌써 발표된 일 아냐?"

"그래도 톱뉴스는 톱뉴스잖아요? 문교 정책이 이랬다저랬다 하니 웃기는 일 아녜요?"

"이것 봐라. 묘숙이가 갑자기 문교정책 비판자가 될 줄은 몰랐네."

12월 31일은 모든 것이 스쳐 지나가는 날이다. 신문도 안 나온다. 곧바로 새해 신문이 배달되고 이미 12월 30일에 한 해의 실질적인 마무리가 다 끝나고 이날은 그저 덤으로, 묵은해와 새해의 사이에 자리 잡고 있다. 기달이는 그런 줄도 모르고 일찍 과 연구실에 나와 4학년 학생들의 졸업논문을 모아서 과 지도교수에게 전달하려고 했지만 교수 연구실은 하나같이 부재 중의 표시가 되어 있었다. 교학과 사무실도 직원 하나가 나와서 자리만 지킬 뿐 휴무와 다름없었다. 과 연구실로 오던 전화도 뚝 끊겼다. 다른 때 같으면 교학과에서 줄불이 나게 전화를 하고 학생들도 전화를 자주 하곤 하여서 쉴 새 없이 수화기를 들었다 놓았다 해야만 했다.

"바웬사가 자살을 했대요."

"뭐 정말이야? 자유노조 지도자가 정말 자살을 했어?"

기달이가 놀라서 묻자 묘숙은 킥 웃는다.

"그러면 톱뉴스가 될까요?"

"너 참 못된 아이구나. 바웬사는 자유의 상징이야. 농담을 해도 그런 끔찍한 말은 말아야지. 나는 정말인 줄 알고 기겁을 했구나. 바웬사 만세!"

"그럼 오늘의 톱뉴스는 없는 거예요?"

"그래, 아무것도 없어. 입전 없음의 상태야."

"입전 없음……."

"입전 없음……."

이렇게 서로 말하며 자꾸 웃다가 그들은 눈에 괸 눈물을 동시에 훔쳐 낸다.

"그래 그동안 넌 뭘 하고 지냈니?"

"줄곧 후회만 하다가 지쳤어요. 지난번 조교 형한테 문을 열어 줄 걸 공연히 고집 피웠다는 생각 때문에."

기달이의 가슴에 바람이 휙 지나간다.

"나는 문을 열 수 없을 거야. 나한테는 처음부터 그럴 용기도 없었으니까. 묘숙아, 미안하다. 나는 워낙 보잘것없는 놈이어서 아무 일도 감당할 수 없어."

"거짓말."

"정말."

"거짓말."

"정말."

묘숙이가 갑자기 일어서더니 목에서 머플러를 벗는다. 흰 목이 나타난다. 머플러로 가려졌던 가슴도 기달이의 시선을 압박하며 부풀어 오른다.

"요즘 캠퍼스는 공동묘지 같아요. 언어의 공동묘지. 죽어 있는 명사, 부사, 형용사, 동사들만이 있어요. 살아 있는 언어를 찾을 수가 없어요. 한국어문학과에 다니면서도 우리는 늘 죽은 작가와 시인의 무덤만을 파헤치고 있어요. 문학이 과연 이런 것인가요? 교수들은 문학하고는 아무 상관 없는 시대사상만을 강조하고 작가의 인생 편력담이나 늘어놓고……. 캠퍼스가 다 죽어가고 있어요."

묘숙이가 말하는 동안 기달이의 가슴을 지나가던 바람 줄기가 회오리로 변한다. 올되고 되바라지기만 해 보이던 묘숙이의 입에서 심각한 말이 튀어나와 기달이의 앞에 마구 쏟아지는 것이다.

"캠퍼스가 죽어 있다면 우리도 죽은 송장이라는 말이니?"

"그럼요. 조교 형은 살아 있으면서도 죽은 척하죠. 또 그것을 즐기고 있지요. 비열해요. 아주 살아나거나 정말 콱 죽거나 하지 않고 왜 그렇게 우유부단하죠?"

"나는 모든 게 면제된 놈이야. 있으나 마나 한 놈이야. 내가 군대에 가고 싶어한 것도 사실은 더 끈질기게 살고 싶은 욕망 때문이었는지도 몰라. 지성이라는 편리한 가면을 쓰고 기생하는 무리에서 벗어나서 육체로 부딪치는 생활을 하고 싶었던 거야."

그들은 과 연구실에서 나온다. 나오면서 기달이는 묘숙이가 자기와 닮은꼴이라는 생각과 그녀를 정말로 사랑하게 될지도 모른다는 생각이 퍼뜩 든다. 그렇다. 캠퍼스는 묵비권을 행사할 뿐, 모든 죽은 언어들이 권위를 뽐내며 행세하고 있다. 문학은 죽고 문학을 비문학적으로 얘기해 대는 말장난이 난무한다. 그것은 학술 논문과 문학 비평이라는 편리한 가면을 쓰고 나다닌다. 머리 좋은 대학원 학생일수록 재빨리 가면에 익숙해진다. 그래야 강의도 빨리 얻고 전임으로 진출도 빨리 된다. 이렇게 되면 문학이 직업이 되고 월급이 되고 보너스가 된다. 주택 부금, 보험금, 목돈 마련 저축금이 되어 나풀거리며 은행 창구에서 시와 소설은 춤을 춘다.

도서관 앞에서 학생들을 만난다. 기달이에게 인사를 한다. 한국어문학과 학생들이다.

"어디 가니?"

기달이가 안 물어도 될 말을 한다.

"무역 영어 특강에 갑니다. 형은 요즘 만사형통합니까?"

"만사불통이다."

"묘숙이 너 웬일이냐?"

한국어문학과에 적을 두고 무역 영어나 배우러 다니고 통계학 특강이나 듣는 가짜들이 묻는다. 묘숙이는 앞가슴으로 내려온 머플러를 등 뒤로 휙 넘긴다.

"응, 조교 형을 체포해 가는 길이야. 좀 수상한 점이 있어."

"하하, 너 말재주가 A플러스구나?"

"이것 봐, 여기 구속영장도 있다."

묘숙이는 코트 주머니에서 무얼 꺼내어 그들의 웃음 앞에 내어민다.

"이게 뭐지? 이건 판소리 감상회 초대권 아냐?"

"음, 그러고 보니 조교 형하고 데이트하는 중이구나."

"우리는 빠지자. 조교 형, 재미 많이 보세요."

그들은 도서관과 경영관 쪽으로 흩어져 간다.

"지금 우리가 판소리 들으러 가는 거니?"

기달이가 비탈길을 내려오면서 바보가 되어 기분좋게 묻는다.

"그냥 이렇게 걸어가는 거죠, 뭐. 형, 판소리 좋아하세요?"

"글쎄, 뭐 그냥저냥이지."

"그 말씀은 내 맘에 꼭 드는데요."

"뭐가?"

"왜 있잖아요. 판소리다 탈춤이다 하면 요즘 사이비들이 공연히 얼씨구절씨구하면서 좋아하는 척하는 것 말예요. 켄터키 치킨에다 생맥주 마시면서 무슨 판소리와 서민 의식이니 탈춤과 민중 의식이니 하는 작자들 생각만 해도 우스워요. 베드에서 자고 치즈 먹고 하면서 참 웃기잖아요? 그런데 형은 그냥저냥이라니까 솔직해서 좋지 뭐예요."

"그럴까……."

"우리 말이 난 김에 판소리 한번 들으러 갈까요? 마침 초대권도 있으니 밑져야 본전이지, 뭐."

"그래, 오늘은 나 역시 묘숙이한테 체포당하고 싶으니까. 장기 구금도 좋고 무기징역도 좋다."

"호호. 그럼, 형, 고문을 해도 되고요? 거꾸로 매달아 놓고 물 먹이기, 조인트까기, 엎드려 놓고 올라타기도 돼요?"

"외설적인 말도 잘 하누나."

교문까지 나오는 동안에 기달이는 묘숙의 말이 하도 콕콕 쑤시고 우스워서 두 번이나 빙판에 넘어질 뻔했다. 교문을 막 나서려는데, 그때 교문으로 들어오던 파란 승용차가 그들 옆에 멎는다. 차창이 열리더니 최 교수의 얼굴이 나온다.

"어이, 박 군 잘 만났네. 학과 연구실로 전화를 해도 안 받아서 야단났다 했는데, 아주 마침 잘 됐어."

"선생님 웬일이세요?"

기달이와 묘숙이가 그의 앞으로 다가가며 인사를 한다. 최 교수가 뒷좌석의 문을 연다.

"우선 차에 타게. 연구실로 가서 이야기하지."

"저희들 지금 어디 가는 길인데요. 선생님 오늘이 12월 31일입니다. 학교도 텅텅 비었는데요."

기달이가 난감한 얼굴로 말하자 최 교수는 얼굴을 찡그린다.

"알고 있네, 이 사람아, 일이 급하게 됐어. 자, 어서 타!"

기달이와 묘숙이는 할 수 없이 승용차에 탄다. 최 교수는 화가 난 듯 붕하고 액셀러레이터를 밟는다. 뒷좌석의 그들은 앞 등받이에 코를 찧을 뻔하다가 간신히 몸의 균형을 잡는다. 가기 싫은 최 교수 연구실에 닿는다.

"교외 연구재단에서 지급 받은 연구비가 있는데 금년 말까지 중간보고서를 내야 된다는 걸 까맣게 잊고 있었네. 날짜를 안 지키면 이미 받아 쓴 연구비를 도로 토해 놓아야 되거든. 자, 일이 급하게 됐으니까, 조교, 자네는 이걸 가지고 타자기로 보고서 작성하고, 묘숙이는 도서관에 가서 책 좀 빌려와. 빌어먹을, 참고문헌을 그럴싸하게 늘어놓아야 하기 때문이야."

최 교수는 연구실로 들어서자마자 꼬리에 불붙은 강아지처럼 천방지축이다. 기달이는 기분이 몹시 나쁘다. 묘숙이도 입을 꼭 다물고만 있다. 최 교수는 한국 문학을 전공하면서도 남보다 빠르게 외국 대학에 가서 연구도 하다가 온 사람이고 해서, 그의 학문은 어느덧 비교문학의 경지에 도달하고 있다는 정평이 나 있는 40대 초반의 인물이다. 좀 반지빠르고 이기적이어서 학생들 사이에 인기는 없지만, 그래도 대외적으로는 이름이 널리 나 있다. 신문이나 잡지, 그리고 심심찮게 텔레비전에도 나오는 활동적인 사람이다. 연구실은 거의 잠겨 있고 밖에서 많은 활동을 하는 교수인데, 12월 31일에 연구실을 나온 걸 보면 일이 급하기는 급한가 보았다.

도서관에 갔다온 묘숙이가 빈손으로 와서 최 교수에게 말한다.

"도서 대출을 안 해요. 연말이어서 직원들이 일찍 퇴근을 했대요."

"뭐라고? 아니, 대학 도서관이 연말이라고 일을 안 해?"

최 교수는 도서관으로 전화를 건다.

"도서과장 바꾸시오. 뭐요? 오늘 일이 끝났다고요? 당신들 정신이 있소? 요즘이 어느 때인데 근무를 그따위로 하시오? 뭐? 연말은 오전 근무라고……. 누가 그렇게 시켰소? 예? 총장님께서? 아, 알았습니다. 죄송합니다."

전화를 끊고 난 최 교수는 풀이 죽어 있다가 한참 후에 기달이에게 말한다.

"이것 봐, 조교, 참고문헌은 이렇게 하면 되겠군. 자, 이 책에 적힌 참고문헌 중에서 적당히 대여섯 개를 뽑아서 쓰지. 그게 그거지 뭐. 이 친구가 참고한 문헌이면 믿을 만하니까."

그가 서가에서 빼어 준 책은 다른 학교의 교수가 쓴 『한국 문학의 사회적 위상』이라는 책이다. 이렇게 해도 됩니까? 하는 소리가 목젖까지 올라왔다가 배꼽 아래로 내려간다. 시키는 대로 하면 되지 내가 알게 뭐야. 이렇게 생각했기 때문이다. 기달이가 타자를 치는 동안 최 교수는 담배만 뻐끔뻐끔 피우고, 묘숙이는 조바심이 나는지 자꾸 시계를 본다.

"자, 수고했네. 이만하면 연구재단에서 깜짝 놀라겠구나. 나가는 길에 이 보고서를 재단에 전해 주게. 여의도에 있으니까 찾기 쉽지. 광명 빌딩 567호야."

최 교수는 기분이 좋은지 기달이의 등을 툭툭 두드린다. 기달이는 기분이 언짢지만 할 수 없는 일이라는 생각을 한다. 조교는 원래 이런 귀찮은 일을 하는 것이니까. 연구실에서 나오려고 하자 최 교수가 부른다.

"이것 가지고 가게. 교통비야. 우리가 학교 다닐 때는 교수님 심부름도 제 돈 써 가며 했지만 요즘은 그러면 안 되지. 어디까지나 계산은 분명해야지."

최 교수는 지갑에서 지폐 한 장을 꺼내어 기달이에게 준다. 빳빳한 1천 원 짜리다.

그들은 다시 교문 앞으로 나온다. 묘숙이가 갑자기 깔깔 웃는다.

"최 선생님 노랭이죠?"

"글쎄, 영등포까지 심부름시키고도 교통비 안 주는 교수도 있는데, 뭘."

"연구재단에 갈 거예요?"

"그럼 가야지. 이 보고서 갖다 줘야 되잖아?"

"형은 오늘 내가 체포했는데 누구 마음대로요? 아까 무기징역도 좋다고 했잖아요?"

그때 택시 한 대가 그들 앞에 와서 서고 승객이 내린다. 묘숙이가 기달이의 등을 밀어 태운다. 택시가 달린다.

"아저씨, 요금이 천 원 될 때까지만 가요."

"예? 아주 재미있는 아가씨구만요."

운전수가 껄껄 웃는다. 택시는 달린다. 택시는 용감하다. 큰 버스와 트럭의 사이사이를 떡풍뎅이처럼 요리조리 날쌔게 달린다.

종각을 지나자 요금이 1천 원이 된다. 그들은 광화문에서 내린다. 잠시 말없이 길가에 서 있다. 사람들이 바쁘게 걸어간다. 저만큼 휴지통이 보인다. 연기가 모락모락 난다. 누가 담뱃불을 버린 모양이다. '휴지는 휴지통에.' 양동이 모양의 둥근 휴지통의 허리에 씌어 있는 글씨가 기달이의 눈으로 들어온다. 기달이는 묘숙이의 어깨를 툭 쳐서 휴지통을 가리킨다. 그쪽으로 간다. 기달이는 최 교수의 연구 중간 보고서가 담긴 봉투를 휴지통 속에 쑤셔 박는다.

"오늘 톱뉴스가 마침내 생겼네요."

묘숙이가 킥킥거리며 웃는다.

"연구비와 휴지통, 어때요?"

"흐흐, 그래. 좋구나. 휴지는 휴지통에!"

기달이는 웃는다. 겨울 하늘이 광화문 거리에 내려와서 천막처럼 퍼덕인다.

"오늘 형 만나려고 저금통을 털었어요. 글쎄, 부지런히 저금을 했는데도 3만 원 정도예요. 오늘 2만 원만 쓰겠어요."

묘숙이가 기달이의 팔을 잡아끌면서 말한다.

"오늘은 실험 실습이 아니고 정말 고사를 치르는 거예요. 합격하길 빌어요."

"나는 신체검사에서도 불합격했는 걸. 시력이 나빠서 말야."

"시력은 약해도 돼요. 눈이 좋으면 도주할 곳을 찾을 위험이 있으니까요."

"정말 묘숙이는 나를 체포해 가는 기분이구나?"

묘숙이가 기달이의 팔을 꼬집는다. 기달이는 갑자기 눈에 눈물이 날 지경으로 웃음이 왁왁 터져 나온다. 기달이는 자꾸 웃고 묘숙이는 자꾸 그의 팔을 꼬집는다.

(소설문학, 1982)

비중리 기행

고구려 석불상이 남한에서 처음으로 발견된 것은 1980년 7월 초의 일이었다. 충청북도 청원군 북일면 비중리의 옛 사지에서 발견된 삼존불상은 D대학 학술조사단이 1년 전부터 여러 차례 사전답사를 한 끝에 그해 여름에 마침내 확인하게 된 것이었다.

이 사실은 5세기 말에서 6세기에 걸쳐 고구려가 현재의 충청북도 일대를 지배했다는 사기의 기록을 뒷받침해 줄 뿐만이 아니라, 고구려 불상 연구에 결정적 자료를 제공해 주는 것이어서, 그해 7월의 각 신문들도 대대적으로 고구려 석불상 발견을 보도하였다.

D대학 박물관은 관장 정장식 교수를 중심으로 매년 학술조사단을 구성하여 충북 일원의 고구려 유적을 끈질기게 답사하여 왔는데, 그때의 청원군의 석불상 발견으로 드디어 획기적인 성과를 거두게 된 것이었다. 그 전전해에 이미 충주에서 중원 고구려비를 발견하여 그때까지 고구려의 남진 세력권에 대

해서 가설 수준에 머물러 있던 고구려사 연구에 결정적인 증거를 제시해 주었고, 또다시 석불상의 발견으로 고구려의 남진 세력권이 충주 훨씬 이남까지 그어질 수 있다는 증거를 찾은 것이었다.

북일면 비중리에서 발견된 석불상은 본존여래좌상을 중심으로 양쪽에 협시보살의 입상을 거느린 삼존불상인데, 간다라 불교예술의 특징을 화려하게 간직하고 있는 것으로 판명되어서 그 가치가 더욱 높았다.

학술조사단을 실은 버스는 그해 7월 초 첫째 주 토요일 이른 아침 D대학 박물관 앞에서 출발하였다. 그해의 대학 1학기가 격랑 속에서 침몰한 뒤였으므로, 정식 조사단원이 아닌 교직원들도 많이 참가하여 버스는 좌석이 만원이었다. 더군다나 나같이 D대학 직원도 아닌 사람까지 몇몇 끼어 있었기 때문에 더 그랬다.

"그림 소재 많이 찾겠구만. 유적 조사현장은 그림쟁이도 한 번쯤 봐 둬야지."

나에게 이렇게 말한 사람은 최명인 교수였다. 최는 D대학의 국문학과 전임교수인데 나와는 대학 동문이었다. 나는 미술대학에서 서양화를 전공하여 지금은 K대에 전임으로 출강하고 있어서, 그와 자주 만나는 것은 아니었지만, 어쩌다 동창회에서 마주치면 항상 아웅다웅 입씨름도 하고 우스개도 잘 나누는 사이였다.

"자네가 뭐 그림을 알기나 하고 하는 소린가?"

내가 핀잔을 주자 그는 내 옆구리를 쿡 찔렀다.

"이 사람아, 알고 하는 말은 모두 허위일세. 모르고 하는 말이 진실이라는 것 몰라?"

그는 청주에까지 닿는 동안에 이런저런 우스개를 계속하였고 나는 그저 듣는 입장만 취하고 있었다. 그의 믿지 않은 허튼수작을 보면서도, 나는 그가 우스개 삼아 말한 허위와 진실이라는 상반된 두 개념을 골똘히 생각하고 있었다. 사물의 허위와 진실이라는 이 무한반복의 괴로운 상념에 짓눌리는 것은 나의 나쁜 버릇이었다. 생각할 필요도 없고 또 생각해봐야 아무 쓸모도 없는 일들을, 그 당시 나는 마치 이미 단물이 다 빠져 뱉어 버려야 할 껌을 자꾸 씹고 있을 때처럼, 생각하고 또 생각하다가 제풀에 지쳐버리곤 하였다.

그 버릇은 나의 직업이 완전 정지된 것과 때를 같이 하여 시작되었다. 좀 더 자세히 말하면 미술 실기 시간에 어이없게도 누드모델에게서 보이콧을 받았을 때부터였다. 그해 1학기에 2학년 학생을 대상으로 하는 나체 실기 시간을 내가 맡고 있었는데 정말 어이없게도 모델한테 나는 보이콧을 받았던 것이다.

"김 교수, 당분간 야외 실기 지도를 맡아 주시오."

주임교수의 말을 듣고 나는 갑자기 학기 도중에 교수를 교체하는 이유를 안 물을 수가 없었다.

"좀 이상한 일이 생겼소. 김 교수, 오해는 마슈."

그가 말하는 이상한 일은, 나체 실기를 내가 더 이상 담당하면 모델이 나오지 않겠다고 한다는 것이었다. 이미 실기가 시작된 뒤여서 다른 모델을 채용할 수도 없는 일이었다. 그 말을 듣고서야 나는 일의 앞뒤를 대강 짐작할 수 있었다. 바로 그 지난주의 일이었다. 학생들이 열심히 데생을 하고 있을 때, 나는 학생들 사이를 이리저리 다니며 간단히 잘못된 곳을 지적하고 있었다. 그런데 갑자기 학생들이 술렁거렸다. 나는 고개를 들고 모델이 포즈를 취하고 있는 쪽을 바라보았다. 얼굴을 돌리고 두 손으로 국부를 감싸고 있는 모델의 이상스러운 자세가 눈에 들어왔다. 미술대학에 모델로 고용된 여자는 그 방면의 직업여성이어서 새삼스럽게 부끄러움을 탈 리가 만무할 텐데도 그 모델은 시선을 돌리며 마치 나를 경계하는 듯한 자세였다.

"선생님, 밖으로 나가세요."

과 대표 학생이 내 등을 밀며 말했다. 기분이 좋은 편은 아니었으나, 그 후 그 일을 그다지 심각하게 생각하지는 않았었다. 아무리 직업모델이기는 해도 내가 남성이니까 부끄러움을 느낄 때도 있겠지, 하는 생각만 잠시 하면서 냉소했을 뿐이었다.

"김 교수한테 연정을 느낀 것 아닐까……."

주임교수는 키들대며 웃었다.

"모델이 교수를 남성으로 대하다니 참 묘한 일이구만."

내가 그의 방을 나올 때 내 귀를 울리는 이런 말들을 들으며 나는 온몸의 기운이 쭉 빠지는 것을 느꼈다.

그해 5월의 캠퍼스는 몹시 파도가 심하였다. 총장이고 교수고 간에 한 번 그 파도에 휩쓸리면 익사할 정도로 캠퍼스의 구석구석은 파고가 높았다. 모든 것이 살아서 펄펄 뛰고 있었다. 그때 나는 이 펄펄 뛰는 파도를 화폭에 담을 엄두를 내지도 못한 채, 고성의 성곽이나 담 같은 굳어 있는 것만을 골라 가면서 화폭에 담으며, 고의적으로 대학가의 물결을 외면하고 있었다. 살아서 넘실대는 것을 찾는 예술정신이 아니라 이미 죽어 있는 것을 다시 죽이는 작업에만 몰두하고 있었다. 죽어 있는 것을 재생시킨다고 나는 스스로에게 거짓말을 했지만 그것은 허위였다. 갇혀 있는 것, 죽어 있는 것을 어찌 살려낼 수 있단 말인가.

나는 캠퍼스 곳곳에서 출렁이는 파도 소리가 무서웠다. 이러한 무섭장이 겁쟁이인 내가 동료교수나 학생에게 배척을 받은 것이 아니라, 하루 시간당 3천 원을 받고 나오는 직업모델한테서 배척을 받았다는 사실은, 그 후 며칠 지나는 사이에 굉장한 힘으로 나의 위선적인 작업을 송두리째 내팽개치는 힘을 지녔던 것이다. 나는 이때부터 완전히 고립되었다. 삶과 죽음, 허위와 진실, 자유와 구속 등의 상반된 것들을 되씹다가 무기력에 빠지곤 하였다.

파도가 중간에 끊어지고 여름방학이 나의 자학 앞에 일찍 찾아왔다. 그때 D대학 박물관에서 답사를 가는데 버스 자리가 몇 개 여유가 있으니 동행하자는 전갈이 최 교수로부터 왔던 것이다. 나는 도대체 이 수천 년 전의 죽음을 찾아다니는 자들이 과연 어떤 정체인가를 구경하면 스스로에게 위안이 될지도 모른다는 얕은 궁리로 따라나섰던 것이다.

차창 밖에서는 7월의 푸른 생명들이 넘실대고 있었다. 버스가 경부고속도로를 벗어나 조치원에서 청주 쪽으로 접어들기 시작했을 때 단장 정 교수가 마이크를 들고 일어섰다. 키가 땅딸막하고 야무지게 생긴 그는 50대 중반의 사내였는데 등산모에 잠바에 워커에 꼭 등반대장 같은 차림이었다.

"학술조사에 참가해 주신 여러분께 감사드립니다. 특히 오늘은 저희 대학 부총장님께서도 참석해 주셨고, 또 고고학의 권위자이신 황진혁 선생님께서도 와 주셨습니다."

짝짝짝 박수가 터졌다. 맨 뒷자리에서 카메라 셔터 소리가 났다. 나는 고개를 돌려 그쪽을 돌아다보았다.

"문화부 기자들이야."

옆자리의 최가 말했다. 버스 맨 뒷자리에는 그만그만한 젊은 이들이 카메라를 메고 앉아 있었다.

"문화부 기자? 그럼 오늘 학술답사에서 틀림없이 고구려 석불상을 찾아낸다는 확신이 있는 모양이구만?"

나는 담배를 피워 물면서 말했다. 그사이에 단장 정 교수는 청원군 일원의 지도와 또 고구려가 남진했다는 삼국사기의 기록을 복사한 것을 〈답사자료〉라는 이름으로 묶어 대원들에게 나누어 주고 있었다.

"이미 정 교수가 사전답사를 여러 번 했으니까 자기 나름으로는 확신이 선 거야. 그래서 오늘 신문기자와 석불상을 확인해 줄 권위자를 대동하고 가는 거지. 말하자면 한탕 하는 날이지."

"그렇다면 답사라기보다는……"

내 말을 끊고 최가 말했다.

"축제야. 축제를 벌이는 거야. 아득한 저 옛날 석불상을 만든 고구려의 석수들과 함께……."

버스는 어느새 청주시의 입구로 들어섰다. 길 양쪽으로 드리운 플라타너스의 터널이 하늘을 가렸다. 상행선과 하행선이 각각 플라타너스의 울창한 궁륭으로 갈라져 있는 시의 진입로는 참으로 상쾌한 7월의 기쁨 그대로였다.

버스는 청주시 문화원 앞에서 잠깐 멈추었고, 대원들은 문화원 여직원이 끓여 주는 뜨거운 차를 마셨다. 단장 정 교수는 그곳에서 청주의 지역신문 기자와 방송국 기자를 우리에게 소개하였다. 나는 물론 순전히 구경하는 입장이었으므로 지역신문 기자들의 술렁거림 같은 것을 눈여겨볼 생각도 나지 않았다. 다만 청주가 교육도시라는 점, 그리고 내륙지방의 가장 유서 깊은 도시라는 점을 차를 한 잔 마시며 내다본 거리의 풍경들을 보면서 다시 상기하고 있었다. 소나기가 한줄기 쏟아지고 개인 것처럼 거리의 가로수와 지붕들과 상점의 유리문이 모두 깨끗하였다.

버스는 청주시를 벗어나서 북행하기 시작하였다. 상당산성을 오른편으로 끼고 올라갔는데 가다가 보니 '초정'이라고 큼직하게 쓰인 이정비가 보였다.

"유명한 약수터 가는 길이야."

옆자리의 최 교수가 말했다. 초정약수는 나도 이미 들은 적이 있었다. 서울에 사는 사람들도 초정약수에서 가져온 미네랄 워터를 박스로 들여놓고 마시는 것을 본 일도 있었다.

"서울이 싫어졌어. 도무지 눈을 뜨고 볼 수가 없지 뭐야."

최가 혼잣목소리로 말하고 있었다. 차창 밖에 펼쳐진 시골의 꾸밈없는 풍경은 너무도 순박하게 고왔다.

"종로나 청계천에 나가면 눈도 못 뜨겠더구만. 눈이 따가울 지경이야. 모든 게 오염되고 찌든 서울에서 아귀다툼을 하는 우리들이 불쌍하지."

최는 담배를 나에게 권하면서 한탄조로 말했다. 나는 담배를 피워 물었다.

"이렇게 시골에 와 보면 서울이 얼마나 가식과 위선의 도시인 줄 새삼스럽게 생각이 나는군."

"국문학 하는 줄 알았더니 언제부터 공해 문제 연구로 돌아섰나?"

"나는 지금 단순한 공해 문제를 말하는 게 아닐세."

버스가 비포장도로로 접어들기 시작했다. 논밭에서 일하던 농부들이 허리를 펴고 버스를 향하여 손을 흔드는 모습이 보였다. 농부들이 손을 흔드는 모습을 보았을 때 나는 가슴에 왈칵 와 닿은 것이 있음을 느꼈다. 그게 무엇인지 나는 그때 당장은 알 수가 없었다. 그렇다. 나는 그때 풍경의 표면 구조만 보고 있었기 때문이었다. 최가 서울의 공해와 오염을 이야기했을 때도 마찬가지였다. 뒤미처 생각해 보니, 그는 상징적으로 무엇을 말하고자 하고 있었음이 분명했다. 그것은 그가 나에게 한 말로써 증명된다.

"자네는 그림쟁이라서 매우 단순하구먼. 그러나 그림도 보이는 것만 그려서는 안 될 것이네. 우리에겐 말이야, 보이지 않는 것, 아니 보면서도 자각하지 않는 것이 너무 많아."

나는 그의 말을 다 이해할 수는 없었지만, 나를 보이콧한 누드모델의 진의도 최가 나를 비난하는 것과 일맥이 통할지도 모른다는 엉뚱한 생각이 들었다. 어깨가 좀 좁구나, 코의 명암이 틀렸는데, 머리카락을 더 세밀히, 가슴을 더 생동적으로 그려야 되겠구나…… 내가 실기 시간에 하는 지도는 겨우 이 정도였다. 그리고 나는 어느새 예술보다는 단순한 기술을 지도하는 교사의 수준에 안주하는 화가가 되어 있었다는 생각도 동시에 났다. 시간당 3천 원을 받고 누드모델로 서야 하는 인간의 고통과 비애를, 그렇게 만든 환경과 시대와 역사를 나는 전혀 생각지도 않고 있었다. 인간의 고통과 비애를 눈여겨보지 않는 예술가가 과연 존재의미가 있는가. 나는 흔히 인간의 환희와 아름다움을 화폭에 담는 것이 회화의 임무라고 생각하였지만, 그것은 현실을 편안히 살아가려는 자기기만에 불과했다는 생각이 들었다. 나는 그때까지 죽어 있는 사물만을 쫓아다니며 그림을 그렸다. 그것은 채집이지 예술이 아니었다…… 이런 뒤엉킨 생각들이 버스가 목적지인 북일면 비중리에 와 닿았을 때는 큰 바위처럼 내 가슴을 짓누르고 있었다.

일행은 버스에서 내렸다. 나는 일행의 맨꽁무니에서 그들을 따라갔다. 대원들은 여러 가지 짐을 지고 걸어갔다. 목적지가 상당한 거리에 있겠거니 짐작되었다. 잠자리떼가 한가롭게 날고 동네 아이들이 대원들의 울긋불긋한 옷차림을 신기하게 구경하면서 따라왔다. 그러나 내 생각과는 달리 답사현장은 의외로 가까웠다. 버스를 세워놓은 길에서 불과 5백 미터도 안 되는 거리에 있는 마을 입구였다. 거기 작은 동산이 하나 있고 그 옆으로 과수원이 있었는데, 과수원은 손을 보지 않아서 잡초가 무성했다. 과수원 옆으로 닭장이 몇 개 있어서 닭똥 냄새가 후덥지근하게 퍼지고 있었다.

"석불상이 이런 동네 가운데 있다니 좀 수상한 일 아닌가? 심산유곡에 있어야 될 것 아니냔 말일세."

내가 최 교수에게 말하자 그는 웃었다.

"여기가 고구려 때 절터였대. 지금이야 동네 한가운데지만 천몇백 년 전에는 동네와 멀리 떨어진 깊은 산속이었을 수도 있는 일이니까."

그의 말을 듣고 보니 과연 그럴 수도 있다는 생각이 들었다.

대원들은 작은 동산 위로 올라가서 텐트를 쳤다. 그리고 〈D 대학 학술조사단〉이라는 붉은 깃발을 달았다. 그리고 배낭에서 한지와 커다란 붓과 먹방망이와 먹물 등을 꺼냈다. 야전용 삽과 괭이도 나왔다. 나는 대원들이 바삐 움직이는 모습을 지켜보면서 비로소 어떤 설레임이 마음속에서 일고 있음을 스스로 느꼈다.

"석불상이 어디에 있단 말인가? 땅속에 깊이 묻혀 있는 것 아닐까?"

내가 최 교수에게 묻자 그는 또 씩 웃기만 했다. 나는 동산 아래로 내려가서 과수원 안으로 들어갔다. 퇴락한 과수원은 아무도 가꾸는 사람이 없는지 두엄더미가 아무렇게나 썩고 있고, 우거진 잡초 속에서 개구리가 펄쩍펄쩍 뛰고 있었다. 거기서 나는 사과나무 아래 있는 다 쓰러져 가는 비석 하나를 보았다. 비문도 다 마멸된 것이어서 그저 평범한 입석 같았다.

"이 일대가 고구려사 연구에 있어서 아주 귀중한 지역이 될 지도 모른다고 하더군."

어느새 나를 따라온 최 교수가 뒤에서 말했다.

"여기가 바로 절터였고 이 일대가 고구려의 세력이 가장 막강할 때 신라와 대치한 곳이라는 거야. 우리는 흔히 한강을 전후로 해서 고구려의 세력권을 금 그으려는 습관을 가지고 있지만 사실은 그게 아니라는 거야. 만일 오늘 고구려 석불상이 확인되면 역사 학계에 큰 파문을 던질 거야. 이것 보게나. 이 입석도 그냥 돌이 아니잖은가? 이 일대에는 논이나 밭에서 기왓장이 많이 출토된다고 하는군."

"자네는 역사학 전공도 아닌데 보통 이상이야."

나는 이렇게 말하고 고개를 들어 사방을 둘러보았다. 전형적인 농촌의 모습이었다. 동네 뒤로는 야산이 있고 넓지 않은 경작지들이 마을 앞으로 널려 있고 그 사이로 경운기가 지나가는, 어디서나 볼 수 있는 농촌이었다. 그림을 그리는 나는 이곳에서 기껏해야 산과 지붕과 논밭이나 적당한 구도로 화폭에 담고, 또는 닭장 앞에서 일하는 농촌 아낙네와 닭 모이를 주는 배꼽을 드러낸 소년이나 그릴 수 있을 것이었다.

"자, 올라가 보세. 자네가 궁금해하는 석불상이 어디 숨어 있는지 말야."

나는 최 교수의 말을 따라서 조사단원들이 모여 있는 곳으로 갔다. 동산의 한쪽에서 단원들이 삽과 괭이를 들고 풀밭 속에서 작업을 하고 있었다. 쇠똥 냄새도 진하게 풍겨 오고 있었다. 마을에서 나온 노인들이 지팡이를 짚고 서서 대원들이 일하는 모습을 지켜보고 있었다.

"밭에서 기왓장 깨진 것이 자꾸 나오고 해서 이상하다 했지만 설마 우리 동네에서 부처님이 나올 줄이야 누가 알았겠나
……."

"이 사람아, 부처님이 아니고 석불상이 있다는 거네. 부처님

이 여기서 나오면 이 동네가 극락이게?"

마을 노인들이 서로 이야기하고 있었다. 젊은 사람들은 모두 일하러 가고 마을에는 노인과 아이들만 남아 있을 것이었다.

바께쓰에 물을 떠 가지고 오는 대원들도 있고 막걸리 통을 힘겹게 메고 오는 대원들도 있었다. 작업은 서너 군데에서 진행되고 있었다.

나는 무료했다. 화필을 어서 다시 잡아야 한다는 초조한 생각이 어느새 나는 절대로 화필을 잡을 수 없으리라는 절망으로 바뀌고 있었다. 모두들 긴장하여 작업을 하고 있는데, 나는 오로지 깊은 구렁텅이로 가라앉는 것 같은 알 수 없는 절망에 짓눌려 있었다. 소나무에 기대어 거기서 풍겨나는 풋풋한 송진 내와 불어오는 무더운 바람을 맞으면서 나는 줄곧 이런 생각에 짓눌려져야 했다. 문득문득 실기 시간에 나를 보이콧한 누드모델의 모습이 생각났지만 나는 그때마다 머리를 흔들며 그것을 지워 나갔다.

미술대학 다닐 때의 일이었다. 젊은 대학생들은 여자 알몸을 더 가까이서 그리려고 모두 앞자리를 차지하려고 소란을 피우곤 했다. 모델을 잘 그리려는 마음에서라기보다는 여자의 나체를 구석구석 세밀하게 구경하려는 호기심 때문이었다. 그때 지도교수가 한 말이 생각났다.

"지금 저 모델은 자연스러운 자세가 아니네. 여러 학생들이 예술작품을 하겠다는 순결한 정신으로 통일돼 있어야만 모델의 자세가 비로소 자연스러워지는 거네. 인체를 잘 그리지 못하면 좋은 그림을 절대로 그릴 수 없네. 인체는 우리가 그리려는 사물의 가장 기본이며 또 궁극이지. 그것은 하나의 우주야. 모델은 예술의 시선 앞에서는 오로지 아름다움만을 표현하지만 조금이라도 잡스러운 기운이 있으면 그 아름다움은 굴절되고 곡해되어 나타나는 법이다……."

교수의 말은 정말 옳았다.

그 후로 경험해 보니 어떤 직업모델이라도 교수의 말을 그대로 실천하는 것이었다. 그런데 대학교수가 된 나는 무엇인가. 모델한테서 보이콧을 당하고 치욕 속에서 뒹굴고 있다니. 나는 어느새, 그림 몇 장이 화랑가에서 제법 돈으로 바뀌고 누구나 알아주는 중견화가가 됐다고 해서, 그때 그 교수가 말한 예술의 순수한 정신을 스스로 비하하고, 외면하고, 마침내 예술 자체한테서 버림받고 있는 것이었다.

주위가 떠들썩해서 나는 고개를 흔들고 그쪽으로 가보았다.

"바로 이겁니다. 여러분 이리 가까이 와 주세요."

단장 정 교수가 손뼉을 치며 말했다. 동산 비탈에 비스듬히 박혀 있던 커다란 바위를 바로 세워놓은 모양으로 바위 주위로는 흙이 수북이 쌓여 있었다. 그는 물 바께쓰를 들고 바위 위에 부었다. 그러고 나서 풀비로 바위에 묻은 흙을 씻어 내려갔다. 바위 한쪽은 이끼가 다닥다닥 붙어 있었다. 모두들 조용한 가운데 대원들이 하는 작업을 지켜보았다. 소나무 가지에서 매미가 울기 시작했다.

이끼와 흙투성이었던 바위는 물로 씻어내자 차츰 다른 모습을 드러내고 있었다. 내 눈에도 그냥 산에 뒹굴고 있는 평범한 바위는 아닌 것으로 보였다.

"자, 그 바위를 이쪽으로 가져오시오."

단장이 소리치자 거기서 10여 미터 떨어진 곳에서 흙에 반쯤 묻혔던 바위를 젊은 대원들이 목도를 해서 옮겨왔다. 그 바위도 마찬가지로 씻어냈다. 그리고는 그것을 먼저 있던 바위 위에 올려놓았다.

"아, 딱 맞는구먼. 여기서 떨어져 나간 것이네그려."

마을 노인들이 한마디씩 하였다. 단장은 조금 전의 두 개의 바위보다는 약간 작은 것을 또 옮겨 오라고 지시하고 똑같은 동작으로 물로 씻어냈다. 그것을 두 개의 바위 왼쪽 옆에 세워놓았다. 몇 번이고 몇 번이고 물을 붓고 풀비로 정성껏 씻어 내려갔다.

"정 교수, 틀림없는 것 같소!"

고고학의 권위자라고 버스에서 소개되었던 황 선생이 말했다. 나는 최 교수와 함께 단장 옆으로 다가갔다. 그리고 방금 한데 모아놓은 바위의 모습을 자세히 보았다. 바위는 그때 서서히 살아나기 시작하고 있었다. 많이 마멸은 되었지만 분명하게 둥근 선이 어떤 형태를 지으며 살아나고 있었다.

"자비로우신 부처님이군. 대단한데! 부처님이 눈을 떴네그려!"

최 교수가 흥분되어 말했다.

"단장님 축하합니다. 굉장한 것을 발견했군요."

그러나 단장은 최 교수의 말은 듣지도 못한 모양이었다. 그는 한동안 아무 말도 없이 바위 앞에 서 있었다. 바위를 지켜보는 대원들도 마찬가지였다. 한참 후에 손을 마주 잡고 똑바로 서더니 그는 바위 앞에 합장을 하고 절을 하였다. 한 번 두 번 세 번. 그는 경건한 모습이었다. 고고학의 노대가도 합장을 하고 나서 감개무량한 표정으로 바위를 쓰다듬었다. 아니 쓰다듬는 게 아니라 꼭 살아 있는 사람의 맥을 짚어 보듯 천천히 위에서부터 더듬어 내렸다.

"삼존불상입니다. 왼쪽 협시보살은 찾을 수 없지만 여기 있는 본존불과 우협시보살만으로도 확실합니다."

신문사 기자들이 단장과 황 선생을 둘러싸고 질문을 하기 시작했다.

"이것이 고구려 석불이라는 것을 어떻게 알 수 있습니까?"

"신라나 백제의 것과는 그 양식이 판이합니다. 이것은 중국 북위 시대에 떨쳤던 화려한 간다라 양식을 그대로 따르고 있으며, 또 화불이 새겨진 광배가 1937년 평양 부근 원오리에서 출토된 이불과 수법이 꼭 같습니다."

단장이 말하는 동안 사진기자들은 사진을 찍기 시작했다. 황 선생이 단장의 견해를 뒷받침하며 말했다.

"남한에서 고구려 석불이 나온 것은 처음 있는 일입니다. 본존불의 무릎 아래로 천의 자락이 여러 겹 흐르고 대좌에 여러 개의 소형 불상과 그 양쪽으로 쌍사자를 조각한 것은 고구려 석불임을 입증하는 것입니다. 이것은 북위의 양식인데 사실과도 일치합니다."

그들의 설명을 듣고서 자세히 보니까 정말 정교하게 새겨진 불상의 모습을 알아낼 수 있었다. 대원들은 저마다 들떠서 석불상을 만져보고 그 앞에서 사진도 찍고 있었다. 그들은 막걸리통에서 바가지로 술을 떠내어 꿀떡꿀떡 마시고 있었다. 모두들 땀을 뻘뻘 흘리면서 얼굴은 기쁨으로 가득 차 보였다.

"이 지역이 5세기 후반부터 고구려 영토였다는 것은 사실인가?"

나는 막걸리 한 잔 마시고 나서 최 교수에게 물었다.

"이 친구야, 아까 버스에서 나눠 준 자료를 봐. 그게 충북 일원이 그 당시에 백여 년간 고구려 영토였다는 삼국사기의 기록이야."

나는 호주머니 속에서 그것들을 꺼내 보았다. 서기 489년이라고 설명된 다음 사기의 원문이 나와 있었다. 장수왕 77년, 추9월, 견병침신라북변, 함고산성(長壽王七十七年, 秋九月, 遣兵侵新羅北邊, 陷狐山城)이라는 기록과 서기 512년이라는 설명 다음에는 문자왕 21년, 추 9월, 침백제함가불, 원산2성, 로획남녀 1천여구(文咨王二十一年, 秋九月, 侵百濟陷加弗, 圓山二城, 虜獲

男女一千餘口)라는 기록이 있었다. 내가 그것을 들여다보고 있자 최 교수가 말했다.

"고산성이 지금의 예산이고 원산성은 예천일세. 당시의 고구려의 힘이 굉장했던 거야. 그러던 것이 6세기 후반 신라 김유신이 이 지역을 신라 영토로 수복한 거네."

술을 몇 잔 마시자 더위 탓도 있겠지만 몸이 후끈후끈 달아올랐다. 최 교수가 술을 또 권하자 나는 사양했다.

"괜히 따라와서 술만 축내면 욕먹겠네. 그만 마셔야지."

"아니야. 이제 우리는 술이나 마시지 뭘 하나? 대원들은 지금부터 탁본을 뜨고 석불상의 크기를 재고 해야 할 테니까 괜히 우리 같은 구경꾼이 가까이 가면 방해가 돼. 아주 정밀하게 하는 작업이거든."

나는 그의 말에 또 한 잔을 마셨다.

"참으로 믿을 수 없는 일을 본 것일세. 천 사백 년 전의 고구려의 석불상을 보다니, 그것도 직접 발굴현장에서 말일세. 흩어져 있는 돌이 설마 고구려 석불상일 줄이야……"

최 교수는 자기가 봉직하는 대학의 박물관 조사단이 그러한 획기적인 유적을 발견해서인지 더 감정이 고양되고 있었다. 나는 술을 마시고 입가를 손등으로 훔쳐내고 나서 다시 주위를 둘러보았다. 조금 전에 경운기가 지나가던 농로로 애기를 업은 아낙네가 양산을 쓰고 지나가고 있었다.

"저기 보이는 저 산이 바로 낭비성일세. 신라의 김유신 장군이 이곳을 수복하고 축성한 거네. 여기가 바로 천 사백 년 전 삼국이 서로의 힘을 겨루며 일진일퇴하던 격전지야. 그러나 그들은 다만 무력만으로 대결한 게 아닐세. 고구려가 고작해야 이 지역을 백여 년간 점령했을 텐데도 이렇게 바위에 부처를 조각하고 절을 짓고…… 정신의 대결을 한 걸세. 그것은 원형적인 가치이자 정의와 진리 아닌가……."

최 교수가 말했다. 나는 흙을 한 줌 쥐어 산비탈로 뿌렸다. 사람들의 웅성거림에 놀라 풀잎 뒤로 숨었던 산메뚜기와 풀벌레들이 후두득후두득 뛰어올랐다.

여기저기 흩어진 채로 땅속에 묻혔던 석불이 조사단원의 손에 의하여 다시 수습되어 하나의 정신을 이루는 것, 이것은 내가 당초에 생각했던 천 년 전의 죽음을 찾아다니는 얼빠진 노릇은 아니었다. 그것이야말로 살아서 꿈틀대며 생명을 찾아다니는 집요하고 투철한 투쟁이었다. 보이지 않는 사물과 숨어 있는 역사와 정면으로 대결하려는 의지였다.

"조사단장은 굉장한 집념의 사나이야. 입신의 경지라고도 하지. 워낙 답사를 많이 해서도 그렇겠지만 참으로 묘한 사람이거든. 함께 등산을 가도 그는 사소한 것 하나라도 무심히 보아 넘기는 일이 없지. 몇 년 전 단양군에서 정 교수가 신라 적성비를 발견한 것도 그야말로 계시 같은 거야. 아직 잔설이 있을 때인데 산성 답사를 마치고 화전 밭두럭에 앉아서 담배를 피우며 보니까 앞에 보이는 바위가 좀 이상하다는 느낌이 들더라는 거야. 뭐가 이상하더냐니까 그는 웃기만 하더군. 아마 저 사람과 파묻혀 있는 유적은 서로 영교를 하는지도 모르지. 그래서 그 바위로 다가가서 수건으로 눈을 쓸어내니까 글쎄, 바위 위에서 비문이 눈을 뜨고 나타나더라는 거야."

최 교수는 계속해서 말하고 있었다. 나는 그의 말을 들으면서 눈을 감았다. 이마에서 땀방울이 지렁이처럼 눈으로 볼을 기어 내려왔다. 그와 나는 다시 삼존불상 가까이로 갔다. 탁본을 뜨기 위해서 대원들이 한창 바쁘게 움직이고 있었다.

"계시라는 말이 재미있네그려. 그러니까 저 석불상도 평범한 사람의 눈에는 띄지가 않았던 거겠군."

"물론이지. 지금까지 수많은 사람들이 보고서도 저 바위가 가진 진실은 보지 못한 거야. 그냥 야산에 있는 흔한 바위인 줄만 알았지. 황소가 쇠똥을 싸갈기고 나무꾼이 오줌을 갈기고…… 생각하면 기막힌 일이지. 그러나 당신같이 예술을 하는 사람의 눈은 다르겠지. 아마 금방 비범한 돌이라는 것을 알아냈을 거야."

"나도 눈이 멀었다네. 그림을 더 이상 그릴 수가 없게 되었네."

나는 최 교수에게 나의 솔직한 심정을 말했다. 석불상은 흰한지로 모두 가리어져 있었다. 푸른 숲을 배경으로 흰 종이를 뒤집어쓰고 서 있는 석불상은 참으로 묘한 인상을 주었다. 성스럽다고 해야 할지, 꼭 무슨 제의 같은 경건한 기운이 그 주위에 맴돌고 있었다. 나는 그들이 탁본 뜨는 모습을 지켜보고 있었다.

단장인 정 교수가 석불을 알아볼 수 있었던 것은 석불이 정 교수 앞에서 그것이 지닌 완미하고 순연한 본질을 스스로 표현하고 있었기 때문일 것이었다. 만일 그렇지 않다면 하고많은 바위와 돌 중에서 어떻게 삼존불상을 찾아낼 수 있으랴. 화전의 밭두럭에서 어떻게 적성비를 찾아낼 수 있으랴. 여태까지 나는 사물을 그리되 피상만을 다루면서 그것이 예술인 양 자위해 온 것이라는 생각이 내 가슴을 쑤셔대고 있었다. 하찮은 누드모델까지도 이미 나의 이러한 정체를 알아차렸는데 나는 홀로 그것을 자각하지 못하고, 캔버스를 메고 베레모를 쓰고, 진실이 사라진 곳만 골라서 다니고 있었다는 생각이 되살아 올랐다. 정의를 외면하는 그 자체가 죄악이요, 불의라는 것도 모르면서, 아니, 아주 모르는 것이 아니라 모른다고 스스로에게 자꾸 위안을 주면서 나의 예술을 죽이고 있었던 것이었다.

흰 한지를 뒤집어쓴 석불상은 살아서 꿈틀대며 내 동공 속으로 아프게 들어오고 있었다. 나는 온몸에 땀이 쭉 흐르고 있었다. 단장의 지시에 따라 대원 몇 명이 먹방망이를 들고 석불상 앞으로 다가갔다. 방망이 끝에 솜을 둥글게 달고 그것을 광목으로 싼 것이었다. 그들은 방망이 끝에 먹을 묻혀 석불상을 두드리기 시작했다. 아니, 두드린다기보다도 꼭꼭 구석구석을 누르면서 찍어내리고 있었다. 그러면 석불이 조각된 요철에 따라 흑백의 삼존불이 한지 위에서 살아나고 있었다. 흰 종이 위에 재생되는 불상의 모습은 정말 신비로웠다. 이끼가 낀 석불이 숨어 있던 하나의 바위가 한지 위에 눈부신 예술로서 다시 탄생하고 있었다.

"고구려 석수쟁이들이 감격해서 울겠네. 하늘인가 땅속인가에서 그들은 서로 목놓아 울고 있을 거야. 자기들이 혼신의 기운으로 쪼아낸 부처님이 다시 미소를 띠게 됐으니 말일세."

최 교수가 옆에서 중얼대듯 말했다. 그때 단장 정 교수가 우리 옆으로 다가왔다. 아침에 D대학 박물관에서 그와 인사를 나눌 때 악수를 했지만 나는 불현듯 그의 손을 다시 잡아 보고 싶은 생각이 들었다. 나는 아무 말도 않고 손을 내밀었다. 그는 흙이 묻고 땀이 흥건한 손을 내밀었다, 나는 그의 손을 잡았다. 그리고 한참 동안을 그렇게 악수한 상태로 있었다. 그러자 그는 나를 정면으로 보면서 입가에 미소를 띠었다.

"현대미술 하시는 분은 별 관심이 없으신 줄 알았는데 김 교수는 전혀 그렇지 않으십니다. 이렇게 먼 곳까지 오셔서 지켜 봐 주시니 말이죠."

그가 말했다. 나는 부끄러움을 뒤집어쓴 채 아무 말도 하지 못했다. 악수를 풀면서 보니 그의 손가락이 하나 이상했다. 무명지였다. 첫 마디가 끊어져서 뭉툭한 모양을 하고 있었다.

"충북 일대의 고구려 유적을 답사하다가 손가락을 잃었다네. 저 사람은 엄동설한에도 혼자서 산속을 마구 돌아다니거든."

그가 석불상 쪽으로 걸어가고 난 뒤에 최 교수가 말했다. 나는 눈을 들어 하늘을 올려다보았다. 이름 없는 고구려 병사들이 외치던 함성소리가 하늘가에서 들려오고 있었다. 바위에 불상을 조각하는 석수쟁이들의 돌 쪼는 정소리도 들려오고 있었다. 시대의 진실을 바위에 숨겨 놓는 그 무명과 익명의 얼굴들이 하늘가에서 천의 자락처럼 흘러내리고 있었다.

"우리 시대의 진실은 어디에 숨어 있을까. 이런 생각을 하면 참으로 무서운 생각까지 드는구먼. 자네는 알고 있나? 예술가의 눈에는 숨어 있는 것들이 보이지?"

최 교수가 입가에 묻은 술을 닦으며 자조적인 어조로 말했다. 나는 고개를 흔들었다. 나는 모든 진실 앞에서 눈멀고 귀먹은 사람이었다. 숨어 있는 눈동자가 내 앞에서 눈을 뜨지 않고 또 숨어 있는 소리들이 내 앞에서 소리 내지 않는다는 것을 나는 절감하고 있었다.

(문학사상, 1982)

저녁연기

"요즘 뭘 해?"

"그냥 그래."

현주를 만나고 나서 지금까지 서로 주고받은 말은 이것뿐이다.

나는 술사발을 입으로 가져가면서 그녀를 또 한 번 천천히 뜯어보았다. 좀처럼 현주의 옛 모습이 떠오르지 않는다.

원주, 충주, 제천으로 가는 길이 갈리는 영덕 삼거리 버스정류장 옆에 베니어판으로 아무렇게나 세워진 간이식당에는 제천 쪽으로 가는 버스를 기다리는 사람들 몇이 있었는데 그들은 가락국수를 먹기도 하고 막걸리를 한 사발씩 마시기도 했다. 이상저온이라고 예보에서 말한 대로 해거름이 가까워지면서부터 제법 싸늘한 한기가 곳곳에서 일어나서 버스를 기다리는 사람들은 별 시장기를 느끼지 않으면서도 간이식당으로 하나씩 둘씩 들어와 있었다. 시멘트를 실어 나르는 대형 화물차가 일으키고 가는 흙먼지도 피할 겸 해서 들어온 사람들은 벽에 걸린 다 녹이 슨 불알시계를 이따금 쳐다보면서 베니어판 이음새로 들어오는 한기에 조금씩 기가 죽은 채, 휘발유 냄새를 독하게 풍기며 버스가 어서 도착하기를 기다리고 있었다.

조금 전 간이식당으로 들어섰을 때는 첫눈에 현주를 알아볼 수 없었다. 구석 자리에 혼자 앉아 있는 젊은 여자를 보고 잠깐 눈길을 보내다가 그 앞자리로 가서 통나무 의자에 앉은 것은 원주에서 떠날 때 마신 소주가 용기를 북돋아 준 때문이었다.

다른 빈자리를 두고도 그의 앞자리에 앉자 그 젊은 여자는 얼굴을 들었다. 그때 우리는 비로소 서로를 알아볼 수 있었다.

반가움보다는 당혹감이 앞서서, 오랜만의 만남이 이렇게 우연히 이루어졌다는 일이 나의 마음을 꽉 죄어 왔기 때문에, 갑자기 쌀쌀해진 날씨와 베니어판 이음새로 들어오는 흙먼지, 그리고 시간을 제때 지키지 않고 멋대로 운행되는 시외버스에 대한 불만이 한데 어울려 현주와 나 사이를 침묵으로 겹겹이 차단하고 있었다.

"조합에 갚아야 할 빚 때문에 올 농사도 헛지랄이여."

"그나저나 기와집에서 살게 됐으니 얼마나 좋은가?"

"다 그저 그렇지."

버스를 기다리는 사람들이 떠들었다. 한창 벌어지고 있는 농촌 주택 개량사업에 대하여 농민들 나름의 시답잖은 정책 평가를 하는 중이었다. 초가지붕이 일시에 헐리고 그 위에 빨갛고 파란 함석을 얹거나 기와를 얹어, 농촌은 삽시간에 알록달

록하게 치장이 되어, 버스를 타고 지나가면서 보면 꼭 어설프게 형성된 싸구려 유원지 같았다. 혹은 원색의 크레파스를 막 문질러 놓은 어린이의 망가진 그림처럼도 보였다.

"군청에 다닌다며?"

현주가 손가락으로 탁자 위에 떨어진 술방울을 문지르며 오랜 침묵 끝에 말했다.

"그저 그래."

나는 술을 한 모금 더 마시고 나서 쉰듯한 술맛에 얼굴을 조금 찡그리며 말했다. 익지 않은 깍두기를 하나 집어서 씹었다.

"마지막으로 고향에 다니러 온 거야."

현주가 말했다. 입안에서 우적우적 씹히는 깍두기 소리에 섞여 현주의 이 말이 꼭 목구멍으로 꿀꺽 넘어오는 것 같은 기분이 들었다.

"마지막이라니? 서울 생활이 재미가 좋군?"

"좋긴. 그저 그래."

현주가 조금 전의 내 말을 흉내 냈다. 아니 흉내를 낸 것이 아니라 우리 평장골 사람들의 어투는 늘 이랬다. 좋고 싫고를 딱 부러지게 표현하지 못하고, 처음 듣는 사람한테는 요령부득이 되기 쉬운 이런 흐리멍덩한 말을 누구나 잘 썼다. '그저 그래'라는 현주의 말을 듣자, 비로소 그녀가 나와는 어린 시절을 함께 보낸 오랜 고향 친구라는 생각이 들어서 갑자기 목이 메었다. 국민학교를 나온 후 중학교를 다니려고 나는 원주로 갔고 현주는 충주로 갔다. 다음에 들은 소식으로는 현주는 2학년을 다니다가 중퇴를 했다는 것이었다. 그 후 내가 고등학교를 다닐 때 그녀는 서울에서 어떤 회사에 다닌다는 소문이 들렸다. 회사는 무슨 놈의 회사겠냐, 봉제공장에 공원으로 취직했다는 말을 들었구먼. 졸업 후 원성 군청에 임시직을 얻어서겨우 내 앞가림을 하게 됐던 지난해 이맘때, 고향에 쭉 눌러앉아 농사를 짓는 형한테 현주의 소식을 묻자 그는 이렇게 말했었다. 그 말투 속에서, 그동안 현주는 물론 그의 집안이, 초가지붕의 이엉이 기와나 함석으로 일제히 바뀔 때처럼 그렇게일시에 이제까지의 모든 것들이 뿌리째 뽑혀져 버렸다는 강한느낌을 받았었다.

너나 할 것 없이 당시의 농촌에서는 고향을 뜨려는 강한 심리가 유행병처럼 퍼져 있었다. 논밭을 싸구려로 팔아넘기고 서울로 부산으로 춘천으로 대전으로 산지사방 다들 떠났다. 그러나 형처럼 고집이 있다든가, 고향을 뜰 엄두가 안 난 사람들이남아서 지키던 쓸쓸한 고향은, 그 후 인접한 도시가 개발되자그 기운을 타고 시골의 땅값이 오르고, 또 고향을 뜬 사람들이겨우 도시 변두리에서 셋집을 살면서 공장에 다니고, 남자들도잘해야 회사의 수위나 방범대원 노릇이나 하면서 고생을 한다는 소문이 고향으로 번져 오자, 고향에 남아 살던 사람들은 갑자기 고향에 대한 집착을 더 든든히 하며 어깨를 쫙 펴게 되었던 것이다.

형이 나에게 전화를 한 것도 다 이러한 든든해진 자신감과 집착력의 결과였다. 태어나서 고향을 하루아침에 버리고 떠난 이들이 결국은 고향에서도 타향에서도 뿌리를 내리지 못하고 시들어 간다는 소문은 형 같은 사람에게는 이상한 활력소가 되어, 고향에 대한 애착심과 가문에 대한 집착심을 동시에 북돋아 주었던 것이다. 이농민들한테서 싸게 사들였으니 논도 밭도 이전보다 훨씬 많아졌고, 더구나 개간사업이다 자조사업이다 하는 것이 농촌 여기저기서 콩 튀듯 벌어져서 손쉽게 애들 학비는 거기서 뜯어 쓸 수 있게 되었다.

"이번 공일날 선산에 벌초를 해야겠다. 너하고 의논할 일도 있고 하니 꼭 오너라."

어제 오후 군청으로 형이 전화를 걸었을 때 나는 정말 놀랐다. 같은 군내도 아닌데 떡하니 행정 전화를 걸어온 것이었다. 면에도 리마다 행정 전화가 설치됐다는 이야기는 들은 적이 있어도 형이 그 전화로 원성 군청까지 전화를 걸 줄은 정말 몰랐기 때문이다.

"알았어요. 벌써 벌초할 때가 됐군요."

"벌써가 뭐냐. 백로가 지났다."

"재미는 어때요? 조카들 공부도 잘하고요?"

"그저 그렇지. 이장 일 보랴 조합 이사 일 하랴. 내가 바빠서 야단났지."

형은 일이 바쁜 것이 몹시 즐거운 모양이었다. 평장골 이장과 농협 이사를 봄부터 떠맡게 된 형은 신바람 나게 동네일을 보았고 군 조합으로 새마을 교육장으로 뛰어다녔다.

지난봄에 출장 갔다 오는 길에 잠깐 들렀던 고향에서, 형은 든든하여 절대로 썩거나 뽑히지 않을 힘찬 뿌리를 자랑하면서, 어릴 때부터 아무런 생각 없이 객지에 나가 학교를 다니고, 졸업 후 은사의 추천으로 군청의 말단 임시직을 얻어서 생활하는 나의 기를 죽였다. 군청 서기면 제법 짭짤한 벼슬자리야. 나도 공부는 못했지만 이장에다 조합 이사니까 옛날 진사 벼슬만 하거든. 이제 우리가 가문을 일으켜야 한다. 너는 외지에서 출세하고 나는 고향에서 터를 잡았으니 반드시 우리 가문을 일으켜야 하는 거야.

지난봄에 만났을 때 형은 술김에 벌겋게 충혈된 눈을 크게 뜨고 흐리멍덩하기만 한 나를 꼼짝 못 하게 죄어 왔다. 형의 이와 같은 강인한 의지 앞에서 나는 늘 주눅이 들었지만, 그렇다고 어디로 도망을 갈 수도 직접 반기를 들 수도 없었다. 형이 농사를 지으면서 나의 중·고등학교 학비를 댔으므로 나는 형이 원하는 대로 그의 의지에 동조하고 협조해야 할 의무가 있는지도 몰랐다.

"그쪽은 모든 일이 척척 잘 된다면서?"

버스가 다릿재를 오르는 꼬불꼬불한 고갯길로 들어서면서 움찔하고 기어를 갈아 넣을 때 현주는 나한테로 몸을 약간 부딪쳐 오면서 말했다.

"잘 되긴?"

나는 대꾸했다. 버스가 고개 모퉁이길을 지나면, 오른쪽으로 왼쪽으로 몸이 휙 쏠리면서 그때마다 현주의 자그마한 어깨가 나한테 부딪쳐 오는 것이 기분 좋았다. 조부와 부모님 산소에 벌초를 하러 온다는 내 말을 듣자 현주의 가무잡잡한 이마가 조금 좁혀지고 있었다.

"아버지 산소에 안 간 지가 나는 십 년도 넘었어. 벌초하러 온다는 말 들으니까 기분이 묘한데."

이렇게 말하면서도 왜 마지막으로 고향에 다니러 오는지는 말하지 않았다. 그녀의 그동안의 서울 생활이 어쨌는지 지금 무슨 일을 하고 있는지도 말하지 않았다. 나는 그런 자질구레 한 것들이 그다지 궁금한 것도 아니었다. 어려서 고향을 떠나 도시로 달려간 사람들이 겪은 일들은 너무 흔하디 흔해서 뻔한 것들일 것이었다. 벼락부자가 된 사람도 가끔 있었고, 반대 로 알거지가 되어 버린 사람도 있었다. 그러나 대부분은 먹고 사는 일에 시달리고 또 시달리면서 도시인도 농민도 아닌 무 적의 삶에 지쳐버렸을 것이었다. 다시 고향으로 돌아갈 수도 도시에서 희떱게 살 용뺄 재주도 그들은 보나 마나 없었다.

"내 얼굴이 많이 변했지?"

"그저 그래."

나는 또 하나 마나 한 말을 했다. 정말 너무 많이 변해서 처 음에는 알아볼 수도 없었고 지금도 정말 이게 현주일까 하는 의문도 있었지만, 얼굴이 많이 변했다는 말이, 아무래도 신수가 훤해져서 부럽다는 뜻이 못 될 바에야, 그녀의 물음에 딱 그렇다고 맞장구치며 그 연유를 물을 마음은 내키지 않았다.

"성형수술을 했어."

"그래? 더 예뻐졌구나."

"거짓말 마."

그때 버스가 맞은편에서 오는 트럭을 피하느라고 갑자기 속력을 줄였다. 우리는 자칫하면 좌석 손잡이에 이마를 찧을 뻔했다.

어릴 때부터 현주는 이상할 만큼 내 마음을 꿰뚫어 보길 잘했다는 생각이 퍼뜩 들었다. 그 생각에 뒤이어 떠오르는 광경 때문에 나의 귓불은 어쩔 수 없이 빨개졌다.

중학교 1학년 여름방학 때 곤충채집을 하러 마을 뒷산에 갔다가 거기서 현주를 만났었다. 오랜만에 만난 현주는 몰라보게 키가 컸고 의젓하였다. 국민학교 다닐 때는 뒤에서 흙도 뿌리고 필통을 감추기도 하면서 현주에게 짓궂은 장난을 쳐도 아무렇지가 않았는데 중학생이 된 다음 처음으로 단둘이 산에서 만나게 되니까, 어쩐지 거북살스러웠다. 나는 현주의 볼록한 젖가슴을 슬금슬금 훔쳐보면서, 나비도 잡고 소나무를 타고 올라가서 매미도 잡았다.

중학교에서는 여학생과 한 학교에서 공부하는 게 아니었으므로 여학생에 대한 온갖 궁금증이 무럭무럭 자라서 여학생이 마치 온갖 신비스러운 재주를 다 부리는 요정 같기도 하고, 또는 가까이 가기만 해도 큰코다치는 알 수 없는 괴물 같기도 하였다. 할 일 없이 여학교 앞에 가서 놀다가 훈육 선생님한테 들키면 반성문을 써야 했고, 혹시 여학생한테서 편지가 오는 날에는 훈육 선생님이 먼저 뜯어보고 편지 대신 벌을 받았다. 그래서 아무에게도 들키지 않게 남몰래 숨어서 머릿속에 여학생의 요모조모 신비한 모습을 그려 가면서 숨이 가빠지면 할 수 없이 서툰 자위행위도 하던 때였다. 밤마다 못된 상상력의 날개를 펴고 충주에서 중학교를 다니는 현주한테까지 재빠르게 날아가서 현주를 만나 이불 속으로 뒷간으로 목욕간으로 몰래몰래 숨 가쁘게 따라다녔던 것이다.

"너네는 곤충채집 숙제 없니?"

"여학교에서는 그런 지저분한 숙제는 안 내. 식물채집을 하면 돼."

나는 또 얼굴이 빨개졌다. 곤충채집은 정말 지저분했다. 매미, 메뚜기, 잠자리, 무당벌레, 나비 등을 잡아서 상자에 넣으면 놈들은 똥을 찍찍 싸서 채집통은 온통 고약한 냄새로 역겨웠다. 알코올 병은 아예 없으니까 그냥 핀으로 대뜸 곤충의 대가리를 찌르면 죽느라고 바둥대다가 날개와 다리가 다 부러져서 못 쓰게 되기도 했다.

예쁘게 생긴 풀을 뽑아서 도랑물에 뿌리까지 잘 씻어서 책갈피에 반듯하게 끼워 놓으면 초록색 잎이 차츰 연두색으로 곱게 변하고, 그것을 스케치북 위에 투명지를 씌워 붙이면 얼마나 보기 좋고 깨끗할까. 나는 이런 생각을 하며 현주의 가무잡잡한 얼굴을 부러운 듯이 보다가 나도 모르게 눈길이 또 그의 볼록한 젖가슴으로 갔다. 나는 눈을 얼른 딴 데로 돌렸다. 마침 발밑에서 땅강아지가 기어가길래 그놈을 잡으려고 했다는 듯 손을 내밀어 얼른 잡았다. 땅강아지는 집게같이 생긴 주둥이로 내 손가락을 아프도록 물었다.

"내 젖 만져 보고 싶어서 그러지?"

현주가 갑자기 말하며 내 손을 잡아끌었다. 나는 너무 당황해서 숨이 막힐 뻔했다.

"그렇지?"

"아니."

"거짓말."

현주는 내 마음을 꿰뚫어본다는 듯이 내 손을 끌어당겼다. 손안에서는 땅강아지가 고물고물 움직였다. 현주는 내 손을 자기의 가슴으로 쑥 넣었다. 미처 뭐라고 말할 틈도 손을 빼낼 틈도 빼앗긴 채 나는 엉거주춤하니 시키는 대로 해야만 했다. 내가 꽉 움켜쥐었던 손은 현주가 시키는 대로 하고 싶은지 손가락을 자꾸 펴려고 했다. 손안에 든 땅강아지가 숨이 막히는지 더욱 바둥바둥거리고 있었다. 나는 손가락을 펴고 현주의 단감만 한 젖을 만졌다. 그때 현주가 악 하고 소리를 지르며 울기 시작했다.

"넌 나쁜 아이구나!"

나는 그제야 내 손안에 있던 땅강아지가 빠져나가 현주의 맨 젖가슴을 주둥이로 물었다는 것을 알고, 채집했던 매미와 나비를 그대로 산에 팽개친 채 마을로 왔다. 뛰어내려오면서 나는 자꾸 속으로 외쳐댔다.

땅강아지를 일부러 넣은 것은 아니야. 상상의 날개를 폈을 때마다 현주의 젖을 만져 보고 싶은 생각에 숨이 차올랐었다는 생각을 하자, 어떻게 현주가 나의 마음을 그렇게 잘 알고 있을까 하는 궁금증을 풀 길이 없었다. 이러한 일은 그 후 내가 성장해 오는 동안에 내 가슴속에서 남모르게 응결된 채 머물고 있어서 어떤 때 현주의 단감만 한 젖과 땅강아지를 생각하게 되면, 아주 보이지 않을 정도로 작게 응결돼 있는 기억이 삽시간에 풀어져서, 물감 봉지에 물감의 입자를 한 알 꺼내어 물에 넣으면 진하게 풀리듯 온몸을 부끄러움과 가쁜 숨결로 꽉 채우곤 했다.

"공장 기숙사에 화재가 났었어. 그때 얼굴에 심한 화상을 입었던 거야. 내 본얼굴은 없어지고 아주 딴 얼굴이 됐지?"

버스가 고개를 내려와 강둑을 따라 평장골 입구로 들어서자 현주가 나직한 목소리로 말했다. 그 말을 듣고 나는 그녀의 얼굴을 자세히 살펴보았지만 화상을 입은 흉칙한 흉터는 없었다. 다만 어릴 때의 가무잡잡하던 얼굴빛이 아주 희어졌다는 느낌은 들었지만, 그렇게 보인 것은 저녁 어스름이 깔리자 불이 켜진 버스의 우윳빛 불빛 때문인지도 모를 일이었다.

버스는 강둑을 따라 한참 내려오다가 다리를 건넜다. 다리만 건너면 바로 군계였다. 평장골은 제천과 충주의 경계에 자리 잡은 조그만 마을이었다. 버스가 멎자 좌석이 거의 빌 정도로 승객 대부분이 떠들며 내렸다. 발에 밟힐 정도로 어스름이 깔리고 강에서 불어오는 바람에도 싸늘한 한기가 배어났다.

"저녁연기 좀 봐."

현주가 내 뒤를 따라 버스에서 내리며 말했다. 길 건너로 보이는 마을에서는 이 집 저 집에서 저녁연기가 나지막하게 피어오르고 있었다. 해가 지는 것도 모른 채 들에서 뛰어놀다가 터무니없이 기다랗게 쓰러져 있는 나의 그림자에 놀라 고개를 들면 보이던 어머니의 손짓 같은 연기, 마을의 높지 않은 굴뚝에서 피어올라 하늘로 멀리멀리 올라가지 않고 대추나무나 살구나무 높이까지만 퍼져 오르다가는, 저녁때도 모르는 나를 찾아 사방으로 흩어지면서 논두렁 밭두렁을 넘어와서 어머니의 근심을 전해 주던 바로 그 저녁연기였다. 나는 현주의 말을 듣자 정말 오랜만에 나의 은밀한 곳 깊숙이 숨어 있던 그 평화로운 허기증이 되살아나서, 형이 군청으로 전화까지 걸어서 할 수 없이 호출당했다는 억눌린 마음이 다 풀어져 버리는 것 같았다.

"드디어 고향에 돌아왔군."

나는 이렇게 말하며 마을 어귀로 들어섰다. 버스정류장 근처에 띄엄띄엄 있는 식당과 가게에서 더러 우리들을 내다보는 얼굴이 촉수 낮은 전등 아래 잠깐씩 보였지만 아는 사람은 없었다. 고향 사람들이 무더기로 빠져나가자 읍과 산 너머 광산촌에서 낯모르는 사람들이 이주해 온 탓으로 고향이래야 낯선 사람들이 더 많은 것이었다.

돌멩이가 툭툭 등을 드러낸 길에 익숙하지 않은지 현주가 내 팔을 잡았다가 놓았다. 현주는 바로 우리 형네 집과 처마를 맞대고 있는 그녀의 고모네 집으로 가는 길이었다. 고모가 시집가서 죽고 그 고모부가 재혼으로 맞은 여자를 나무에 움 나듯했다고 해서 움고모라고 불렀는데 그 집에 관해서는 나는 아무 기억도 없었다. 거의 집 가까이 왔을 때 어스름이 더욱 깔려 발밑이 잘 안 보이기 시작했을 때 현주가 말했다.

"다른 일을 해 보려고 해. 그 결심을 하려고 고향에 다니러 온 거야. 아마 다시는 고향에 발을 들여놓지 않게 되겠지."

형네 집 울타리까지 왔을 때 우리는 잠시 멈춰 섰다. 저녁연기가 더욱더 낮게 퍼져서 우리들의 발목을 휘휘 감고 있었다. 나는 현주의 말을 하나도 이해할 수가 없었다. 물어볼 엄두도 나지 않은 것은, 생나무를 아궁이에 지펴서 나는 저녁연기가 꽤나 매움했기 때문인지, 아니면 현주의 말 속에 숨은 어떤 달랠 수 없는 허기증 같은 것이 내 가슴을 흔들었기 때문인지 알수 없었다.

"신수가 훤해졌구랴."

저녁밥을 짓던 형수가 반갑게 말했다. 형수의 말소리 사이로 들리는 현주의 발자국 소리가 내 귀에는 더 뚜렷하게 들려왔으므로, 나는 그냥 씩 웃는 걸로 대답을 대신했다. 그러나 눈치 빠른 형수는 발소리의 임자가 현주라는 것을 대번에 알았는지, 마루에 걸터앉아 가지런히 이어져 나간 함석지붕의 볼록볼록한 처마 끝을 쳐다보는 내 앞으로 다가오며 말했다.

"신세 다 조졌다고 하던데 웬일로 여기를 다 왔을까."

형수의 말에는 어스름보다 더 진한 적의가 숨어 있었다. 고향을 한번 떠나서 뿌리 뽑혀 나간 사람들에 대한 묘한 조소와 앙갚음이 숨어 있었다.

"형님은 읍내 화수회에 다니러 갔는데 또 술타령인가 보우."

현주에 대한 적의에 내가 선뜻 가담하지 않으니까 형수는 부엌으로 도로 들어가면서 말했다.

"화수회라니요? 형님 발이 점점 넓어지는군요."

"글쎄 말이에요. 요즘 같아서는 꼭 물 만난 고기 같다우."

부엌 문지방을 넘어서 연기가 마당으로 마루 끝으로 기어 나왔다. 생솔가지 타는 소리가 쥐이빨옥수수 튀길 때처럼 틱틱 소리를 냈다. 잠시 후에는 이제 저녁밥이 잦아지는지 솔가지 타는 소리도 연기도 어둠 속으로 숨었다.

냇가로 고기잡이 갔던 조카들이 오고서도 한참 후에야 형이 돌아왔다.

"잘 왔다."

다부지게 생긴 형은 말도 늘 힘찼다.

"화수회에서 우리 문중의 문헌록을 낸다고 하더라. 선조들이 쓰신 문집을 모아서 세 권으로 출판한다더구나."

"우리 문중이 뭐 중뿔나다고요."

나는 사실 우리 문중이나 가문에 대하여 형처럼 자신만만한 집착력이 아예 없었다. 아버지는 물론 조부, 증조부, 고조부 할 것 없이 모두 다 퇴락한 양반의 끄트머리였는데, 새삼스레 문중에서 문헌록을 편찬한다고 해서 그것이 꼭 우리 가문과 직접 연결이 되는 영예라고는 생각되지 않았다.

"모르는 소리. 8대조 할아버지는 당대에 드날리는 문장가였다더라. 지금 전하는 문집도 여러 권이 되고."

형수와 조카들이 곁에 와서 잠자코 듣고 있었다. 숨어 있던 큰 재산을 우연하게 면사무소의 지적을 들추다가 찾아낸 것처럼, 선조 가운데 훌륭한 문장가가 있다는 말을 듣고 졸지에 자신들도 귀티와 부티가 나는 인물로 격상되는 듯한 얼굴들을 하고 있었다.

"우리 형제가 십만 원 내기로 약속이 됐다. 밥술 먹게 됐으면 조상 고마운 줄도 알아야 한다."

내가 딴소리를 할까 봐 형은 이렇게 대못을 박았다.

"꼭 의논할 말씀이 바로 이거예요?"

나는 아무런 찬양도 저항도 없이 오만 원이 생으로 날아가게 생겼다는 생각을 하면서 말했다. 문중이니 가문이니 하는 테두

리를 얼른 벗어나고 싶었다. 내 마음속에서는 조바심이 날 정
도로 현주의 얼굴이 순간순간 떠올라왔다. 서울에 가서 으리으
리한 사무실에 출근을 하거나 돈 많은 남자에게 시집을 가서
으시대고 사는 옛 친구가 아닌, 어떤 말 못할 결심 때문에 마
지막으로 고향을 찾아온 그녀의 얼굴이 자꾸만 부풀어 올랐다.
곤충채집, 단감만 한 젖무덤, 너는 나쁜 아이구나. 너는 나쁜
아이구나. 십 년 가까이 내 가슴속 깊은 곳에 가장 진한 핵으로
숨어 있던 현주의 모습이 자꾸만 눈앞에 어른거렸다.

"너를 꼭 오게 한 것은 다름 아니라 산소에 비석을 세워야
하기 때문이야."

형은 마른기침을 한 번 하고 나서, 봉당에 떨어져 붕붕 맴을
도는 밤풍뎅이를 발로 짓이겨 죽였다. 형은 내 앞으로 다가앉
으며 커다란 음모의 보따리를 푸는 사람처럼 표정이 비장하기
까지 했다. 나는 정말 영문을 알 수가 없었다.

"비석을요?"

나는 형의 비장한 말에 더욱 주눅이 들어서 아주 납작해질
수밖에 없었다. 여전히 형수와 조카들도 가까이 앉아서 중대한
선언을 듣듯 비석 이야기에 귀를 기울였는데, 그들은 이미 모
든 자초지종을 알고 있었겠지만, 난데없이 처음 듣는 나를 위
하여, 초조하고 절박한 궁금증을 함부로 깨지는 않았다. 다 벗
어부치고 술장사는 왜 못 했수? 자식들 공부를 시켰어야지. 양
반집 여자라고 손끝 붙들어 매고 앉아서 자식들을 굶기거나

하고 맨 무식꾼을 만들다니? 이러고도 나를 불효자식이라고 할 수 있수? 다섯 해 전 어머니가 병석에 누워서 형보고 약 한 첩 사오지 않으니 우리 가문에 불효가 났다고 야단을 하자, 형이 벌컥 방문을 열고 마루로 나오면서 이렇게 소리쳤다는 기억이, 형의 비장한 얼굴을 보면 볼수록 내 가슴을 모질게 쥐어박으면서 눈을 뜨는 것이었다.

그러나 나는 형의 말을 제지할 힘은 애당초 없었다. 어머니마저 돌아가시고 난 뒤부터 형은 너만은 공부를 끝까지 해야 한다며 내 학비를 어렵게 대주었으므로 우리 가문에 대한 가타부타의 결정은 오로지 형의 손아귀에 있는 것이어서 나는 그를 그냥 따르기만 하면 되는 것이었다.

"그것 좀 가져와."

형이 마루 끝에 붙은 골방 쪽을 가리키며 형수에게 말했다. 형수는 기다렸다는 듯이 조카들과 합세하여 골방 안에서 흰한지로 포장한 물건을 꺼냈다. 꽤 무거운지 번쩍 들어 올리지 못하고 모로 세워서 마루로 끌어냈다. 다듬잇돌만 해 보였다.

"바로 이거야."

형은 한지를 벗기면서 다시 비장한 어조로 말했다.

"비석 아니에요?"

내가 놀라서 묻자 형은,

"왜 아니겠냐."

하면서 자랑스러운 가보를 비로소 동생한테 공개한다는 기쁨으로 다부진 몸이 활활 타올랐다.

"아버지 산소에 세울 비석이다. 단양 오석으로 한 최고급품
이다."

나는 나도 모르게 손가락으로 비석을 찬찬히 쓸어내려 갔다.
음각한 글자의 휘고 삐친 획들이 손가락 끝에 써늘한 감촉으
로 와 닿았다. 형이 고향에 대하여 갑자기 내세우는 애착심, 여
기서 발로되어 점점 견고하게 된 가문에 대한 집착이 이렇게
급격하게 나타날 줄을 예기하지 못했던 나는 손가락 끝에 와
닿는 아버지의 성, 또 형과 나와 조카들의 성인 최라는 글자의
힘찬 음각을 어떻게 감당할 재주가 없었다.

"이번 벌초하면서 세우려고 벌써 일꾼도 다 맞춰 놨다."

형수가 남편의 꿋꿋한 계획이 미덥다는 듯 끼어들었다.

"한 달 전에 읍내에 가서 비석을 맞췄대요. 글쎄 식구들한테
도 미리 얘기도 하지 않았으니 우리도 감쪽같이 모를 수밖에
요."

"여길 좀 봐라."

형은 비석의 뒷면을 보여 주었다. 흐린 전등불빛에 먼저 드
러나는 글자는 비석을 세우게 되는 날짜였고, 그 왼편으로 형
과 나 그리고 조금 작은 글자로 조카들의 이름이 새겨 있었다.
내 이름이 비석에 새겨지다니 나는 숨이 쿡 막힐 것 같았다. 갑
자기 비석에 대하여 심한 적의가 끓어 올랐다.

"제 이름도 다 넣었군요? 이만한 효성도 없는데……"

"도련님이 왜 어때서요?"

마루 밑으로 숨어들었던 연기가 아직도 기어 나오는지 갑자기 잔기침이 났다. 크크 하면서 기침을 하자, 아직도 오석으로 된 비석을 쓰다듬고 있는 형을 자랑스럽게 바라보고 있던 형수가 손을 마루 끝 봉당으로 향하여 휘휘 저으면서 또 말했다.

"연기 냄새도 이제 그만이라우. 다음 달부터는 연탄 아궁이로 바꾸게 되니깐요."

"그럼 우리 집도 이제 근대화가 되는 거야. 연탄을 때면 그놈의 땔나무 걱정도 없고, 그저 방바닥이 설설 끓을 테니 이젠 도회지 부럽지 않지."

형은 반들반들하니 윤이 나는 비석을 큰 보물처럼 자꾸 쓰다듬으면서, 고향을 지켜 오면서 드디어 산소에 비석까지 해 세우게 된 자신의 모습을 스스로 즐기는 듯했다. 그러나 나는 고향의 모든 집들이 다 연탄 아궁이로 바뀌어 굴뚝마다 보이지 않는 가스를 저녁연기 대신에 내뿜는 모습이 눈앞에 떠올라 몸서리쳐지는 기분에 잠겨 있었기 때문에, 형과 형수의 딴딴히 굳어 있는 행복감에 쉽게 동조할 수가 없었다.

밤이 깊어서 다들 코를 골며 잠들었을 때 나는 밖으로 나왔다. 잠이 오지 않았다. 울타리 밖으로 나오자 대추나무가 달빛 속에 서 있는 모습이 보였다. 삐쩍 마른 것처럼 볼품없는 대추나무의 높이만큼 퍼져 올랐다가는 들로 언덕으로 나를 찾으며 가느다란 실타래처럼 이어져 오던 저녁연기가 또 생각났다. 나는 눈을 감았다. 그러나 그 저녁연기는 쉽게 망막에서 사라지지 않았다. 이상한 일이었다. 까맣게 잊고 지낸 그 하찮은 저녁연기가 자신의 소멸과 주검을 알고, 나에게 작별인사를 하려는지 자꾸만 내 눈앞에서 손짓하고 있었다.

"내가 여기 있다는 걸 알았지?"

그때 대추나무 옆의 어둠 속에서 희끄무레한 물체가 움직이는가 했더니 뜻밖에 현주의 목소리가 들렸다. 나는 깜짝 놀랐다.

"잠이 안 와서 나왔을 뿐야."

"거짓말."

현주는 내 기억의 저 끝에 언제나 자리 잡고 있는 모습 그대로 이렇게 말하며 내 곁으로 왔다. 내 마음을 꿰뚫어 보는 현주이지만 이번만은 틀렸다는 생각을 하자 어둠 속에 숨겨진 내 얼굴이 조금 웃음기로 움직였다.

"우리 고향에서 저녁연기가 다 사라지는 광경을 생각해 봤어? 집집마다 연탄을 때고 전기밥솥으로 밥을 하고."

이번에는 나의 느닷없는 말에 현주가 놀랐는지 아무런 대꾸도 안 했다. 풀섶에서 선뜩한 한기가 솟아올랐다.

"아침 일찍 떠날 거야."

현주가 결심하듯 말했다.

"어디로 가느냐고 물어도 돼?"

이렇게 물으면서 나 역시 갈 데가 없다는 생각이 목젖까지 부풀어 올라오고 있었다. 더 이상 형의 동조자로서만 살 수는 없다는 생각이 아까 비석을 볼 때 들었던 것이다. 형이 자랑스럽게 새겨 넣은 나의 이름을 보면서, 까만 오석 속에 조카들보다 한 칸 앞서서 끼여 있는 내가 숨 막힐 것 같았던 것이다. 10대조 할아버지의 당대를 뒤흔든 문장 속에서 나는 필경 질식하여, 마침내는 고향에 뿌리를 내리지 않고 객지로 떠도는 나 같은 놈은 다 시답잖게 되고, 비석을 짊어지고 선산으로 힘차게 오르는 형이, 내가 차지할 한 치의 땅이나 한 줌의 공기까지도 다 독점하게 될 것이었다.

"몰라. 손짓해 부르는 곳이 없으니까 어디로 가야 할지도."

현주가 말했을 때 그녀는 지금 자신의 심정을 이야기하는 것이 아니라 나의 심정을 밝혀내고 있다는 생각이 문득 들었다. 곤충채집 갔다가 나의 손을 잡아끌어 제 가슴에 넣을 때처럼 현주는 지금 나의 보이지 않는 손을 잡아끌고 있다는 생각이 들었다.

나는 달빛 아래 드러나는 현주의 모습을 찬찬히 마주 보았다. 그러자 어쩐 일인지 아주 평화로운 허기증이 온몸을 저리게 했다. 높이높이 올라가지도 않고 그만그만한 나뭇가지 사이에 엉키며 옆으로 퍼져서, 언덕이나 두렁 위에서 해가 지는 줄모르고 놀던 나를 손짓하던 저녁연기를 볼 때처럼 말 못 할 배고픔을 느꼈던 것이다.

"저녁연기 같구나, 네가 꼭."

나는 좀 자신이 없기도 하고 한편 떨리기도 하여 이렇게 말했다. 거짓말이라고 톡 쏠 줄 알았는데 현주는 뜻밖에,

"너도 그래."

하면서 움고모 집 쪽으로 뛰어갔다.

처음에는 현주의 이 말이 우리가 늘 쓰는 '그저 그래' '그냥 그래'라는 말인 줄 알았다가 현주가 그 집 대문을 여닫는 소리가 들릴 때야 제대로 깨닫고 소년 시절부터 뛰어났던 나의 상상력은 날개를 번뜩이면서 또다시 현주와 함께 날아오르기 시작했다.

(문학사상, 1984)

달맞이꽃

　뒷개울로 멱 감으러 가려면 마을 뒤편에 있는 밤나무숲을 지나서 긴 방죽을 한참 따라 올라가야 했다. 밤이 되어 어른들을 따라 멱 감으러 가는 길은 언제나 어둡고 무서웠다. 저녁 숟갈을 놓자마자 아버지는 앞장서서 뒷개울로 식구들을 내몰았는데, 그때마다 나는 목을 움츠린 채 따라가지 않을 무슨 핑계를 대 보려고 했지만 허사였다.

　장마가 막 끝나고 마지막 더위가 한창 기승을 떨 때였다. 방도 부엌도 감자 삶는 솥처럼 단내가 훅훅 났고, 외양간과 돼지우리에서 나는 오물 썩는 냄새가 뜨겁고 더럽게 집안 구석구석을 점령하고 있었다. 장마 때 땅속이나 나무 밑둥이나 문지방 틈으로 숨었던 온갖 벌레들은 통통하게 살이 올라서 기어나왔다. 어른들과 아이들의 등과 겨드랑이에 땀띠가 나서 밤마다 뒷개울로 멱 감으러 가는 게 온 마을의 일과였지만, 나는 뒷개울에서 어른들과 함께 멱 감는 것이 아주 싫었다. 하지만 저녁밥을 먹고 나서 마당에 폈던 멍석을 둘둘 말아 헛간으로 콱

집어던지면서 아버지는 어김없이 말했다.

"멱 감으러 가자."

이 말을 들으면 나는 그 순간마다, 굴뚝에 날아와서 자고 가는 조그만 굴뚝새나 마루 송판의 옹이 틈으로 들락거리는 생쥐가 되고 싶었다. 나는 대낮에도 개울에서 실컷 멱을 감을 수 있기 때문에 꼭 밤이 되어 어른들을 따라갈 필요가 없었다. 나는 몸이 더럽지도 않았고, 어머니처럼 겨드랑이와 배꼽 아래에서 썩는 냄새가 나지도 않았다. 나는 낮에나 밤에나 언제나 깨끗했다. 나보다 네 살 위인 누나는 제가 뭐 다 큰 처녀라고 밤마다 아무 군말 없이 뒷개울에 가기를 좋아했다. 나는 그럴 때마다 잠잘 때면 다리를 내 배 위에 턱 올려놓은 채 방귀도 뽕뽕 뀌어대는 누나의 잠자는 얼굴을 떠올렸다. 누나가 미웠다.

"저 자식은 밤 물귀신이 무섭대누만."

개수물통에 저녁 먹은 빈 그릇을 담그면서 어머니가 겁먹은 나를 나무랐다.

"나이 열 살이 적어? 무서울 게 따로 있지. 우리 집에 겁쟁이는 필요 없어."

마당 한구석에 피워 놓은 모깃불에서 생쑥 타는 냄새가 독했다. 아버지는 부삽으로 모깃불 더미에서 재를 한 삽 떠서 불꽃 위에 끼얹었다. 누나는 내가 야단맞는 게 재미있는지 나에게 혀를 낼름대며 뜨물 항아리에서 뜨물을 한 바가지 떠서 돼지우리로 갔다. 뒤이어 돼지가 꿀꿀대는 소리와 뜨물을 먹느라고 척척척 하는 소리가 지저분하게 들렸다.

밤나무숲은 어둡기만 했다. 저만큼, 보이지 않는 어둠 속에서 앞서가는 사람들의 델랑델랑 하는 말소리가 들려왔고, 발소리에 놀란 때까치들이 밤나무 가지 사이에서 푸드드득 했다.

"오늘 밤은 도깨비불이 유난히 실하군. 풍년이 들 모양이여."

장마 때 벼락을 맞아 쓰러진 밤나무 밑둥에서는 퍼런 인광이 번뜩였다. 아버지는 그것을 늘 도깨비불이라고 했다.

"풍년은 무슨 지랄 같은 풍년이우? 애들 삼촌은 죽었는지 살았는지 소식도 모르는데."

어머니가 내 손을 잡아끌었다. 얼굴이 희고 아름다웠던 삼촌 이야기가 나오면 나는 이상하게 가슴이 두근거렸다. 작년 여름 전쟁 이후 삼촌은 종적을 감추었는데 그다음부터는 삼촌 이야기만 나오면 아버지도 어머니도 서로 화를 내면서 다투었다.

"소식을 알면 뭘 해? 딴 놈들은 인민군에 잡혀갔다가도 놈들이 후퇴할 때 약게 도망쳐 왔는데, 그놈은 도망치다가 붙잡힐까 겁이 나서 옴짝도 못 했고 아무리 도망치자고 해도 다음에 지서에 잡혀가서 곤욕을 당하는 게 무서워서 엉거주춤하니 있었다니, 그런 겁쟁이는 우리 집에 소용없다구."

"얼마 전에도 천등산에 숨어 있는 군인들을 이 잡듯 잡아냈다는데, 삼촌은 거기에도 없는 걸 보면 정말 죽기는 죽은 모양이우."

어머니가 한숨을 후우 내쉬었다. 거짓말이다. 나는 속으로 아무도 모르게 외쳤다. 삼촌은 눈을 똑바로 뜨고 살아 있다는 것을 나는 알고 있었다. 나는 꼭 그렇게 믿고 있었다. 천등산 깊고 깊은 곳, 어느 바위 뒤나 나무 위나 어디엔가 꼭 삼촌은 살아 있다고 나는 믿었다.

"그나저나 요즘도 논배미에서 송장이 자꾸 나온다며요?"

어머니가 앞서가는 아버지의 등에 대고 물었다.

"윗배미 열 마지기 논에서 송장이 나왔는데 입은 군복도 그대로고 뼈다귀에 살점이 그냥 붙어 있더군. 윗배미에서 흘러내리는 물로 마을 논을 다 적셨으니, 사람고기로 거름을 한 셈이여. 그러니 풍년이 안 들고 배겨?"

"끔찍한 소리 작작 하우. 아들 새끼가 무서워서 오금을 못 펴겠수."

"겁쟁이는 아무 소용도 없어. 돼지똥 쇠똥 거름보다야 사람똥 거름이 훨씬 좋고, 그보다야 또 사람고기 썩은 물이 제일이지."

어두운 밤나무숲을 벗어나면 긴 방죽이었다. 방죽 위에는 달맞이꽃이 무더기무더기 피어 있어서 달이 없는 밤인데도 희부옇게 방죽이 드러나 보였다. 이제 초저녁인데 벌써 밤이슬이 내려 달맞이꽃 대궁이가 종아리에 부딪칠 때마다 하얀 달맞이꽃에서 이슬이 흩어져 내렸다. 톱니 같은 잎사귀에 손가락을 다칠 때도 있었지만, 밤이 되면 하얗게 피어났다가 아침이 되어 온갖 벌레들이 잠에서 깨면 스르르 시들어 버리는 달맞이꽃이 그냥 좋기만 했다. 누나는 달맞이꽃을 호랑이꽃이라고 하면서 욕을 했지만, 나는 방죽에 피어 있는 꽃 가운데 이 꽃을 가장 좋아했다. 밤에 보면 꼭 흰 달무리가 여기저기 풀섶에 내려와 앉아 있는 것 같았다.

방죽을 한참 따라 올라가면 개울이 웅덩이처럼 생긴 곳이 멱 감는 터였다. 마을 사람들이 언제 그렇게 만들었는지 장마 때 저절로 그렇게 됐는지는 모르나, 내 종아리 정도 될까 말까 한 개울물이 여기서는 제법 깊어서 어른들의 배꼽 위까지 되었는데, 그렇게 움푹 패인 곳이 두 군데여서 어른들이 한 군데씩 차지하고 멱을 감기에 딱 맞았다.

상류 쪽에 있는 것이 남자들의 차지였고 그 조금 아래 있는 것이 여자들의 차지였지만, 거리는 얼마 되지 않아서, 멱을 감으며 떠드는 소리가 이쪽저쪽에서 서로 들리기도 했다. 나는 어떤 때는 아버지를 따라 위쪽으로도 가고 또 다른 때는 어머니를 따라 아래쪽으로도 갔다. 어느 쪽에서나 어른들이 슬쩍슬쩍 내 고추를 자꾸 만져 보는 것은 싫었지만, 건조실 집 갑분이가 개울에 와 있는 것을 알면 꼭 아래쪽으로 가곤 했다.

"저 새끼는 암사내가 되는 것 아니여? 계집들 사이에서 멱 감기를 좋아하는 꼴 봐."

아버지는 내가 어머니를 따라 방죽을 내려서자 껄껄 웃었다. 나는 아버지의 웃음소리를 듣지 않고 재빨리 개울가 바위에 올라섰다. 꾸물거리다가는 아버지한테 잡혀서 남자 어른들이 먹 감는 데로 끌려갈지도 모른다는 생각에 겁이 났기 때문이었다. 겁쟁이는 소용없다구? 그럼, 지난번 전쟁 때 아버지는 왜 며칠 동안이나 벽장 안에 숨어 있으면서 찍소리도 못했느냐 이거야. 총을 멘 군인들과 시뻘건 완장을 찬 사내들이 와서 아버지 내어놓으라고 어머니의 사타구니를 툭툭 건드릴 때도, 나와서 큰소리 한번 못 치고 쥐죽은 듯 숨어 있었던 아버지가, 삼촌과 나를 겁쟁이라고 하는 것은 아무래도 마음에 들지 않았다.

"어유, 태식이 총각이 왔구려."

먹을 감던 체장수가 나를 물속으로 첨벙 끌어당겼다. 머리와 양어깨에 체를 주렁주렁 이고 마을을 다니며 온 마을의 소문을 전해 주고 또 소문을 몰고 가는 여자였다. 그는 나를 부를 때마다 꼭 총각이라고 했다. 물속에서 나의 등을 씻어 주다가도 슬쩍 내 고추를 만지기도 하고 또 나의 손을 자기의 흉측한 사타구니 쪽으로 가져가기도 하는 여자였기 때문에 나는 언제나 그 여자가 마음에 들지 않았다.

"잘들 씻어내우. 나야 품어 줄 서방이 없으니까 그래봐야 쓸데도 없지만 뭐니 뭐니 해도 계집은 그 밑천이 든든해야 된다우. 찬물로 정성 들여 씻고 닦고 하면 그게 꼭 쫄깃쫄깃한 게 찰인절미보다 낫게 된다우."

"그래 잘 알아서 댁은 소박을 맞았구랴?"

누가 이렇게 놀리자, 싫다고 몸을 빼는 나의 겨드랑이를 싹

싹 씻어 주면서 체장수 여자는 쿡쿡 웃어댔다. 열입곱 살 때, 열세 살 먹은 사내에게 시집을 갔다가 몇 년 뒤에 소박을 맞고 온 여자였는데, 입에 담기 어려운 상스러운 말도 도맡아 하여 마을 여자들 사이에서는 언제나 손가락질을 받으면서도, 또 언제나 마을 여자들의 입방아에는 디딜방아 노릇을 하는 여자였다.

바로 지난해 이맘때에 그 무서운 전쟁이 일어나서, 마을에는 그때 없어진 사람 소식을 아직도 모르는 경우도 꽤 있는데도 이렇게 밤 뒷개울에서 만나면, 공연히 웃고 떠들고 하는 어른들의 마음을 나는 참으로 알 수가 없었다. 그들이 남자들과의 잠자리 이야기를 노골적으로 하면서 킬킬거리는 것은 어쩌면 조금 위쪽에서 멱을 감는 마을 남자들의 귀에까지 들릴지도 모른다는 아슬아슬한 기대감 때문인지도 몰랐다.

"이 여편네야 말조심 해. 갑분이 같은 처녀가 있는 데서 무슨 소리야. 처녀가 시집가기 전에 사내 사정을 다 알고 나면 첫날밤이 싱겁지 뭐야."

어떤 여자가 저만큼 한쪽에 떨어져서 허리를 구부리고 머리를 감고 있는 갑분이를 가리켰다. 그 말을 듣자 여자들이 또 와 웃었다. 나는 체장수의 손을 빠져나와 물속으로 잠수를 했다. 갑분이가 있는 곳은 물이 얕아서 더는 잠수를 할 수 없었다. 내가 물 위로 고개를 내밀며 입안에 든 물을 푸 내뿜자 머리를 감던 갑분이가 얼굴을 들었다.

"너 왔구나? 아직도 학교는 시작 안 했니?"

"선생님이 모자란대. 다음 달부터는 문을 연다니까."

지난봄부터 학교는 다시 문을 열었지만 수업이 제대로 되는 것은 아니었다. 겨울 피란에서 돌아와 보니 학교는 폭삭 불에 타서 잿더미가 되었고, 어디선지 원조물자가 와야지만 다시 학교를 지을 수 있다고 했다. 간신히 천막교실을 몇 개 만들어 문을 열었지만 또 선생님이 부족하였다. 늙은 교장 선생님과 여자 선생님 두 명만 돌아왔고, 나머지 남자 선생님 세 명은 전쟁통에 군인이 되었는지 또는 죽었는지 학교로 복귀하지 않아서 수업을 제대로 하지 못하고 음악과 보건으로만 한나절을 겨우 때워 나가는 형편이었다.

선생님이 모자라니까 두 학년을 합반시켜 놓고 노래를 가르치다가 아이들이 꾸벅꾸벅 졸 때면 씩씩한 군가도 가르쳤다. 음악 시간보다도 보건 시간이 더 많았다. 아이들도 피란을 나갔다가 다 돌아오지 않아서, 학년마다 숫자가 들쑥날쑥 쥐 파먹은 옥수수 꼴이었으므로, 운동장에 전교생을 모아 놓고 체조도 하고 다 쭈그러진 공으로 축구도 하고 또 땅따먹기 시합도 하면서 하루를 보냈다. 정규적으로 학사 일정이 진행된다면 벌써 방학이 끝나고 개학이 돼야 했겠지만, 모든게 이런 꼴이니 수업이고 뭐고 그때그때 형편 따라 때워 나가는 수밖에 없었다.

"전쟁이 빨리 끝나야 할 텐데. 그래야 태식이도 학교에 잘 다닐 수 있고."

갑분이는 머리채를 물속에 담그고 두 손으로 싹싹 문지르면서 말했다. 나는 첨벙첨벙 물장구를 치면서 갑분이의 젖가슴과 배와 흰 허벅지를 몰래몰래 훔쳐보았다. 밤이니까 내가 이렇게 다 큰 처녀의 벗은 몸을 구석구석 구경하는 줄은 아무도 모를 것이었다. 잠수를 하여 헤엄을 치면서 일부러 갑분이의 허벅지에 머리통을 부딪쳐 보기도 했다.

"그래야 너희 삼촌도 돌아오겠지?"

갑분이가 머리를 다 헹구고 고개를 들며 말했다.

"삼촌은 죽었대. 겁쟁이는 우리 집에 아무 소용이 없대."

나는 재빠르게 대꾸하고 물속으로 몸을 숨겨 개구리헤엄을 쳐서 어머니 가까이로 갔다. 갑분이 있는 데를 돌아다보았지만 어두워서 보이지가 않고 그 대신 윗 멱터에서 바위 구르는 듯한 커다란 웃음소리가 요란히 들려왔다.

그쪽의 남자 어른들도 멱을 감으면서는 언제나 여자들의 흉을 보며 웃기를 잘했다. 아 글쎄, 그년이 여간내기가 아니여. 밭고랑에서도 내가 바지끈을 풀기만 하면 찰싹 달라붙거든. 이 사람아, 그건 보통이야. 내 여편넨 아가릴 틀어막아야 할 정도여. 안 그러면 잠자는 새끼들이 제 에미 죽는 줄 알고 놀라 잠을 깰 테니깐. 한 손으로는 엉덩이 받쳐 주랴, 또 아가리 틀어막으랴 나만 죽어나는 거여. 복에 겨운 소리구먼. 내 여편네는 돼지도 그런 돼지가 없어. 난 한창 휘두르며 파 내려가는 판에

쿨쿨 코를 골지 않나. 문득, 아버지도 내가 없을 때는 어머니의 때가 낀 배꼽과 흉터가 있는 엉덩이 이야기를 할 것이라는 생각이 들자, 나는 기분이 나빴다. 나는 물속에서 오줌을 쌌다. 오줌이 다리를 스쳐 흐르자 종아리가 잠시 따뜻해져서 기분이 조금 좋아졌다.

돌아오는 길에 방죽에서 달맞이꽃을 한아름 꺾어 가지고 왔다. 호랑이꽃을 집에 가져가면 안 된다고 누나가 욕을 했지만, 그날 밤은 웬일인지 달맞이꽃을 꼭 꺾어 가지고 오고 싶었다. 어두운 밤에도 하얗게 피어서 사람들의 눈에 보인다고 그 꽃을 호랑이꽃이라고 했다. 소나 돼지도 달맞이꽃의 톱니처럼 생긴 잎은 먹지 않았다. 호랑이를 무서워하는 짐승은 달맞이꽃을 먹지 않는다고들 했다. 아버지가 나를 겁쟁이라고 하지만 나는 달맞이꽃만은 무섭지가 않았다.

"그냥 둬라. 요즘에 호랑이가 어디 있어? 일본놈 청국놈이 다 잡아가고, 그나마 남았던 것도 지난 전쟁 때 씨가 말랐을 거여."

아버지가 내 편을 들자 누나는 어둠 속에서 나를 꼬집었다. 나는 꽃을 가지고 올 욕심에 누나에게 대거리도 못 하고 입을 꼭 다물었다. 오면서 보니까 멀리 천등산에 또 산불이 났는지 빨간 불빛이 까물까물했다. 장마철에만 뜸했지 천등산에는 산불이 자주 났다. 워낙 멀어서 낮에는 보이지 않았지만 밤이 되면 산불이 난 것을 볼 수 있었다. 화롯불을 어두운 언덕에 쏟아

놓은 것처럼 불꽃이 작게 보였다. 그것을 볼 때마다 나는 형언할 수 없는 두려움이 생겨나는 것을 어쩔 수 없었다. 지난봄 아랫마을 구장네 집 바깥채에서 불이 났을 때는 그렇게 신나고 재미있을 수가 없었는데, 저토록 멀리 있는 산에서 까물까물 보이는 산불은 나를 납작하게 만들어 주는 것이었다.

"빨리 자빠져 자거라. 낼부터는 밖에 그냥 쏘다니며 놀지만 말고 집일도 거들어야 한다. 돼지풀도 많이씩 베어 오고 외양간도 좀 치워라."

집에 돌아오자 아버지는 마루에 털썩 걸터앉자마자 크크 하고 헛기침을 했다. 아버지는 천등산에 난 산불을 보고 또 삼촌 생각을 하고 있을 것이었다. 지난봄부터 천등산에 산불이 잦자 마을 사람들은 모두들 쑥덕쑥덕댔다. 후퇴하다가 길이 막혀 산으로 들어간 군인들이 피우는 불길이라는 것이었다. 서로 신호도 하고 야간경비도 하느라고 일부러 불을 놓은 것이라는 말을 서로서로 귀에 귀를 기울이고 들었다.

"아직도 살아 있는 군인들이 있나보우."

어머니가 이렇게 말하자 아버지는 화를 냈다.

"다 헛소리여. 나무가 서로 부딪쳐서 불이 일어난 거여. 천등산은 워낙 크고 계곡이 많아서 어떤 때는 바람이 아주 세거든. 불이 났다가도 비가 오면 저절로 꺼지는 거여."

"장마철이 지났는데 비는 무슨 비유?"

어머니가 마루에 벌렁 드러누우면서 말하자 아버지는 콧방

귀를 꿰었다.

"쨍쨍한 날에도 금세 하늘이 어두워져서 소나기가 오고 뇌성벽력이 떨어지거든. 아마 지금쯤 산꼭대기에는 서리가 내렸을지도 모르지."

"설마. 저까짓 산이 뭐 그리 높다고 그렇게 조화속일라구."

나는 달맞이꽃을 담아 둘 그릇을 찾느라고 부엌문께에서 두리번거리다가 빨리 자빠져 자라는 아버지의 야단을 듣고, 개숫물과 세수한 물을 버리는 수채 쪽으로 가서 질척한 흙에 달맞이꽃 대궁이를 쑥쑥 눌러 꽂았다. 얼른 방으로 들어왔다. 먼저 들어와서 누운 누나한테서 침을 꼴깍 넘기는 소리가 유난하게 들렸다. 오늘 밤에는 나도 누나처럼 잠을 자는 체하면서 마루에 누워 있는 아버지와 어머니가 밤이 깊도록 무슨 말을 하는지를 엿들어야겠다고 생각했다. 누나는 언제나 침을 꼴깍꼴깍 삼키면서 마루의 동정을 엿듣는 눈치였지만 나는 잠이 쏟아져서 여태껏 아무 소리도 엿듣지 못했었다.

그날 저녁은 잠이 쉽게 오지 않았다. 잠이 안 오는 나의 눈앞에 갑분이의 얼굴이 떠올랐다. 또 삼촌의 흰 얼굴도 떠올랐다. 작년 초여름이었다. 적군들이 아직 우리 마을까지는 쳐들어오지 못하고 백 리쯤 떨어졌다는 원주 근처에서 전장이 형성되고 있을 때였다.

그때도 뒷개울로 멱 감으러 갔었다. 나는 멱을 감다가, 욕심내서 먹어 댄 찐 감자가 얹혔는지 물똥이 찍찍 나오고 배가 아파서 방죽 위로 올라가서 뒤를 보고 있었다. 하얗게 꽃무덤을 이룬 달맞이꽃 사이에서 내가 끙끙대며 물똥을 누고 있을 때, 저만치에 있는 달맞이꽃 더미가 움직이는 것을 보고 하마터면 소리를 지를 뻔했다. 조금 후에 무슨 말소리 같은 것이 나더니 잠잠해졌다. 나는 무서워서 얼른 일어섰다. 물똥 찌꺼기가 가랑이로 축축하니 흘렀다. 내가 가만가만 달맞이꽃 사이를 헤치고 나왔을 때 아까 조금 움직이는 것처럼 보였던 꽃 더미에서 이번에는 분명하게 말소리가 들려 나왔다. 아아, 이러면 난 어떡해. 나는 깜짝 놀라 그 자리에 주저앉았다. 한참 동안을 그러고 있자니까 또 이번에는 남자 목소리가 들렸다. 이번 가을에 졸업하면 읍내로 뜨자구. 분명 삼촌의 목소리였다. 농림고등을 다니던 삼촌은 방학에 고향에 왔다가 전쟁이 나는 바람에 눌러붙어 있지만 곧 다시 학교를 마무리하게 될 줄 알고 있었다.

나는 들키지 않으려고 살금살금 방죽 아래로 기어 내려와서 개울물에 몸을 담그고 가랑이와 똥구멍에 묻은 물똥을 씻었다. 어머니는 아무것도 모르고, 얹힌 게 쑥 내려가라고 내 등을 툭툭 때리면서, 씨감자 쪄서 처먹여 놨더니 똥으로 다 쏟아내느냐며 야단을 쳤다. 한참 후에 어두운 방죽에서 사람이 하나 개울로 미끄러져 왔다. 나는 헤엄을 쳐서 그쪽으로 다가갔다. 건조실 집 갑분이였다. 활짝 핀 달맞이꽃 더미가 먹을 감으려고 방죽에서 내려오는 것 같았다. 나는 갑분이의 몸의 빛깔이 꼭 달맞이꽃처럼 생겼다는 사실을 처음 알았다. 목욕터에서 발가 벗고 멱을 감는 마을 사람들의 몸도 모두 같은 빛깔이라는 생각을 비로소 했다. 나는 침을 꼴깍 삼키고 갑분이의 몸만 눈여겨보았었다.

"무슨 소리 들렸나?"

내가 누나의 침 삼키는 소리에 정신을 차리고 소곤소곤 묻자, 누나는, "이 병신아 자기나 해" 했다.

그러나 누나는 나를 꼬집는 대신에 내 가슴을 꼭 껴안았다가 풀어 주었다. 나는 누나의 침 삼키는 소리를 세어 보다가 쏟아지는 잠 속으로 빠졌다. 아무 꿈도 꾸지 않았다.

이튿날 아침에 일어나 보니 달맞이꽃은 보기 흉하게 쭈그러져 있었다. 빛깔도 흰 게 아니라 누렇게 변해 있었다. 나는 그것들을 뽑아다가 텃밭 두둑 위로 내던졌다. 그렇게 아름답던 꽃이 왜 아침이 되면 누런빛으로 변하며 오그라들어서 볼품없이 되는지를 나는 정말 알 수가 없었다. 아버지는 암소를 몰고 쇠꼴을 베러 무너미골로 가고, 어머니는 마을 여자들과 함께 품앗이하러 뒷들로 갔다.

"돼지풀 베어다 놓고 점심은 옥수수 꺾어다가 삶아 먹어라."

어머니가 엉덩이를 휘휘 내저으며 나가자 누나는 혀를 날름대며 뭐라고 알아들을 수 없게 좋알거렸다. 어머니 앞에서는 꼼짝도 못 하면서도 언제나 어머니의 엉덩이한테는 대어드는 누나였다.

우리 집 암소는 두 달 전에 접을 붙여서 지금 첫 새끼를 배었기 때문에 힘든 일은 시키지 않고 배불리 먹이고만 있었다. 아버지는 누나와 나보다도, 아니 어머니보다도 암소를 더 소중하게 생각하는 눈치였다. 지난번 겨울에 경상도 쪽으로 피란을 갔을 때도 식구들은 끼니를 굶는 일이 있었지만 소만은 그런 일이 없었다. 다들 집을 버리고 피란을 갔기 때문에 농가마다 쇠여물 감이 지천으로 쌓여 있기도 했지만 아버지가 소를 위하는 정성은 유난스러웠다. 소가 있어야 농사를 짓는 법이여. 튼튼한 소가 있는 집이 망하는 일 본 적이 없거든. 아버지는 늘 이렇게 말했다.

그러나 피란 생활을 끝내고 돌아온 마을에는 소가 해야 할 힘든 일이 그다지 없었다. 우리 마을을 점령했던 병사들이 막사를 지으려고 그랬는지 소형 비행기 이 착륙장을 건설하려고 그랬는지 아무튼 마을의 논밭은 트랙터가 다 밀어붙여 평평하게 변해 있었다. 밭두럭 논두럭도 다 까뭉개져서 네 땅 내 땅 구별할 수도 없을 정도였고, 마치 커다란 농장을 만들려고 그런 것처럼 큰 돌들도 다 치워져 있었다. 그러다가 갑자기 전선이 바뀌고 군부대가 전방으로 이동을 해 버린 모양이었다. 트랙터로 논밭을 밀어붙일 때 그곳에 죽어 자빠져 있던 송장들을 그대로 흙 속에 파묻은 것이 분명했다. 봄부터 논일 밭일을 하다가 어른들이 심심찮게 땅속에 묻혀 썩고 있는 송장을 찾아냈다. 처음에는 마을이 발칵 뒤집힐 것처럼 송장을 보고 놀라고 끔찍스러워했지만 그것도 이제 어른들은 이력이 났다.

아버지의 말대로라면 우리 집은 크게 일어날 것이 분명했다. 암소가 송아지까지 배었으니 우리 집의 농사도 그만큼 잘 되어 이번 가을부터는 배를 곯지 않아도 될 것이었다. 전쟁통에 삼촌이 없어졌다는 사실도 아버지한테는 별문제도 안되는 모양이었다. 어떤 때 지서의 경찰관과 자위대의 사무원이 찾아와 삼촌의 행방을 묻는 일이 있는데, 이럴 때마다 아버지는 흡사 남의 이야기처럼, 아무 소식도 모르오, 필경 뒈져서 원혼이 됐을 거요, 하면서 괴로운 낌새 하나 보이지 않았다. 그들이 돌아가고 나면 아버지는 식구들에게 아무것도 아닌 일로 화를 내다가는, 휑하니 외양간으로 가서 싸리비로 암소의 몸을 쓱쓱 쓸어내렸다. 암소는 아버지의 숨어 있는 마음을 다 안다는 듯이 코뚜레 사이로 침을 질질 흘렸다.

누나를 따라 돼지풀을 삼태기 하나 가득 베어서 집으로 돌아오면서 보니 갑분이가 건조실 앞에서 멍석 위에 고추를 널고 있었다. 갑분이네는 마을에서 가장 크게 담배 농사를 짓던 집이어서 높다란 건조실이 마당가에 있었다. 마을에서는 그 집을 건조실집이라고 불렀지만 전쟁이 난 다음부터는 담배 농사를 그만두었기 때문에 건조실만 싱겁게 높이 서 있을 뿐, 그 앞을 지날 때마다 풍기던 야릇한 담배 냄새도 이젠 간 곳이 없고, 허물어지는 흙벽 사이로 쥐새끼들이 찍찍거리며 야단을 쳤다. 담배 농사를 억척스럽게 지을 때, 담뱃잎을 따는 철이 되면 마을 여자들이 모두 그 집으로 품팔러 가곤 할 때의 갑분이네 집은, 우리 집이나 그 밖의 다른 집처럼 그만그만한 논밭 뙈기나 부쳐 먹는 집보다는 어딘가 남다른 풍모가 있었는데, 전쟁 바람에 갑분이 오빠 둘이 군대에 가고 나자, 이제는 담뱃잎 찔 때 풍기던 은은하면서도 오래 기억에 남는 남다른 냄새도 사라져 버렸다.

"태식아, 내가 배 따 주랴?"

갑분이가 나를 보더니 허리를 펴고 일어섰다. 나는 건조실 옆에 있는 배나무를 보았다. 아직 잘 익지는 않은 커다란 배가 주렁주렁 열려 있었다. 갑분이가 건조실 벽에 기대어 놓은 사다리를 밟고 올라서서 배나무 가지를 하나 휘어잡았다. 작년만 해도 언제나 배나무의 배를 쳐다만 보면서 침을 흘리고 지나가던 나였다. 마을에 하나밖에 없는 배나무였고 그 집에서 풍기는 남다른 기운에 눌려 감히 훔쳐 따먹을 생각도 못 하던 일이었다.

"아직 덜 익었지만. 그래도 배 맛은 배 맛이지 뭐."

갑분이는 배가 서넛 열린 가지를 나한테 주었다. 나는 손에 든 돼지풀 삼태기로 그것을 받았다. 그때 나는 뒷개울 밤먹터에서 본 그의 발거벗은 하얀 몸을 머릿속에 그려 보았지만 웬일인지 전혀 윤곽조차 떠오르지 않았다.

"이젠 담배 농사 아주 안 짓나?"

나는 엉뚱하게 건조실 벽을 발로 툭툭 치면서 말했다. 그러면서 고개를 돌렸더니 멀리 천등산이 보였다.

"저기 봐. 천둥산 산불이 밤새 다 꺼졌다. 이제 전쟁도 다 끝났나 봐."

나는 갑분이에게 이렇게 말하는 것이 자랑스러웠다. 간밤에 일어났던 산불이 다 꺼져서 천둥산이 이마를 잿빛 구름으로 가리고 있는 모습을 손으로 가리켰다.

"병신, 낮에는 산불이 안 보이니까 그런 거야. 천둥산이 몽땅다 타 버릴 때까지 산불은 꺼지지 않는데. 이 병신 같으니."

누나가 팔꿈치로 나를 탁 쳤다. 부끄럽고 화가 나서 하마터면 울음이 터질 뻔했다. 갑분이는 영악스럽게 나를 윽박지르는 누나를 가만히 보다가 갑자기 누나의 뺨을 한 대 찰싹 때렸다.

"쪼그만 계집애가 뭘 안다구? 뭐, 천둥산이 다 타 버려야 된다구?"

누나가 울음을 터뜨리기 전에 갑분이가 먼저 흑 느끼면서 울었다. 나는 무서워서 얼른 도망치듯 우리 집으로 오는 언덕받이로 뛰어갔다. 누나도 뺨 맞은 것은 아프지 않은지 울지도 않으면서 뭐라고 뭐라고 쫑알대며 내 뒤를 따라왔다. 느티나무가지에서 찬 이슬 쏟아지듯 매미가 여러 마리 울었다.

돼지가 탈이 났는지 돼지풀을 우리에 넣어 주었는데도 먹지않고 꽥꽥거리며 돼지우리 말뚝을 주둥이로 박아댔다. 갑분이가 준 배를 하나 따서 누나에게 주고 나도 하나 베어 물면서 돼지를 지켜보았다. 우리에서 더러운 돼지똥 냄새가 나서 배맛도 하나 알 수 없었다.

"병난 것 같다, 그지?"

배 껍질을 우리로 퉤 뱉고 나서 누나에게 말했다. 누나도 입 속에 든 배 껍질을 뱉었다.

"새끼 배고 싶어서 저 지랄하는 거야."

나는 통 알 수가 없었지만 뭐라고 또 물었다가는 아까 갑분이한테 뺨 맞은 화풀이를 나한테 할지 모른다는 생각이 들어서, 누나의 암팡지게 생긴 얼굴만 가만히 쳐다보다가 얼른 느티나무 있는 곳을 향해 내뛰었다.

저번에 암소가 첫 새끼를 배게 되던 날, 아랫마을의 무지막지하게 큰 황소한테 짓눌려 있던 우리 암소 생각이 문득 났다. 어른들이 쫙 둘러서서 껄껄대고 웃으며 아이들을 가까이 못 오게 했지만, 나는 우리 암소가 새끼를 배게 되는 거니까 특별히 아버지 옆에 서서 구경을 할 수가 있었다. 끔찍했다. 열 살 나이를 먹은 나는 그 생각뿐이었다. 그런데 돼지도 새끼를 배게 된다면, 또 우리 돼지가 수돼지한테 짓눌려 비명을 지르게 될 것이다. 나는 공연히 화가 나서 돌멩이를 걷어찼다. 그 바람에 풀섶에서 개구리 한 마리가 데룩데룩한 눈깔을 하고 펄쩍 뛰어 내 발등에 앉았다가 뛰어 달아났다.

느티나무 위에는 나만한 아이들이 벌써 몇 올라가 있었다. 이제는 매미 잡는 일도 싫증이 나서 아이들은 그냥 느티나무 가지에 턱 걸터앉아 그 흔들흔들하는 기분을 즐겼다. 나도 그랬다. 어른의 몇 아름도 더 되는 커다란 느티나무는 마을 아이들의 가장 즐겁고 편안한 놀이터였다. 가지가 착착 휘어질 정도까지 올라가 편하게 걸터앉을 자리를 잡고 흰 구름이 떠가는 하늘도 올려다보고, 가지 사이로 언뜻언뜻 보이는 먼 산도 바라보았다. 오줌이 마려우면 그냥 거기서 누었다. 오줌 줄기는 잎사귀에 부딪쳐 빗방울이나 이슬처럼 흩어져 떨어지기 때문에 그 아래로 지나가는 어른도 그것이 오줌인 줄 모르고, 느티나무 잎새에 남아 있던 밤이슬이 바람에 후드득 떨어지는 것으로 알았다.

"소리개 순님이네 밭에서 오늘 또 송장 하나가 나왔대."

나 다음으로 나무로 기어 올라온 아이가 나무 속에 숨어 있는 아이들에게 큰 소리로 말했다.

"이건 아주 싱싱한 놈이래. 더럽지도 않고."

그 아이가 새 소식을 신나게 떠들자 느티나무가 통째로 술렁거렸다.

"가 볼까?"

"그래."

"싱싱하다니까 무섭지도 않을 거다."

"야, 내려가자."

흡사 느티나무의 크고 작은 가지들과 잎사귀들이 순식간에 조그만 입술을 달고 재재재재 떠드는 것같이 들렸다.

나는 아이들과 함께 소리개로 달음박질해 갔다. 밤나무숲을 한편으로 끼고 쭉 올라가면 소리개였다. 무너미골 바로 아래에 있는 마을로 논은 몇 없고 밭이 많았다. 밭도 산자락을 일구어 만든 비알밭이어서 하루 종일 그 비탈진 밭고랑에서 일을 하면 여자의 뭐가 비뚤어지겠다는 우스개가 나올 정도였다.

"어딜 이렇게 쏘다녀, 쏘다니긴?"

순남이네 밭으로 올라가는 길에서, 무너미골에서 쇠꼴을 베어 지고 오던 아버지와 마주쳤다. 아버지는 암소한테만 친절하고 나한테는 언제나 야단만 치고 눈알을 부라렸다. 내가 겁을 먹고 아무 말도 못 하자 옆에 섰던 아이가 신나게 말했다.

"순남이네 고추밭에서 송장이 하나 또 나왔대요. 썩지도 않고 아주 싱싱해서 누군지도 알아볼 수 있대요."

"송장이 나왔다? 죽은 송장이 아무리 많이 나와 봐야 무슨 소용이여?"

소쿠리 위에 가득 찬 쇠꼴을 추스르며 말하고 나서 아버지는 마을 쪽으로 발을 돌려 뽕나무밭께로 걸어갔다. 나는 그제서야 초록색 쇠꼴짐에 대고 소리쳤다.

"돼지도 새끼 배고 싶어서 지랄을 막 부려요! 돼지풀도 안먹고……"

아버지가 내 말을 들은 척도 안해서 나는 맥이 빠진 채 아이들을 따라 밭두럭 위로 뛰어갔다. 순님이네 밭에는 일하는 사람도 없었다. 순님이 할머니가 고추를 따려고 나왔다가 지난번 장마 때 흙이 패어내린 곳에서 송장을 보고 놀라 그 길로 빈 광주리를 들고 도로 들어갔다는 것이었다. 장마가 오래 계속되어 고추 농사는 다 망가져서 고춧대가 거의 주저앉았고 잎사귀도 누렇게 바래어서 윤기 나게 열려야 할 고추들도 쭈글쭈글한 게 많아 보였다. 나는 아이들을 따라 신작로 바로 밑까지 뛰어갔다.

"싱싱하다고 네가 했으니까 한번 벗겨 봐."

아이들은 밭두럭이 끝나는 곳에까지 와서 거적으로 덮어 놓은 것을 가리키며 말했다. 느티나무에 올라오자마자 신나게 소식을 전했던 아이는 선뜻 나서지를 못했다. 점심때가 돼서 배에서는 꼬륵 소리가 났고 늦더위의 햇살이 우리들의 숨을 가쁘게 했다.

"얼른."

아이들 중의 하나가 말하자, 정작 그 거적을 벗겨서 싱싱한 송장을 보여 주어야 할 아이는 콧잔등에 송글송글 맺힌 땀방울을 손등으로 문지르기나 할 뿐 난감하다는 듯 그냥 서 있었다.

"자, 이것 봐. 이까짓 게 뭐가 무섭니?"

다른 한 아이가 거적을 잡아당겼다. 나는 순간 숨을 죽이고 그 아래 나타나는 물체를 두 눈 똑똑히 보았다. 정말 사람의 송장이었다. 하지만 싱싱하다는 말과는 딴판으로 이미 송장은 부패해서 더럽게 보였다. 찢어진 옷 사이로 드러난 살이 검은빛으로 썩어 있었고 살점 사이사이로 허연 구더기들이 달라붙어 있었다.

"이게 뭐 싱싱하니? 순 엉터리로 거짓말을 했구나."

아이들은 그만 재미가 뚝 떨어져서 발길을 돌렸다. 나도 발길을 돌렸다. 역겨운 냄새가 훅훅 풍겼으므로 더 오래 거기에 서 있을 수도 없었다.

그때 문득 아버지의 부릅뜬 눈이 떠올랐다. 겁쟁이는 소용없다…… 나는 얼른 발길을 돌려 송장 가까이로 가서 눈을 부릅뜨고 그것을 내려다보았다. 모로 누운 상태의 송장은 반 넘게 살점이 잘려 나간 한 손으로 아주 조그만 손칼을 잡고 있었다. 나는 그놈을 천천히 들여다보다가 눈 딱 감고 집어 올렸다. 칼에 붙었던 구더기들이 떨어졌다. 접었다 폈다 하는 손칼은 녹이 슬어서 볼품도 없고 냄새도 지독했다.

나는 겁쟁이가 아니다 – 이렇게 외치고 싶었다. 나는 손칼을 흙에 몇 번 쓱쓱 문지르고 나서 냅다 밭두럭을 뛰어내려왔다. 고추밭을 다 벗어나서 아이들 틈에 섞이고 나서야 나는 가슴이 두방망이질을 하며 뛰고 있다는 걸 비로소 느낄 수 있었다. 하지만 이제야 내가 아버지한테 겁쟁이 소리를 안 듣게 됐다는 생각에 나는 남모르는 큰 비밀의 증표가 되는 녹슨 손칼을 다른 아이들이 못 보게 손안에 꼭 숨겼다.

아이들이 저마다 흩어지고 나도 집으로 돌아갔다. 돌아가는 길에 도랑에서 푸푸 세수를 하고 손칼을 꺼내어 도랑물로 잘 씻었다. 녹이 슨 칼은 모래로 자꾸 문지르자 점점 흰 빛이 되어 갔다. 그것을 접었다 폈다 해보면서, 나는 금방 어른이 된 것처럼 마을을 한 바퀴 휘둘러보고 난 다음 또 고개를 돌려 천등산을 건너다보았다. 조금 전까지의 나와, 손칼을 든 내가 사뭇 딴판이 된 것 같은 생각이 자꾸 들었다. 나의 이 용기 있는 행동을 언제나 남모르게 숨겨 가지고 있을 셈으로 나는 잘 닦여진 손칼을 바지춤에 숨기고 집으로 뛰어갔다.

집에 돌아오자 아버지는 작두로 쇠꼴을 썰면서 연신 히죽히죽 웃고 있었다.

"돼지도 새끼를 배면 우리 집은 인제 아무 걱정도 없는 거여."

나를 보자 아버지는 기다렸다는 듯이 말했다. 아버지가 히죽히죽 웃고 있는 것은 돼지가 암내를 내며 지랄을 부리는 게 기분 좋기 때문이라는 것을 알고, 나는 방으로 쑥 들어가서 벽장문을 열고 나의 반짝반짝 빛나는 비밀을 숨겼다. 누나가 마당에 있는 화덕솥에다가 삶는 옥수수 냄새가 기분 좋게 콧구멍 속으로 들어왔고 내 배에서는 꼬륵꼬륵 소리가 연달아 났다. 쇠꼴을 써는 작두날 소리에 섞여 아버지의 흥얼거림이 들렸다.

저녁때 누나는 배가 아프다고 하면서 방구석에 머리를 처박고 있는 바람에 아버지와 어머니와 나만 집을 나섰다. 그날 밤 뒷개울로 가는 길은 무섭지가 않았다. 벽장 속에 숨겨 놓은 비밀이 나를 용감한 아이로 힘을 북돋아 주는 것 같았다. 아버지 몸에서는 그날 밤 따라 돼지똥 냄새가 독하게 풍겼다. 그날 아버지는 점심때가 지나자 우리 집 돼지를 몰고 아랫마을에 다녀와서, 집안이 들썩들썩할 만큼 기분이 좋아 휘젓고 다녔는데, 수퇘지와 접붙이느라고 돼지우리에서 얼마나 법석을 떨었는지, 온몸에서 돼지똥 냄새가 역겹게 나는 줄도 모르는 모양이었다.

"거참, 도깨비불 한번 실하구나."

밤나무숲에서 아버지가 이렇게 말을 했을 때 나는 무서워하는 대신에 인광이 번뜩이는 곳으로 뛰어가서 그중의 하나를 집어들고 뛰어나왔다. 장마 때 급살을 맞아 넘어진 밤나무의 밑둥과 뿌리가 물을 잔뜩 먹었다가 요즘의 땡볕 더위에 온종일 달아올라 밤이 되면 퍼런 불빛으로 살아나던 것이었다.

"저 자식이 웬일로 도깨비불을 다 주워 오네."

어머니가 말하자 아버지는 돼지똥 냄새가 훅훅 풍기는 팔을 내저으면서 말했다.

"나이 열 살이 적어?"

나는 아무래도 좋았다. 퍼런 불빛이 휘뜩휘뜩 빛나는 밤나무 뿌리를 들고 어둡고 긴 밤나무숲을 아주 당당하게 지나서 방죽 위로 올라섰다.

"소리개 뉘 고추밭에서 또 송장이 나왔단 말 들었수?"

어머니가 달맞이꽃이 양쪽으로 피어 있는 방죽으로 걸어가면서 앞서가는 아버지에게 물었다.

"혹시나 하고 좀 전에 일부러 가 보았지 뭐여. 다 문드러져서 어떤 놈인지 알 수가 없어."

"후."

어머니는 길게 한숨을 쉬었다.

"걔는 왜 배가 아픈 거여?"

아버지가 발이 돌에 채였는지 몸을 뒤뚱대면서 어머니에게 물었다. 나는 퍼런 불빛이 비쳐 나오는 밤나무 뿌리의 끄트머리를 뚝 잘라서 어둠 속으로 내던졌다.

"달맞이하는 거라우."

어머니가 알 수 없는 말을 하자, 아버지는 식식거리며 뭐라고 중얼댔지만, 어둠 때문인지 길섶 달맞이꽃 사이에서 울어대는 밤여치 때문인지, 무슨 말인지는 알 수 없었다. 나는 밤나무 뿌리로 달맞이꽃 더미를 툭툭 치면서, 아버지를 흉내 내어 히죽히죽 웃어 보았다. 누나가 곁에 있으면 또, 이 병신 하면서 꼬집을 텐데, 누나가 없으니까 아무도 나를 상대하지 않았다. 누나가 달맞이를 한다구? 어머니가 한 뜻도 모를 소리를 혼자 지껄여 보면서 나는 달맞이꽃 대궁을 발로 툭툭 걷어찼다. 밤이슬이 후르르 떨어지며 종아리를 적셨다.

그 이튿날은 날씨가 흐렸다. 천등산도 구름 뒤로 숨어서 보이지 않았다. 아침에는 벽장 속에 숨겨 놓은 손칼을 몇 번 꺼내어 몰래 보다가 다시 제자리에 두었다. 돼지는 힘이 다 빠졌는지 먹을 생각도 않고 모로 누워서 잠만 자기 때문에 돼지풀이 시든 채 수북이 쌓여 있었다. 아버지와 어머니는 들로 일하러 가고 누나는 아침밥도 안 먹고 방구석에 처박혀 있으면서 나를 본 체도 안했다.

나는 벽장 속에서 손칼을 꺼내어 손에 꼭 숨겨서 쥐고 마당으로 나왔다. 화덕솥에서 찐 감자를 하나 꺼내어 입에 물고 뒷개울로 달려갔다. 피라미 새끼나 잡고, 또 개미를 잡아 옴폭하니 팬 개미귀신집에 빠뜨리면서 놀 작정이었다. 날이 흐렸다고는 해도 푹푹 찌는 더위는 마찬가지였다. 밤 동안 내렸던 이슬이 뜨거운 김으로 변하여, 땅속에서 풀잎 뒤에서 나만 따라오면서 피어오르는지, 땀띠가 난 목과 겨드랑이가 근질근질했다.

밤나무숲에서 때까치들이 요란하게 울었다. 밤에 보면 퍼런 불을 번뜩이는 밤나무의 죽은 뿌리도 낮에는 희부옇게 힘없이 보일 뿐이었다. 밤나무숲에는 이따금 구름 사이로 비치는 햇볕이 금빛으로 떨어지고 있었다. 나는 큰 비밀을 손에 들고 숲을 지나가면서 가을이 되면 따그르따그르 쏟아질 알밤을 생각하면서 커다란 밤나무를 쳐다보았다.

방죽에 올라서서 개울로 가다가 나는 문득 갑분이 생각이 났다. 나의 큰 비밀을 알아줄 사람이 나는 필요했다. 다른 사람이면 송장 몸에서 물건을 집어왔다고 혼줄이나 빼려고 하겠지만, 갑분이는 그렇지 않을 것 같았다. 뒷개울 먹터에서 내 등을 밀어줄 때나, 어제처럼 배를 따 줄 때나 갑분이는 나를 언제나 귀여워했으니까 손칼을 보여 주면 정말 내가 겁쟁이가 아니라고 칭찬해 줄 것이었다. 이런 생각을 하자 나는 피라미 새끼와 개미귀신이 다 시들해졌다.

나는 달맞이꽃 더미에서, 저녁이면 꽃이 필 다 큰 봉오리를 한 꽃대궁만 골라 꺾었다. 손으로 안 꺾여지는 것은 손칼로 뚝뚝 끊어서 한 다발이 될 만큼 꺾었다. 간밤에 활짝 피었던 달맞이꽃들은 다 시들어서 보기 흉했지만, 이제 해가 질 무렵이면 피어날 꽃봉오리를 한 꽃대궁은 그렇게 안 보였다. 나는 그걸 갑분이에게 주고 싶었다. 그리고 작년 여름 뒷개울 방죽 달맞이꽃 더미에서 삼촌과 함께 있었던 것을 다른 사람은 누구도 모르고 나 혼자만 아는 비밀이듯, 나의 비밀도 갑분이한테만 살짝 알려 주고 싶었다. 달맞이꽃과 손칼을 가지고 가서, 갑분이의 비밀과 나의 비밀을 아무도 모르게 서로 만나게 해 주고 싶었다.

　갑분이는 건조실 앞에서 어제와 같이 고추를 넣어 놓은 멍석에서 일하고 있었다. 멍석에서 썩은 것과 곯은 것을 골라내다가 내가 다가서자 멍석 가까이 앉으라면서 배시시 웃었다. 나는 갑분이의 옆에 쪼그리고 앉았다.

　"이거."

　나는 달맞이꽃을 내어밀면서 말했다. 갑분이는 고추 멍석에서 손을 떼고 내가 주는 달맞이꽃 묶음을 받더니 얼굴이 발그랗게 물들었다. 나는 얼른 또 내 비밀을 보이고 싶은 김에 손에 든 손칼을 갑분이 앞으로 쑥 내어 밀었다.

　"그게 뭘까?"

　갑분이는 손칼을 받으면서 이렇게 말했다. 나는 얼른 자랑하고 싶었다. 그때 갑분이가 갑자기 내 앞으로 홱 돌아앉았다.

"너, 이 칼 어디서 났니?"

목소리가 어찌나 빠르게 떨리고 있었는지 잘 알아듣지 못할
뻔했다. 나는 도무지 영문을 알 수 없었다. 갑분이는 누가 그
손칼을 보면 큰일이라도 난다는 듯 얼른 치마폭에 숨기고 일
어나서, 내 손을 잡아끌고 건조실 안으로 들어갔다. 건조실 안
에서는 아직도 담뱃잎 찌던 때의 냄새가 조금은 남아 있었다.
갑분이는 어둑어둑한 건조실 속에서 손칼을 이리저리 살펴보
더니 울음이 금방 나올 것 같은 목소리로 말했다.

"어디서 났니? 응?"

"소리개 산밭에서 주웠어."

나는 거짓말을 했다. 갑분이가 어제 누나한테 한 것처럼 갑
자기 나의 뺨을 찰싹 때릴지도 모른다는 생각이 퍼뜩 들어서
겁이 났다. 그러나 흑흑 느끼며 갑분이는 나를 때리지 않고 꼭
껴안았다. 몽실몽실한 젖가슴이 내 살에 부딪쳐 오자 나도 갑
분이처럼 흑흑 느껴 울어야 될 것 같은 생각이 났다. 갑분이의
가슴에 안긴 채 얼마를 있자니 꼭 환하게 핀 달맞이꽃 더미 속
에 파묻혀 있는 것 같았다.

"죽은 사람한테서 주운 건 아니지? 그렇지?"

갑분이의 울음소리에 섞여 들리는 말에 나는 그냥 응응하면
서 바닥에 떨어져 있는 달맞이꽃 묶음을 한 손으로 집어 들었
다. 조금 후에 날이 저물고 꽃봉오리가 하나씩 벌어져서 희고

아름다운 달맞이꽃이 피어나면 그것을 숨 막힐 것 같은 갑분이 가슴에 몰래 안겨 주고, 나는 살금살금 건조실을 빠져나와 내뛰겠다고 마음먹었다.

(현대문학, 1984)

아가의 말

"왜, 어머닌 어디 가셨어?"

대문의 벨을 딩동동 누르자 곧 문이 열리고 아내가 고무장갑을 낀 채 내 손가방을 받으려고 했다. 나는 가방을 아내에게 주는 대신에 어머니가 눈에 안 보이자 이렇게 먼저 말했다. 내가 퇴근해서 집에 오면, 문을 열어 주는 것은 언제나 어머니의 일이었다. 손가방을 선뜻 주지 않고 어머니 이야기부터 한 것에 기분이 상했는지 아내는 홱 돌아서서 수돗가로 가면서도 아무대꾸를 안 했다. 하긴 내가 오기 전부터 아내는 벌써 무슨 일엔가 화가 나 있었는지도 몰랐다. 나 들으라는 듯 일부러 첨벙첨벙 뎅그랑뎅그랑 하는 그릇 소리를 내면서 부걱부걱 수세미소리도 요란하게 그릇을 씻어대는 아내의 조그만 어깨가 좀처럼 풀리지 않을 듯한 옹골찬 마음으로 뭉쳐져 있는 느낌을 받았다. 나는 모른 체하고 마루로 올라섰다.

방으로 들어가서 손가방을 책상 위에 던지고 아랫목에 잠든 아가를 들여다보았다. 아직 열 달도 안 된 어린 것은 창문으로 비쳐드는 저녁 햇살을 환하게 받고 잠들어 있었다. 손가락으로 발그스레한 볼을 건드리자 아가는 잠결에 젖 빠는 시늉으로 조그만 입을 쪽쪽대며 오물거리기 시작했다. 항렬을 따라 이름을 정수라고 지었지만 나는 아직은 정수야 하고 쉽게 부르지를 못한다. 그냥 아가야 하고 부르는 것이 훨씬 좋다. 열 달도 안 된 아가를 특정한 고유명사로 부르는 것은, 천사와도 같은 완전무결한 아름다움을, 출생신고를 접수하는 호적 담당 서기의 싸구려 검정 볼펜으로 아무렇게나 망가뜨리는 일이 될 것 같았다.

마루로 다시 나와서 의자에 앉아 담배를 하나 피워 물었다. 목이 따끔거렸고 어깨가 쿡쿡 쑤셨다. 온종일 구부리고 앉아서 교정지와 씨름을 했더니 온몸이 무너져 앉는 것처럼 피곤했다. 중등학교 작문교과서를 이 달 안에 완성시켜 검열을 받아야 하기 때문에 출판계는 밤낮을 모르고 바쁘게 돌아가야 했다. 내가 다니는 출판사에서도 도합 7종의 검정교과서를 제작 납품하는데 이 가운데 적어도 한두 가지라도 검열에 통과되어 선정되지 않으면 몇 달간의 작업이 물거품이 될 판이었다. 이래저래 일은 밀리고 손은 딸려서 퇴근할 때도 교정지를 한 가방씩 배당받아 집으로 가져와야 했다.

아내가 씻은 그릇을 함지에 담아 가지고 들어와서 부엌으로 갔다. 나는 아내의 화난 마음을 단번에 풀어 주려고, 나의 피곤함은 다 숨긴 채 말했다.

"아가가 꼭 당신을 빼박았어. 눈이며 코며 흰 살결이며 볼수록 정말 당신 그대로야."

나는 이렇게 말하고 담배 연기를 픽 내뿜었다.

"웬일이에요? 아가가 나를 닮을 때도 다 있고."

부엌에서 나오는 말은 정말 뜻밖이었다. 뭔가 기분이 매우 상한 모양이었다. 웬만만 하면 내가 이렇게 아가에 의탁하여 아내를 추켜세우면 대번에 얄미울 만큼 기분을 싹 돌리는 아내였다. 어머니와 무슨 일이 있었던 게 분명했지만 나한테까지도 이렇게 톡톡 쏴붙이다니 이상했다. 평소에는 어머니한테 안 좋은 이야기를 듣거나 서운한 일을 당한다 해도 내가 퇴근해서 돌아오면 자기를 변명하느라고 재재불재재불거리며 요모조모 다 털어놓던 아내였다.

나는 아내와 정면으로 상대해야 했다. 이미 눈치로 보아, 간접적으로 아내의 심중을 떠보고 화를 풀어 주는 것이 불가능하다는 것을 알았기 때문이었다.

"그런데, 어머니는 어딜 가셨어? 아침에 아무 말씀도 없으셨는데."

아내가 부엌에서 나와 맞은편 의자에 탈싹 앉았다. 나는 담배를 부벼 끄고 찬찬히 아내의 얼굴을 마주 보았다.

"손자한테 가셨겠죠, 뭐."

"무슨 소리야?"

손자라면 지금 대학 1학년인 인근이인데 바로 지난 주말에도 우리 집에 다녀갔다. 인근이한테 가다니, 녀석한테 무슨 사고라도 생겼나 싶었다.

"어젯밤에 어머님께 용돈 이달 치 드렸잖아요? 그러니까 오늘 손자 보러 가신 거예요."

그제서야 나는 앞뒤를 짐작할 수 있어서 피식 웃었다. 어머니가 학교 기숙사에 있는 맏손자를 면회하시려고, 수위실에서부터 손자 이름을 자랑스럽게 대면서 찾아가는 모습이 진하게 눈앞에 떠올라서 입가에 미소가 나도 모르게 떠올랐다. 일찍 결혼하여 벌써 장성한 아들을 둔 형님은 철도 공무원이어서 지방 여기저기로 전출 근무를 했기 때문에 아들도 대학에 들어가자 곧바로 기숙사에 들어갔고 지차인 내가 늦장가를 들어 살림을 시작하자 어머니도 아예 나한테 와서 계시는 일이 많았다. 인근이가 우리 집에 일주일이 멀다 하고 자주 오는 편인데도 어머니는 또 그사이를 못 참고 손자를 찾아 기숙사까지 내왕한다는 것은 나도 진작부터 알고 있었다.

"할머니가 손자 만나러 대학 캠퍼스에 가시는 게 얼마나 아름답고 흐뭇한 광경인 줄 당신 아직 모르는군."

나는 담배를 또 한 개비 뽑아 물면서 그제서야 싱긋 웃었다.

"그것 때문에 그렇게 화가 난 거야? 괜찮아, 창피할 것 하나도 없지."

"그게 아니에요. 글쎄 어머님이 용돈을 받으시기만 하면 그 길로 인근이한테 몽땅 갖다 주시는 거예요. 그러니까 어머님은 늘 빈털터리예요. 우리가 어머님 용돈도 한 푼 안 드리는 것밖에 더 돼요?"

아내는 입술을 바르르 떨면서 정말로 속상해서 죽겠다는 듯 말했다.

"용돈을 인근이한테 다 준다니, 그게 또 무슨 말이야?"

나도 그 내막은 모르고 있었다. 인근이가 부모 떨어져서 혼자 기숙사에 있자니까 돈이 이래저래 많이 들어서 할머니 주머니를 축낼 때가 있다는 것은 짐작이 갔지만, 우리가 용돈을 드리면 곧바로 녀석에게 갖다 주고 빈 주머니가 된다니, 알 수 없는 일이었다.

"당신은 그걸 어떻게 알았어?"

"남동생 친구가 인근이와 같은 과잖아요? 남동생이 들은 말인데, 인근이 할머니가 기숙사에 찾아와서 손자 용돈 많이 준다고 소문이 자자하대요."

"그것참."

입맛이 쓴 것은 아니었지만 개운하지는 않았다. 평소에 어머니는 내가 조카에게 몰인정하다고 생각하시는 것일까. 입학금의 절반도 내가 댔고 책값 명목으로 또 따로 주었고, 우리 집에 오면 늘 차비도 주어서 보냈으니 아무리 생각해도 내가 조카에게 야박하게 군 일은 없었다.

"됐어. 어머니 오시면 한번 여쭤봐야겠군. 괜히 인근이 버릇이 나쁘게 들지도 모르겠는데?"

나는 저녁을 먹기 전에 가방 속에 든 교정지를 좀 봐야겠다
는 생각으로 의자에서 일어섰다.

"또 있잖아요."

아내가 말했다. 그러고 보니 아내와 얼굴과 어깨에서는 아
직도 풀리지 못한 마음이 그냥 남아서 똘똘 뭉쳐진 채 빛을 발
했다.

"우리 아가에게 할머니가 젖을 빨려요."

"무슨 말이야?"

나는 도로 의자에 앉았다.

"내가 요새 젖몸살이 나서 아가에게 하루 몇 번은 우유를 먹
인다는 것 당신도 알잖아요. 그랬더니 어머님께서 글쎄 나 몰
래 아가에게 당신의 젖을 빨리지 뭐예요. 위생적으로도 나쁘고
또 젖이 안 나오는 빈 젖꼭지를 빨면 아가한테 정서적으로도
나쁠 것 아녜요? 그래서 말씀드렸더니, 손자새끼에게 할미 젖
빨리는 게 그렇게 나쁘냐고 화를 버럭 내신 거예요."

하루 일로 가뜩이나 피곤한 데다가 아내의 이러한 이야기를
들으니 어깨가 무너질 것 같았다.

"아가를 잘 돌봐 주시는 거야 누가 뭐래요. 허지만 이젠 아
가한테 빈 젖까지 물리시니 어머님도 참 너무하셨어요. 저는
이제 당신의 아내도 아가의 엄마도 아닌 완전한 식모지 뭐예
요."

아내가 드디어 울음을 터뜨렸다. 토요일 저녁이 아내의 화난

얼굴과 울음으로 조금씩 저물고 있었다. 주말 저녁이 나의 견딜 수 없는 피곤과 함께 헛되이 저물고 있었다.

어머니로서는 지극히 당연한 일일 것이었다. 손자에게 젖을 빨리는 것은 할머니로서의 애정의 표시일 것이었다. 내가 자라던 시골에서도 그런 광경은 어렵잖게 볼 수 있었다. 며느리는 들로 일하러 가고 어린애가 배고파서 울고 보채면 할머니가 다 쭈그러진 젖일망정 꺼내어 손자에게 물려 허기진 배를 달래는 모습. 그러나 도시에서 자란 아내로서는 아가가 할머니 젖을 빠는 꼴이 견디기 어려운 일일지도 몰랐다.

젊을 때 혼자 되시어 형제를 키우고 사신 어머니가 자식들에게 쏟는 정은 다른 어머니와는 비교가 안 되게 유난했다. 형과 나도 이런 훌륭한 어머니 밑에서 컸기 때문에 한 번도 어머니를 속썩인 일도 없고, 공부를 마치고 사회에 나와서도 이만큼 자리 잡을 수가 있었다. 그러나, 어떤 때 문득 생각해 보면, 어머니는 자식들에게 쏟는 정이 너무 지나쳐서 좀 문제가 되는 게 아닌가 하는 구석도 있었다.

"얘는 얼큰한 것을 좋아한다. 고춧가루 좀 가져오너라."

나의 결혼 초에는 물론이고 요즘도 저녁 밥상에 놓인 두부찌개나 된장찌개를 한번 맛보시고는 대뜸 며느리에게 이런 식으로 말씀하곤 해서 내가 민망할 때가 많았다. 아내의 기분이 좋을 리가 없었다. 그러나 어머니는 그런 생각은 안중에 없고 늘 당신 품속에서 자라던 아들만을 강조하신다. 솔직히 말해서 고등학교 때부터 하숙 생활을 했으니까 나의 식성도 어머니가 생각하는 것과는 많이 변했고, 또 아내가 해 주는 반찬이 조금 싱겁거나 짜도, 바로 내 아내가 정성껏 해 준 반찬이라는 그 맛이 더 귀중하니까 별말 없이 맛있게 먹을 수 있는데, 어머니가 이렇게 나오시니 가끔가다가 공연히 집안 공기가 그 때문에 냉각되는 것이었다.

"왜 어머님 앞에서는 자기주장을 그렇게 못 해요? 싱겁지 않다고, 고춧가루나 간장을 안 쳐도 된다고 말을 못 하느냐 말예요."

그런 날 밤이면 아내는 이렇게 내게 항의를 했다. 나는 어머니와 아내 사이에서, 아무 줏대도 없는 꼴이 되었다. 그럴 때면 아내의 조그만 어깨에서 쌕쌕거리며 숨쉬는 불만이 잔잔해져서 조그만 입술을 열고 나의 귓바퀴를 비벼 올 때까지, 잔잔한 힘으로 조금씩조금씩 숨막힐 듯한 힘으로 아내의 몸을 감싸안아 주는 도리 밖에는 뾰족한 해결책이 없었다.

아가가 태어나고 어머니가 우리 집에 아주 와 계신 다음부터도 이런 자디잔 일은 많이 일어났다. 그러나 나는 어머니도 아내도 꼭 같이 사랑하였고, 나의 이런 마음을 아내도 언제나 충실히 이해하고 있었기 때문에 별 심각한 충돌이 생기지는 않았다. 그러나 내가 퇴근해서 돌아올 때 대문을 따 주는 일은 어느 때부터인지 어머니의 소관이 돼 버려서, 아내의 말을 빌면, 내가 아내에게서 보이지 않게 한 치씩 한 치씩 어머니에게로 돌아가고 있는 듯하다는 것이었다. 문을 따 주는 사람이 어머니이니까 집에 돌아와서 처음 대면하여 이야기를 하는 사람도 물론 어머니가 되는 것이었다. 딩동동 하고 벨을 누르면, 아내는 '네, 나가요' 하고 나서도 한참 후에야 나올 때도 있지만, 어머니는 나의 퇴근 시간을 맞춰서 아예 미리 대문께에 와 계시다가 내가 벨을 누르면 이내 문을 따 주셨다. 비가 오는 날이나 시간이 늦은 날에는 어머니가 버스정류장까지 나와 계실 때도 있었다. 그런 때는 나도 이상한 생각이 들었다. 골목 구멍가게 아주머니가 이상한 눈으로 우리 모자를 볼 때도 있었다. 내가 아내와 대판 싸워서, 아내는 못돼 먹은 여자가 늘 그렇듯 이불 뒤집어쓰고 누웠거나 친정으로 달아나서, 어머니가 나의 아내 대역을 고생스럽게 하는 것으로 보는 것도 같았다.

"편안히 계시면서 얘기책이나 읽으시고 친구분들과 전화나 하시지 뭐하러 여기까지 나오세요? 저도 벌써 서른을 넘었어요. 어머니."

내가 이렇게 말하면 어머니는 정색을 했다.

"애비야, 너는 언제나 내 앞에서는 세 살이다. 그런 소리 말아라."

어머니 앞에서는 늘 세 살이라는 말은 바로 내가 세 살 때 아버지가 돌아가셨기 때문에 하시는 것이었다. 그런 소리 말아라, 너는 내 앞에서 세 살이다. 어머니의 이 말씀을 거역하고 더 이상 무슨 말을 할 수는 도저히 없는 일이었다. 그렇게 마음을 먹고, 나는 정말로 세 살짜리 어린애처럼 어머니와 함께 아장아장 골목으로 들어서서 기분 좋게 집으로 오곤 했다. 집에 오면 세 살짜리 나의 아내가 있고, 또 아가도 있었다.

어릴 때 나는 학교 공부가 끝나면 교문을 내달려 집을 향하여 흡사 달리기 경주하는 것처럼 뛰었다. 얼른 어머니한테 돌아가고 싶었기 때문이다. 저 녀석은 문지방에 콩엿 붙여 놨나 하면서 마을 어른들이 놀리기까지 했고 집에 올 때마다 매일 이렇게 달려오는 통에 책보 속에 든 양철로 만든 필통 안의 연필은 죄다 부러졌지만 어머니는 한 번도 야단하지 않고 부러진 연필을 뾰족뾰족하게 새로 깎아 주었다.

나는 이렇게 어머니에 의하여 자라났기 때문에, 어릴 때부터 자기 방을 하나씩 배정받아 방문 열쇠를 늘 간직하고 자라면서, 매달 용돈을 꼬박꼬박 받으며 부모 밑에서 정규적으로 성장한 아내의 눈에는 내가 참 이상한 남자로 보일 때도 있었다. 욕실에서 목욕을 하다가 등의 때를 밀어 달라고 무의식중에 어머니를 부르면, 어머니는 때밀이 수건을 손에 들고 욕실로 오셔서 벌거벗은 나의 몸 구석구석에 휘휘 비누질을 하시면서 때를 밀어주시기를 잘했는데, 이런 광경도 아내는 질색을 했다. 하지만 아내가 어머니와 나 사이의 정을 아주 무시한다거나 끊으려고 하는 것은 물론 아니었다.

"당신은 정말 세 살짜리 아이예요. 나는 세 살짜리한테 멋모르고 시집을 왔고요."

아내가 이렇게 우스개 삼아 비웃을 때도 나는 기분이 그다지 언짢은 것은 아니었다. 오히려, 자라면서 한 번도 자기 어머니와 함께 목욕을 한 적이 없다는 아내와, 마치 벌이 벌집 하나하나에 새끼를 하나하나씩 칸칸이 넣어서 정확하게 끼우듯, 자식들을 칸을 딱딱 매겨서 키워낸 장인 장모가 그저 놀랍기만 하여, 아내의 이러한 낯설어하는 기분을 내심으로 즐기는 마음도 있었다.

"옛날 분이니까 생각하시는 게 당신과는 거리가 있을 수도 있는 거야. 요즘이야 할머니의 빈 젖을 물고 크는 아이가 없지만, 내가 어릴 때만 해도 흔히 볼 수 있는 일이었거든."

"어쨌든 기분 나빠요. 당신을 세 살짜리 어린애 취급을 하면서 감싸는 것은 좋아요. 허지만 우리 아가가 뭐 할머니의 아가예요? 내 배에서 나온 내 새끼예요."

창밖에는 잿빛 저녁이 물들기 시작했다. 대학교수라는 놈들의 작문 실력이 이렇게 개판인 줄은 참 몰랐어. 이게 도대체 말이 돼? 이런 작자들이 뭐 작문 교과서를 만든다구? 참으로 미칠 노릇이야. '사냥꾼은 세 마리의 꿩을 잡았다'구? 염병할 놈의 문학박사 같으니, '세 마리의 꿩'이라니, 그냥 '꿩 세 마리'라고 해야 우리말이 된다는 것을 왜 몰라? '사냥꾼은 꿩 세 마리를 잡았다' 해야 우리말이 되는 거야. 나는 그날 편집실에서 오고 간 말들이 문득문득 생각났다. 교과서 원고를 받아내기도 힘들었지만 그 원고를 교정 보는 것이 더 힘들었다. 문선

된 원고를 교정 보는 게 아니라, 원고가 엉망진창 뒤죽박죽이
니 원고 교정을 철저히 보는 게 가장 중요하고 또 그만큼 어려
웠다. 너나 할 것 없이 직원들은 누구나 개팔시팔해 가면서 대
학교수들을 욕하기에 바빴고 욕이 많이 나올수록 편집실은 그
만큼 우리말과 글에 대한 직원들의 숨김없는 열정이 가득해졌
고, 그래야만 교정 보는 일이 빠르고 완벽하게 진행돼 가곤 했
다. 명색이 편집 제2부장인 나는 그러므로 편집실 안이 쌍욕으
로 가득 차서 돈 몇 푼에 없는 국어 실력을 팔아넘긴 대학교수
들을 활활 태워 화형시켜 나가기를 은근히 바랐다. 집에 돌아
오는 버스 안에서 꾸벅꾸벅 졸다가도 그날 편집실에서 오고간
욕들이 피곤의 사슬처럼 온몸을 칭칭 감는 기분을 느껴서 퍼
뜩 정신이 들곤 했는데, 아내의 말을 듣자 이상하게도 또 편집
실에서 오고간 욕들이 머릿속에서 좁쌀처럼 흩뿌려 대는 것을
느껴야 했다.

　방에서 아가가 칭얼대는 소리에 아내는 울음을 그치고 일어
섰다. 내 머릿속에서는 또 편집실의 욕설들이 살아나려고 했
다. 나는 얼른 두 팔을 머리 뒤로 올리며 기지개를 했다.

　"아프다, 얘, 살살 빨아라."

　아내의 토라진 목소리가 마루에까지 들렸다. 젖몸살이 한창
심해서 아내는 아가에게 젖을 물릴 때마다 얼굴을 찡그리며
아파했다. 아내는 체구는 자그마한데 유난히 젖가슴이 크고 탐
스러웠다. 아이를 낳고도 웬만하면 영양이 좋다는 아기우유를

쓰려고 했지만, 워낙 아내의 젖에서는 젖이 뚝뚝뚝 흔하게 떨어졌기 때문에 모유를 먹여 아기를 키우기로 자연스럽게 의논이 됐던 것이다. 문화인답지 않게 모유를 먹여·아기를 키우다니 하고 처음에는 아내도 좀 겸연쩍어했지만, 우유병을 가방에 넣고 다니며 아기를 키우는 다른 여자들에 비하여 오히려 당당한 기분을 차츰 즐기는 눈치였다.

"글쎄 사람 새끼가 어디 송아지냐? 소젖을 먹이다니, 우리 에미는 참 기특도 하지."

어머니가 며느리의 퉁퉁 불은 젖을 자랑할 때는, 시어머니의 면전에서는 젖가슴을 돌리는 아내도 그 말이 싫지는 않은 기색이었다.

"우유도 외국산 젖소한테서 짠 거라니, 그걸 먹고 자란 아이는 모두 양놈의 튀기지 뭐냐."

어머니의 논리는 하도 그럴듯해서 감히 누가 들어도 딴 궁리를 할 수 없을 정도였다. 아내와 어머니가 완전무결하게 일치를 보이는 점은 이러한 모유 예찬과 그 자존심에 관한 것이어서 우유를 먹여 자식을 키운 큰며느리나 집안의 젊은것들을 비난하는 무기로 아내의 신통한 젖을 들먹여도 아내는 그저 잠자코만 들었다. 만일 아내의 젖이 빈대떡같이 말라붙었거나 종지 엎어놓은 것처럼 작았다면 우리 아가도 우유를 먹고 지금쯤은 할머니 눈에 튀기 새끼로 보였을지도 모를 일이었다.

물론 할머니가 예찬하는 대로 엄마 젖을 먹고 자라는 우리 아가는 미리미리 할머니의 뜻에 잘 순종하였다. 순종한다는 말이 좀 우습기는 해도, 아가는 얼마 전부터 말을 하려고 조그만 입술을 달싹달싹하기 시작했는데 그때 최초로 한 말은 이런 것이었다.

"함니."

처음에는 아내와 내가 그 소리를 알아듣지도 못했는데, 어머니는 대뜸 아가의 궁둥이를 추슬리면서 오랜만에 보는 희열에 찬 표정이 되었던 것이다.

"애비야, 이놈 좀 봐라. 할머니 할머니 하지 않니? 글쎄 이놈 좀 봐, 벌써 말을 하네."

아가는 할머니가 추슬리며 볼을 부비는 것이 간지러워서 그러는지, 아내와 내가 곁으로 다가앉자 계속해서,

"함니, 함니."

했다.

"오냐 오냐, 할머니 여기 있다. 아유, 내 귀여운 새끼야, 오냐 오냐."

어머니는 아가의 입놀림을 통역해 내랴, 아가를 둥기둥기 추슬려 주랴 바빴다. 아내와 나는 동시에 착잡해진 마음으로, 아가가 그냥 응응 또는 엉엉 하는 무의미가 아닌 무언지 의미가 있는 것 같은 말을 하는 것이 귀엽고 신기해서 아가를 지켜보았다.

그 후 나는 아가의 최초의 말을 곰곰이 생각해 보았지만 어

머니가 통역해 낸 것을 뒤엎을 자신이 없었다. 아이가 태어나서 최초로 배우는 말이 모두 '엄마'라는 것은 누구나가 부정할 수 없는 일인데, 우리 아가는 어째서 '할머니'인지, 나는 참말 난감해졌던 것이다. 어머니의 통역을 들어서인지는 몰라도 아가는 '함니' 또는 '하엄니' 비슷하게 자꾸 되풀이했다. '하', '아', '어'는 '엄마' 또는 '어 엄마'의 첫음절로 보아도 되지만, 그다음의 '니'에 오면 해석 방법이 궁색해질 수밖에 없었다. 딴 아기들은 소젖을 먹고 자라면서도 꼭꼭 '엄마'라는 말을 맨 먼저 해서, 저를 낳아 준 엄마에게 최초의 그리고 가장 빛나는 사랑을 표시하는데, 우리 아가는 엄마 젖을 배부르게 먹고 자라면서도 어째서 할머니에 대한 말부터 배우려는지, 조그만 입술을 꼼질꼼질하면서 말을 하는 아가가 귀엽기는 하면서도 못내 개운하지는 않은 마음이 남게 되는 것이었다. 아내와 나는 아가의 말을 교정하려고 애를 써 보았지만 허사였다.

"엄마, 어엄마…… 자, 아가야, 어엄마 해 봐."

아내가 아가의 젖참 때는 늘 이렇게 입을 크게 벌리고 속삭이듯 말했지만 방긋방긋 웃는 아가는,

"하엄니, 함니……."

하는 말을 되풀이하여, 그 모습을 보는 나의 마음도 착잡하게 만들었다.

교정사원으로 몇 년을 먹고 살아온 나도 아가의 말을 어떻게 고쳐 줄 방법이 영영 생각나지 않았다. 따따부따하며 내로라하

는 대학교수들이 쓴 글도 내 손에 걸리기만 하면 요절이 나게, 한 번 돌리고 두 번 돌리고 띄고 붙이고 하게 되는데, 이제 열 달도 안 된 아가의 두 음절 정도의 말은 어떻게 손을 볼 수가 없다는 생각은 나를 묘한 열등감에 빠뜨리는 것이었다.

"어엄마, 엄마 해 봐."

"하엄니, 함니."

"엄마, 엄마, 옳지, 착하지."

"함니, 함니."

이런 반복이 나와 아내와 아가 사이에서 어머니 모르게 계속되었다. 그러나 아가는 방싯방싯 웃으며 제 할머니만을 부르는 것이었다.

그런데 그 후 어느 날 저녁, 나는 비로소 아가의 말을 이해할 수 있게 되었다. 나는 나의 교정 노력에 대한 실패를 서운해 하기보다는 아가의 최초의 말이 왜 그렇게 되었는지를 우선 이해하게 되었다는 생각에 미소를 지었다. 아가가 잠투정을 할 때면 어머니가 아가를 안든지 업든지 할 때가 많았다. 아내는 부엌일하랴 시장에 다녀오랴 하는 일이 많아서 젖을 먹이고 나면 아가는 할머니 품에서 잠이 들고 깨고 하게 마련이었다. 어머니는 아가와 함께 있을 때면 언제나 자장가를 부르셨다. 엄밀한 의미에서 노래라고는 할 수 없으니까 부른다라고 말할 수 없을 것이지만, 아무튼 어머니는 아가를 품에 안고 늘 중얼중얼 자장가를 부르셨다.

멍멍개야 짖지마라

우리아가 잘도잔다

꼬꼬닭아 울지마라

우리아가 잘도잔다

멍멍개야 짖지마라

하알미도 잘도잔다

꼬꼬닭아 울지마라

하알미도 잘도잔다

어머니의 자장가는 이렇게 표기될 것이었다. '우리 아가'가
자연스럽게 '하알미'로 바뀌는 것인데, 느릿느릿 책 읽듯 또는
반 수면 상태에서 잠꼬대하듯 한없이 이어지고 있었다. 그러
다가는 어머니도 정말로 아가가 꿈나라로 들어가는 것과 보조
를 맞추어 잠이 설핏 드셨는지, 정말로 잠꼬대와도 같이, 위에
적은 자장가의 구문이 이리저리 구부러지고 휘고 잘리고 하여
이상한 중얼거림으로 변하는 것이었다.

그날 저녁 건넌방에서 아가를 재우시는 어머니의 자장가를
듣다가 나는 이런 사실을 비로소 발견했던 것이다.

"여보, 저 노래 좀 들어 봐."

하루 일에 지쳐 잠이 든 아내를 깨우자, 아내는 조그만 얼굴
에 배시시 웃음을 띠고 그냥 내 손을 잡고 또 잠을 청했다. 아
내는 초저녁잠이 언제나 많았다. 내가 저녁을 먹고, 교정지를

앉은뱅이책상 위에 꺼내 놓으면 내 무릎 가까이에 와서 새우
잠이 들곤 하여서, 신혼 때도 내가 교정을 다 끝내고 나서 깨우
면, 배시시 웃으며 그제서야 이부자리를 폈고, 우리는 하루의
피곤을 참고 사랑을 주고받았다. 아내는 정말 사랑스러운 여자
였다. 뽀로통하니 잘 삐치기도 하지만 그러나 내 앞에서는 언
제나 신선하고 깨끗하고 또 내 마음을 언제나 따라 주었다.

"저 자장가 좀 들어 봐."

나는 아내를 또 흔들었다. 그제서야 아내는 잠이 쏟아지는
눈을 간신히 뜨고 일어나 앉았다. 건넌방에서는 들릴 듯 말 듯
어머니의 중얼거림이 이어지고 있었다. 아가가 잠이 막 들려고
하는지 벌써 잠이 막 들었는지 어머니의 노래는 흡사 잠꼬대
처럼 앞뒤가 끊어지고 구부러져서 조용조용 들려오고 있었다.

멍멍개야 짖지짖지
꼬꼬닭아 우지우지
하엄니도 잘도잔다
우리아가 하아엄니
멍멍꼬꼬 멍멍꼬꼬
우리아가 하아엄니

소리가 점점 작아지다가 이내 조용해졌다. 나는 큰 발견이라
도 한 것처럼 아내를 쳐다보았다.

"바로 저 노래야. 우리 아가가 잠들 때마다 하엄니 함니 소리를 들었으니까 말도 그것부터 하는 거야."

우리 아가의 제 엄마에 대한 본의 아닌 불효를 이해할 수 있게 되었다는 것이 무엇보다도 즐거웠다.

"정말 그런가 봐요."

아내가 배시시 웃었다. 아가가 선천적으로 엄마보다는 할머니를 좋아하는 것이 아니라 할머니의 자장가를 하루에도 몇십 번씩 반복해서 듣다가 자연스럽게 그 말을 흉내 낸다는 것을 아내도 충분히 이해하는 눈치였다. 어머니는 졸음이 와서, '할머니'라는 말의 발음이 제대로 안 되어 그냥 '하엄니' 또는 '함니'로 아주 자연스럽게 변한다는 것을 모르실 수도 있을 것이었다.

"어머니, 아가 재우는 자장가는 언제 배우셨어요?"

다음날 어머니에게 묻자 대뜸 이렇게 말씀하셨다.

"배우긴. 너희 형제 키우면서 저절로 하게 된 거야."

"멍멍꼬꼬 멍멍꼬꼬 하시는 것은 정말 일품이에요. 멍멍개와 꼬꼬닭을 한꺼번에 합쳐서 그렇게 하신 거죠?"

어머니는 대답 대신 그냥 웃으셨다. 아내도 곁에서 아가에게 젖을 물리고 있다가, 나와 어머니의 문답이 조금 우스웠던지 살포시 웃으면서 아가의 볼을 꼭꼭 눌렀다.

"우리 아가가 그래서 함니 함니 했구나. 할머니가 아가 국어 선생님이구나?"

"노래 선생님도 되고."

내가 한마디 덧붙였다. 그날 저녁은 우리 집이 웃음꽃으로 활짝 피어나서 밤늦도록 보이지 않는 구석구석까지 즐거운 기운이 배어 나왔다. 나와 아내의 들뜬 마음과는 달리, 어머니는 아무렇지도 않다는 듯 아가가 젖을 다 먹자 받아 안고 건넌방으로 가시면서 중얼중얼 말하듯 자장가를 부르셨다.

그러나 어머니가 아가에게 빈 젖을 빨린 것은 아내로서는 좀처럼 삭일 수 없는 일인 듯했다. 그날 저녁 아내는 젖몸살을 핑계 삼아 아가의 궁둥이를 찰싹찰싹 때려 울리고, 나는 편집실에서 주고받았던 이야기들이 자꾸 머릿속에서 되살아나서 두통이 일 지경인 채, 손자를 만나러 가신 어머니도 늦도록 돌아오지 않아서 뭔가 더욱 골치 아프고 암담한 일이 밤 안으로 일어날 것 같은 예감을 잔뜩 지니고 있었다.

누가 조금만 건드려도 콰르르 쏟아질 것 같은 그런 기운이 집안 가득히 고여 있었다. 내가 퇴근해 올 때 대문을 따주는 일을 어머니에게 빼앗기고, 아가가 한 최초의 말이 '할머니'였다는 사실을 할 수 없이 아내는 즐겁게 받아들인 채, 나의 자랑스러운 아내의 자리에서 아무런 흔들림이 없었다고는 해도, 가만히 생각해 보면 아내의 마음이 그동안 그렇게 평화롭지만은 않았을 것이었다.

그렇기 때문에 어머니가 아가에게 빈 젖을 물린 것을 보고 아내는 저렇게 노여워하는 것이다. 아무리 남편의 뜻에 순종하는 아내라고는 해도, 어머니가 와 계신 다음부터 일어난 몇 가지 일이 마음속에 솜뭉치처럼 자리 잡고 있을지도 모를 일이었다. 마치 물 먹은 솜뭉치처럼 아주아주 부드러우면서도 손끝만 대면 뚝뚝 물이 흘러나오는 그러한 끝없는 불만이 아내의 가슴 밑바닥에서 순간순간 눈을 뜨면서 괴롭히고 있을 것이었다.

아가가 또 앙앙 울어대기 시작했다. 나는 손에 들었던 교정지를 내려놓고 방으로 들어갔다.

"함니 함니."

아가는 내가 안아 올리자 제 엄마의 마음은 아랑곳하지 않고 이렇게 말했다. 녀석은 앙앙 울다가도 번쩍 들어 올리면 이내 울음을 뚝 그치고 방싯거리며 웃곤 하였다. 아가야, 오늘 밤만은 할머니 소리 하지 마. 오늘은 엄마라고 해. 엄마가 외톨이가 돼서 울고 있단다. 너를 낳느라고 엄마가 얼마나 고생을 했는지 몰라. 나는 아가를 안고 마루로 나오면서 속으로 이렇게 말했다. 할머니 젖은 아빠의 젖이야. 너는 엄마 젖을 먹어야 한다. 아빠 젖을 먹다니, 그러면 큰 인물이 못 돼요. 나는 아가를 무릎에 세우고 건성으로 교정지를 훑어 내려갔다. 아내는 잠이 들었는지 방 안에서 꼼짝도 안 했다.

어머니는 아홉 시 가까이 돼서야 돌아오셨다.

"에미 깨우지 말아라. 저녁도 먹고 다 했다."

이렇게 말씀하시면서 아가를 받으셨다. 나는 어머니에게 앞으로는 빈 젖을 아가에게 물리지 말라고 말씀을 드리고 싶었으나, 며느리를 나무라고 나가셨다가 늦게 돌아오신 어머니에게 그런 말을 다짜고짜 할 엄두가 나지 않았다.

"인근이도 잘 있어요? 조금 있으면 중간시험이라죠?"

"그 녀석이 핏기가 하도 없어서 오늘은 약을 몇 첩 지어다 주고 왔다."

"한약을요?"

"그 왜 가루약으로 된 게 있더구나. 뜨거운 물에 가루를 타서 그냥 훌훌 마시면 되니까 기숙사에서 먹으면 십상이겠더라."

"그래도 기숙사에 한약 냄새가 꽤 날 텐데요."

어머니는 며느리와의 사이에 낮에 있었던 일은 입 밖에 내지 않으셨다. 어머니는 원래 감정을 겉으로 드러내지 않는 분이었다. 아가는 쌔근쌔근 숨소리도 고르게 어느새 잠이 들었다.

"이게 지심이풀이란다."

어머니는 종이에 싼 조그만 뭉치를 내 앞으로 밀어 놓으셨다. 나는 교정 보던 볼펜을 내려놓고 그것을 풀었다.

"지심이풀이라니요?"

종이뭉치 안에는 이상한 풀뿌리가 들어 있었다. 잎사귀는 둥글납작하게 다닥다닥 가는 줄기에 붙어 있었고 뿌리는 자질구레했다.

"이걸 캐느라고 관악산 중턱까지 갔다 왔구나, 글쎄."

어머니가 인근이 기숙사에만 갔다 오셨으면, 이렇게 늦을 리가 없었다는 생각이 그제야 들었지만 여전히 무슨 영문인지 앞뒤를 모르는 것은 마찬가지였다.

"에미 젖몸살에는 지심이풀이 예로부터 특효약이란다. 이걸 잘 달여 진을 내어 바르면 감쪽같이 낫게 된단다."

"……."

할 말을 잃었다라는 표현은 이럴 때에 하는 것이라는 생각이 났다. '할 말을 잃었다'가 뭐야. '할 말이 없었다' 또는 '꿀 먹은 벙어리'가 우리 말이야. 머릿속에서 편집실의 이야기가 되살아났지만, 그러나 이런 경우에는 '할 말을 잃었다'라고 밖에는 달리 표현할 수가 없었다. 어머니는 아가의 궁둥이를 도닥거리면서 들릴 듯 말 듯 자장가를 부르기 시작하였다. 잠투정을 하다가도 할머니의 자장가를 들으면 금방 조용해지는 아가의 잠든 몸에서는 젖냄새가 물씬물씬 풍겨나고 있었다. 나는 잠이 푹든 아가를 받아 안고 방으로 들어가서 아가를 아내 옆에 눕혔다. 새우잠이 든 아내가 잠결에 아가를 끌어안았다. 아가는 잠시 낑낑하더니 쪽쪽 젖 빠는 시늉을 하였다.

어머니가 젖몸살에 특효약이라는 지심이풀을 캐어 오시느라고 늦었다는 것을 다음 날 아침에야 안 아내는 아주 난감한 얼굴이 되었다. 시어머니의 그러한 따듯한 정도 모르고, 빈 젖을 빨린다고 콩팥칠팔하던 스스로가 부끄러운 모양이었다. 생전 보지도 듣지도 못한 야생풀이 정말 젖몸살에 특효약이 될지

어떨지에 대한 의구심이 없지야 않겠지만, 아내는 아마 어머니가 우리 집을 남모르게 다스려 나가는 보이지 않는 힘을 지닌 분이라는 사실에 압도당하고 있어서, 어머니가 하자는 대로 젖가슴을 시어머니한테 풀어 내보이고 고분고분 지심이풀 진을 바르고 있었다.

생각해 보면 어머니는 민간약의 숨어 있는 대가인지도 몰랐다. 내가 어릴 때 무슨 병이라도 나면, 어머니는 그때그때 텃밭에서 또는 밭두렁에서 개울가에서 이것저것 여러 가지 풀뿌리를 캐고, 거기에다 대추, 밤, 옥수수 등을 넣어 끓여서 나에게 먹이던 기억이 나는데, 그게 특효약이어서 병이 낫는지 어머니의 정성에 천지신명이 감동하여 신통력을 발휘했는지는 몰라도 병은 씻은 듯이 낫곤 했었다.

결혼 후에 이와 같은 이야기를 아내에게 하면 아내는 못 믿겠다는 듯이, 피피 웃곤 했는데, 젖몸살이 난 며느리를 위하여 약방에서 피로회복제 드링크나 피부연고를 사 오는 게 아니라, 관악산까지 가서서 야생 풀뿌리를 캐어 오신 시어머니를 직접 대하게 되자 그만 말문이 막혀 버렸는지, 아침나절은 그냥 어머니한테도 네네, 나한테도 네네, 심지어 아가한테도 네네 하면서, 커튼을 빤다거나 창문을 닦는다 하며 일만 부지런히 하는 것이었다.

아가도 제 엄마의 풀어진 기분을 아는지 젖을 먹을 때 젖투정을 그다지 안 했다. 내가 교정지를 펴 놓은 앉은뱅이책상을 두 손으로 잡고 일어서서 빨간 볼펜으로 휙휙 돌리고 긋는 교정지를 구경하면서 턱받이에 침을 흘렸다. 그러면서 아가가 이번에는 이런 소리를 했다.

"멍지멍지."

나는 아무 생각도 없이 그냥 귓전으로 아가의 말을 듣고 있었는데, 방으로 들어온 아내가 아가를 안으며 말했다.

"우리 아가가 이젠 바둑이가 될 모양이네. 멍지멍지가 뭐야?"

아내는 아가의 볼을 부볐다. 아가는 또 같은 소리를 했다.

"멍지멍지."

나는 그제야 그 소리를 똑바로 들었다. 그리고 대뜸 아가의 말뜻을 알아냈다. 교정 볼 때 두 번 픽픽 돌릴 때의 기분으로 아내가 아가의 소리를 바둑이의 멍멍 소리로 잘못 들은 것을 자신 있게 교정해 주었다.

"멍지멍지는 바둑이가 멍멍하는 소리가 아니야. 할머니의 자장가에서 나온 거야."

어젯밤 어머니가 아가를 재우면서 부르던 자장가가 그때 문득 생각났기 때문에 나는 이렇게 말할 수 있었던 것이다. 어머니는 지심이풀을 내 앞으로 내어놓으신 다음, 아직도 잠결에 칭얼칭얼하는 아가의 궁둥이를 아주 여리게, 여리게 토닥거리면서 아무나 흉내 낼 수 없는 특유의 생략법을 구사하여 자장가를 노래하셨던 것이다.

멍멍꼬꼬 멍멍꼬꼬
아가도 하엄니도
멍지멍지 꼬울꼬울
함니도 아가도

'멍지멍지'는 '멍멍개야 짖지 마라'의 축약형이고 '꼬울꼬울'
은 '꼬꼬닭아 울지 마라'의 축약형이라는 사실을 아내에게 설
명하였다. 아내는 내 설명을 듣자, 젖몸살이 난 젖가슴에 어머
니가 붙여 준 지심이풀 뿌리의 진에서 나는 야릇한 냄새를 맡
을 때처럼 아주아주 난감해 하면서도 어떤 형언할 수 없는 잔
잔한 놀라움과 기쁨이 조그마한 얼굴에서 보일 듯 말 듯 일렁
이기 시작했다.

"아니다. 애비 말이 틀렸다."

이때 어머니가 어느 틈에 방에 들어오셔서 나의 확신에 찬
설명을 가로막고 나섰다. 어머니는 아가의 등을 토닥토닥거리
면서 지난밤에 당신이 한 자장가는 다 잊으셨다는 듯 말씀하
셨다.

"아가가 멈지멈지 하는 것은 엄마와 아부지를 합쳐서 하는
말이란다."

할머니의 말을 들었다는 듯 아가는 조그만 입을 벌리고 또
말했다.

"멍지멍지……."

그러자 어머니는 아가의 말을 다시 한번 통역하는 것이었다.

"이봐라, 멈지멈지 하지 않느냐?"

아가가 하는 소리가 '멍지멍지'인지 어머니 말씀대로 '멈지멈지'인지 나는 쉽게 분간할 수가 없는 채, '엄마'와 '아부지'를 두 음절로 축약해 놓는다면 지금 아가가 하는 말처럼 될 것이라는 생각이 들어서, 아내의 동의라도 구하려는 듯 아내를 바라보았다. 아내의 조그만 얼굴은, 멍멍 짖는 바둑이를 낳은 여느 엄마가 아닌, '엄마'와 '아부지'를 기막히게 축약하여 부르는 고운 아기 천사를 낳은 신비스러운 엄마로서의 말 못 할 기쁨에 싸여 있었다.

(한국문학, 1984)

낙화

창을 열자 바로 바다가 보였다. 지난밤에는 다사의 모임에
우연히 어울려 소주와 맥주를 섞어서 몇 잔 마시고 여관에 돌
아와서, 은희와 오랜만에 정사를 한 탓인지, 아침 바다를 그냥
바라보기만 했는데도 숨이 막힐 것만 같았다. 청색이나 남색으
로 펼쳐져 있는 흔한 바다가 아니라, 그것은 아침 햇빛을 등에
받고 꿈틀거리는 거대한 언덕처럼 한없는 되풀이를 하고 있었
다. 거대한 모래 사구가 신기루 현상을 일으키며 형언할 수 없
는 빛깔로 바뀌면서 사막의 바람에 밀리어 마침내는 사막의
모습이 통째로 변화되고 말듯 그렇게 겨울 아침 바다는 짙푸
르게 숨넘어갈 듯 끝없이 밀려왔다가는 미친 듯 하얗게 부서
지며 밀려가고 있었다.

잠자리에서 아직 일어나지 않은 이불 속 알몸의 은희를 그냥
두고 나는 밖으로 나왔다. 벌써 여덟 시가 가까왔는데도 여관
투숙객들은 모두 잠에서 깨어나지 않았는지, 생선회와 매운탕
을 파는 식당으로 꾸며져 있는 아래층으로 내려오는 나무 계

단을 밟았을 때 나는 삐걱대는 소리에, 마침 늦잠 자는 어느 투숙객의 다리 관절을 잘못 밟은 것 같은 생각이 들었다. 계단이 꺾이는 곳에는 인두날로 그린 낙화 한 점이 있었다. 바위와 풍란을 형용한 듯한 그림과 삐친 획도 힘차게 '忍耐'라고 씌어 있었다.

나는 나무 계단이 소리나지 않게 조심하면서 아래층으로 내려갔다. 엊저녁에 술꾼들이 남기고 간 보이지 않는 흔적들이 나무 식탁 위에 숨죽이고 있었다. 그 옆으로 생선회로 난도질당할 운명을 안고 수족관 속에서 이름 모를 못생긴 물고기들이 헤엄쳤다. 출입문 쪽으로 다가가서 바다 쪽을 내다보았지만, 출입문 유리창에는, 생선회, 소주, 맥주, 식사 일체 등의 글씨가 다닥다닥 붙어 있어서 2층에서 바라보던 바다는 보이지 않고, 바닷가 여관이 늘 맞이하는 겨울 아침의 쓸쓸함 뿐이었다.

"해장술 하시게요?"

홀 옆에 붙은 작은 방의 방문이 열렸다. 여관 종업원은 막 이부자리에서 일어나면서 부숙부숙한 얼굴을 하며 나에게 물었다. 술에 취해 자면서 침을 흘렸는지 입술 루주가 반쯤은 다 없어져 버린 채 여자는 난로 가에 서 있는 나를 건너다보았다. 바닷가 여관의 여종업원은 세상의 풍랑도 이것저것 다 맛본 듯한 삼십 대 여인들이 많았다. 숙박부도 가져오고 여관비도 받고 또 술상 머리에 앉아, 시골의 겨울 암소가 게으른 울음 울듯 흘러간 노래를 부르며 건너뛰며 젓가락도 두드렸다.

"아뇨. 바다 구경 좀 할까 해서요."

나는 출입문을 열면서 대꾸했다.

"바다 구경요?"

여자는 내 곁에 와서 섰다. 출입문을 잠근 자물통에 열쇠를 꽂으면서 그녀는 나의 얼굴을 빤히 쳐다보았다.

"서울 손님이구만요."

문득 그녀의 조그만 얼굴과 어깨에서 삶의 곤궁함이 전해져 왔다. 술과 삶에 찌든 그녀의 얼굴은 마흔도 더 돼 보였다. 한참 만에 문의 자물통을 땄다. 알루미늄으로 만든 문은 손을 대자 깜짝 놀랄 만큼 차가웠다. 문이 쇳소리를 날카롭게 내면서도 잘 열리지 않자 그녀가 함께 거들었다. 그때 내 손에 닿은 그녀의 조그만 손은 겨울 바다를 차단한 알루미늄 문틀과는 정반대로 놀랄 만큼 따뜻했다.

여관 앞은 바다를 끼고 이어지는 해변도로였다. 길 한편으로는 생선을 말리기 위해서 세운 각목으로 된 건어대가 줄지어 섰고 그 너머로는 해안 경비대원들이 쌓아 올린 방첩용 사구가 밭두럭처럼 이어져 있었다. 기온이 급강하해서인지 길에는 사람이 보이지 않았다. 건어대에는 아직도 거두지 않은 겨울 명태들이 배때기와 아가미에 꽉 차서 벌떡거리던 생명을 다 뺏긴 채 몇 마리씩 매달려 있었다. 나는 건어대를 지나 모래 사구를 뛰어 넘었다. 해상으로 침투하는 간첩을 잡기 위해서 쌓아 올린 밭두럭만 한 모래 사구 위에는 일정한 간격을 두고 뾰족뾰족한 돌멩이들이 소꿉장난한 것처럼 박혀 있었다. 모래를 밟자 굵은 소금을 밟는 듯한 소리가 났다. 얼음이 보이는 것은 아니었지만 모래가 밤새 꽁꽁 언 모양이었다.

바다에는 한 뼘쯤 떠오른 아침 해 말고는 아무것도 보이지 않았다. 오직 바다가 저 혼자서 몸부림치며 달려오다가는 다시 숨이 넘어가며 하얗게 부서지고 있었다. 나는 파카를 머리까지 뒤집어쓴 채 뛰노는 아침 바다를 우두커니 바라다보았다.

한참을 서 있자니까 이번 여행이 지닌 의미와 무의미가 동시에 소화 안 된 음식 찌꺼기처럼 목젖까지 올라오는 것이었다. 대관령에 폭설이 내려서 교통이 한때 두절되었다는 뉴스를 듣고도 나는 그날 꼭 동해 바다의 남애에 가야 한다는 결심을 뿌리칠 수 없었다. 이번 여행을 망설이고 있은 은희에게 전화를 걸면서, 대관령은 은희와 나 사이에 꼭 넘어야 할 커다란 관문이라는 생각을 굳혔다. 왜 하필 동해 바다예요? 은희는 이렇게 말하면서도 나의 제의가 아주 싫지는 않은 모양이었다.

고속버스 터미널에서 만났을 때 은희는 또 말했었다. 왜 하필 그 멀고 먼 남애예요? 그러고 나서 그녀는 또 꼬리를 달고 또 달고 나는 꼬리를 떼고 또 뗐었다. 그럴 일이 있다구. 나는 그냥 별 뜻도 없이 이렇게 말했지만 그날따라 은희의 말꼬리는 쉽게 떨어졌다. 버스가 출발하여 경부고속도로를 작별하고 영동고속도로로 접어들면서 우회전하는 바람에 내 몸이 창가에 앉은 은희 쪽으로 휙하니 쏠렸을 때까지도 은희는 다른 꼬리를 달지 않았다. 꼬리를 달고 떼는 일은 그녀와 나 사이에 관습처럼 붙어 있는 버짐 같은 것인지도 몰랐다. 가려워서 긁으면 긁을수록 시원하기는 하면서도 막상 벗겨진 살갗에서 흐르는 진물 때문에 원래의 가려움은 그대로 남아 있는 것처럼, 은희와 나는 늘 이 모양 이 꼴이었다. 그러나 나는 또 언제나 알았다. 그녀와 나 사이에 끼어 있는 버짐의 외피가 단단해져서 그 안에 숨어 있는 보이지 않는 습진이 곪아 터질 때가 되면 은희가 나를 원한다는 것을 나는 언제나 알고 있었다. 은희가 이혼을 한 지난여름부터, 아니 그녀가 결혼을 했던 5년 전부터도 나는 그 사실을 잘 알고 있었다.

마치 아침 바다도 이러한 은희와 나의 전력을 잘 알고 있다는 듯 심술사납게 바로 내 구두코 앞까지 밀려왔다가는 비웃으며 재빠르게 물러가고 있었다. 나는 구두를 탁탁 털었다. 발밑에서 성긴 얼음처럼 모래가 부서져 내렸다. 가까이에서 버적버적하는 모래 얼음 밟는 소리가 나서 고개를 돌렸더니, 국방색 파카를 입고 M16을 든 병정이 딱 멈춰 섰다.

"접근 금지의 팻말 안 보입니까?"

병정이 퉁명스럽게 말하며 소총 끝을 돌려 방첩용 사구 위에 꽂힌 조그만 팻말을 가리켰다.

"간첩만 접근 금지시킨 것 아니오?"

내가 약간 당황해서 엉뚱한 소리를 하자 그 병정은 그제서야 웃으면서 다가왔다.

"여행 오신 분이군요. 바닷가에 나오셔도 이쪽 초소 있는 곳으로는 접근하면 안 됩니다. 저쪽에 출입구가 따로 있어요."

"추위에 고생이 많소. 이 겨울 바다를 보려고 서울서 예까지 왔다오."

나는 병사의 어깨를 툭 치면서 갑자기 늙은이가 된 듯 말하고, 그가 가리킨 대로 출입구 쪽으로 걸어갔다. 대관령 쪽의 산맥은, 하얗게 눈에 덮여 있고 하늘도 잔뜩 흐려 있었다. 기온은 어제보다도 더 떨어진 모양이었다. 모래사장을 빠져나올 때 나는 심한 추위를 느꼈다. 눈을 깜박거리면 눈동자가 찬 눈꺼풀에 닿아서 시릴 정도였다.

여관의 출입문을 밀었다. 문짝 밑에 달린 고무바퀴가 빠져나가서 알루미늄과 알루미늄이 생으로 부딪치면서 내는 쇳소리에 등골이 오싹해졌다. 문이 잘 열리지 않자 안에서 종업원이 나와서 열어 주었다. 나는 쫓기듯이 안으로 들어섰다.

2층으로 올라가는 계단에 막 발을 올려놓았을 때 뒤에서 종업원의 목소리가 들렸다.

"해장하고 올라가세요."

뒤를 돌아다보자 그녀는 소주병을 한 손으로 흔들며 웃었다. 그 순간 난로 위에 놓인 냄비에서 찌개 냄새가 훅하니 코로 들어왔고 나는 정말로 해장술 생각이 났다. 난로 가에 의자를 당겨 놓고 앉자, 그녀는 소주병을 또 흔들면서 웃었다.

"바다 구경 잘 하셨어요?"

"병정한테 야단만 들었소."

그녀는 흔들던 소주병을 기울여 술을 따랐다

"바다 구경하신다는 말 듣고 참 신기했어요. 올해 몇이시죠?"

"아홉이요, 서른."

나는 술을 단숨에 마시고 나서 대꾸했다. 그녀도 나를 흉내내듯 술잔을 한 번에 비웠다.

"아홉수는 사납다던데……."

그녀는 난로 위에서 끓고 있는 찌개 냄비에서 생선 토막을 건져 올리며 먹으라는 시늉을 했다.

"어젯밤에 술꾼들이 시켜만 놓고 먹지 않은 매운탕이에요. 손님이 바다 구경한다는 말에 그만 반했어요. 여기는 술 먹고 바람피우러 오는 사람뿐이니까요."

그녀는 이렇게 말하며 숟갈로 찌개 국물을 떠서 내 앞으로 내밀었다. 내가 손을 내밀어서 그 숟갈을 받을 틈도 없이 그녀는 내 입안에 그것을 넣었다. 국물이 맵고 뜨거웠다. 뱃속으로 들어간 소주가 매운탕을 만나자 불이 붙었다.

"바다 구경, 그래요, 정말 바다 구경을 왔습니다. 내가 좀 바보같이 보이지요?"

나는 술을 또 한잔 마셨다. 이번에는 내가 얼른 숟갈을 들고 매운탕 국물을 떠서 먹었다. 그녀는 술을 한잔 마시더니 담배를 피워 물었다.

"소주병을 왜 그렇게 흔들죠?"

그녀는 번번이 소주병을 흔들고 나서 술을 따랐다.

"습관이 돼서 그래요. 시골 장터 막걸리 집에 오래 있었어요. 스물아홉 살 때부터니까 벌써 5년이 다 됐어요."

바다 구경을 나간다는 말을 듣고 그녀가 나에게 반했다는 말의 진정한 의미가 소주와 함께 뱃속으로 들어갔다. 그리고 나는 그 의미를 깨달으면서 더 이상 그녀가 자신의 편력을 이야기하면 자리에서 일어서 버리겠다고 결심했다.

그녀는 소주병 주둥이를 엄지로 막고 아래위로 흔들기 시작했다. 나는 그녀의 입에서 시골 장터 막걸리 집 이야기가 나오기만을 기다렸다.

"손님 잠깐만요."

그녀가 술병을 식탁 위에 놓고 화장실 쪽으로 뛰어갔다. 나는 담배를 피우면서 그녀가 나오기를 기다렸다. 욱욱하고 토하는 소리가 들렸다. 화장실 문이 열리고 스키복을 입은 청년이 나와서 2층 계단으로 뛰어 올라갔다. 한참 후에 그녀가 나오면서 수건으로 입언저리를 닦았다. 술탈이 난 때문일까. 이렇게 생각하면서 나는 술을 반 잔쯤 마셨다.

"애가 섰나 봐요. 어느 놈 씬 줄도 모르는 새끼 말예요."

자리에서 일어설 준비를 하고 있던 나는 뜻밖에도 여자가 이렇게 말하는 바람에 정말 놀랐다. 잔에 남은 나머지 술을 마시면서 찬찬히 그녀의 얼굴을 바라보았다. 주근깨가 다닥다닥한 조그만 얼굴에서 삶에 지친 한숨 소리가 나오는 듯했다. 나는 일어섰다.

"얼마죠?"

"제가 대접한 거예요."

그녀는 배시시 웃으면서 난로 뚜껑을 열고 연탄불을 들여다보았다. 나는 계단 쪽으로 올라갔다. 계단이 꺾이는 곳에서 멈춰 서서 고개를 돌리고 그녀에게 말했다.

"해장 잘했습니다."

그때까지 그녀는 난로가 의자에 그대로 앉아 있었다.

몸을 돌려 계단을 올라갈 때 벽에 걸린 낙화가 또 눈에 들어왔다. 인두로 지져서 획을 그을 때 지지직하며 나무가 타는 소리와 뿌연 연기가 눈에 떠올랐다. 몇 해 전 어느 국립공원에 갔을 때 기념품을 파는 상점 앞에서 낙화를 그려 파는 광경을 보고 나도 한참 동안 구경을 한 적이 있었다.

은희는 벌써 일어나서 세면을 다 끝마치고 화장을 하고 있었다. 나는 밖의 날씨가 아주 춥다는 시늉으로 이불 속에 손을 넣었다.

"어젯밤 그 사람들하고는 오래전부터 아는 사이예요?"

은희가 입술에 루주를 바르며 말했다.

"서울에서도 한번 만났지. 그 왜 사물놀이 할 때 장구 치던 사람 생각나?"

"턱수염 기른 키 큰 사람 말이군요."

"나머지는 지난여름 남애에 왔을 때 그 친구 소개로 안 사람들이야. 지방 문화의 주역들이지."

다사의 정식 이름은 '다사 갤러리'였다. 차를 파는 다방이면서도 여러 종류의 작품전이 잇달아 열렸다. 사진전, 회화전, 시화전 그리고 어떤 때는 종교 계통의 강연회도 열렸다. 다사의 주인인 강릉의 ㄱ대학을 나온 염달곤은 한량이면서도 문화 예술의 여러 방면에 관심이 많아서 한시도 평범하게 앉아 있지를 못했다. 어제 고속버스에서 내려서 그에게 전화를 했을 때 그는 한참 기분이 고조되어 있는 중이었다.

"그러지 않아도 형님께 서울로 연락을 할까 했어요. 오늘 밤에 다사에서 사물놀이를 합니다. 염달곤과 그 일행이 하는 것입죠."

"동행이 있어서 곤란하군. 여자야."

나는 그가 바쁘지 않으면 여관을 잡기 전에 함께 소주를 마실 셈으로 전화를 한 것이었는데 다사에서 사물놀이를 공연한다는 말을 듣고 동행한 여자가 있다는 말을 하며 꽁무니를 뺐다.

"그럼 여자하고 여행을 해야지 남자끼리 합니까? 괜히 에이즈 걸립니다. 퍼뜩 택시 잡아타고 이쪽으로 오십쇼."

그가 일방적으로 전화를 끊었다. 다방에서 사물놀이를 하다니 어처구니가 없었지만, 은희와 내 앞에 놓여진 시간은 많고도 많았다. 그에게 전화를 한 것이 오후 다섯 시였다. 자정까지 일곱 시간. 자정에서 아침까지 일고여덟 시간. 두어 시간을 염형 패거리와 어울리고 나서도 은희와 나의 시간은 그야말로 무진장이었다. 사랑은 길어야 한 시간, 보통이면 반 시간, 짧으면 십 분이면 된다는 생각이 들자 나는 속으로 픽 웃었다.

"추워요. 빨리 어디로든지 가요."

은희가 택시에 먼저 오르면서 재촉했다. 나는 택시에 타고 나서 다사 갤러리의 이야기를 했고 염달곤의 이야기를 했다. 내가 사물놀이 이야기를 하자 은희는 재미있다는 표정을 하며, 외국 여행을 갔다가 그 나라의 민속춤을 관광하게 된 관광객의 놀라는 얼굴을 흉내 냈다.

"한번 보고 싶어요. 사물놀이가 뭔지 한 번도 못 봤거든요."

"북치고 장구 치고 꽹과리 치는 거야."

은희와 내가 다사에 도착했을 때 염형은 이미 거나하게 취해 있었다. 사람들이 복작복작 많이 있을 줄 알았는데 썰렁하니 비어 있었고 겨우 예닐곱 명뿐이었다.

"초저녁인데 손님이 이렇게 없어?"

내가 자리에 앉으며 묻자 염형은 하하하 웃었다.

"차 마시는 손님은 안 받기로 했어요. 사물놀이만 오붓하니 즐겨 보는 거죠."

몇 사람을 데리고 와서 소개를 했다. 사진작가 누구, 문화원에 있는 누구누구 했지만 이름을 기억할 수는 없었다. 북, 장구, 꽹과리를 치는 사람들도 소개해 주었다. 앞뒤가 딱딱 부러지게 맞아떨어져야 되는 현실 생활과는 한 걸음 정도 물러나 있는 것처럼 어딘지 헐렁헐렁하니 어수룩하기도 하고 괴팍해 보이기도 한 사람들이, 염형이 나를 소개하면서 중앙 문단의 중진 시인이라고 해서인지 은희와 나를 관심 있는 시선으로 옭아매었다.

"사모님이 미인이십니다."

그중의 한 사람이 은희와 나를 보면서 예의 바르게 이렇게 말했다.

사물놀이가 진행되는 동안 나머지 사람들은 흥겹게 장단을 맞추며 술을 마셨다. 나한테로 모두들 한 잔씩 돌렸고 나는 그것을 한 잔씩 마시고 또 돌렸다. 소주잔과 맥주잔이 되는대로 번갈아 가며 돌고 또 돌았다. 오랜만에, 그것도 무대 위의 놀이를 지켜보는 것이 아니라 바로 무릎을 맞대고 사물놀이를 즐긴다는 생각에 술은 더 빨리 취했다. 은희는 나보다도 오히려 다사의 분위기에 더 빨리 취해서 나중에는 손뼉을 치면서 장단을 맞추기까지 했다.

"은희."

나는 화장을 마치고 거울을 들여다보는 은희의 어깨를 가만히 안았다. 그녀의 얼굴을 돌리며 키스를 했다.

"술 냄새."

은희가 나를 밀어냈다. 눈 가장자리로 흰 물결 같은 주름살이 얼핏 보였다. 은희도 서른세 살이니 이미 늙은 여자였다. 나에게만은 언제나 나를 버리고 떠났던 스물여덟 살의 처녀로 남아 있지만, 은희도 이제 어쩔 수 없이 눈가에 잔주름이 박힌 늙은 여자였다.

나는 은희가 5년 전에 나를 버리고 떠날 때의 생각이 떠올랐다. 갑자기 아랫도리가 짜릿해져 왔다. 나는 은희를 난폭하게 안으면서 방바닥으로 쓰러졌다. 그때의 생각이 날 때마다 나는 참을 수가 없었다. 그것이 꼭 난폭한 욕망으로만 표현되는 이유를 나는 몰랐지만, 그때 은희와의 이별은 그 회상의 방법으로서 언제나 나의 어줍잖은 욕망을 무분별하게 자극하곤 했다.

"어젯밤에 마신 술이 아직 덜 깼어요?"

은희가 내 품에 안기며 말했다.

"지금 바다 구경 나갔다가 아래층에서 소주를 마셨어."

"술꾼 같으니라구."

은희는 나의 목을 아프게 끌어안으며 키스를 했다. 그러고는 나를 배구공 치듯 탁 치면서 일어나 앉았다.

"지금은 안 돼요. 그게 시작되나 봐요. 어젯밤에 그 난리를 피웠으니 놀랐나 봐요. 이틀 후가 예정일인데."

나는 담배를 피워 물었다. 은희는 헝클어진 머리칼을 매만지고 나서 자기의 아랫배를 가리키면서 아프다는 시늉을 했다.

"꼭 일 년 내내 굶은 사람 같았어요."

은희는 어젯밤의 정사를 비난하듯 말했다. 술을 마신 탓도 있었겠지만 나는 은희와 그 놀이를 할 때는 언제나 초능력의 사내가 되어 날뛰었다. 흡사 성합의 서른 몇 가지 체위를 모조리 돌아가며 실행해 보려는 듯했으므로 은희는 처음에는 차츰차츰 숨이 넘어가다가 마침내는 살려 달라고 비명을 지르기까지 했다. 이것은 은희가 5년 전에 나에게 준 배신에 대한 앙갚음에서 비롯되는 것은 아니었다.

지난여름 그녀가 이혼을 한 후 내가 부르자 달려 나왔을 때, 나는 비로소 앙갚음의 대상은 다른 사람이 아닌 바로 나라는 생각을 했고 이러한 나 자신에 대한 혐오감은 무지막지한 욕망이 되어 끓어올랐다. 은희와의 길고 긴 만남이 파탄으로 끝난 것은 생각해 보면 오직 나의 무기력과 위선 때문이었다. 아무래도 결혼을 해야겠어요 하고 은희가 말했을 때, 나는 그 말이 결국은 내 생애의 지울 수 없는 옹이가 되리라는 것은 꿈에도 모르고 그냥 묵비권을 행사하는 것으로 자족했었다. 은희와 나는 사실상 그때까지만 해도 우리들의 사랑이 지니고 있는 의미를 잘 알지 못했었다. 은희가 결혼하면 나와의 만남이 지울 수 없는 상처가 되어 일생 벽장 속의 곰팡이처럼 그녀의 내부에서 번식하리라는 평범한 생각만 했지, 그리고 그녀를 보내고 나면 나는 나대로 사랑과 슬픔의 추억을 지닌 채 이리저리 떠돌다 어쩌다가 결혼을 하면 암수의 곰팡이로 따로따로 살아가는 고독만 있을 줄 알았지, 서로가 서로에게 꽂아 놓은 독침의 의미를 깨닫지 못했었다.

이러한 감정은 흔히 소설에 나오는 첫사랑 또는 진정한 사랑의 무시무시한 힘이 일생을 좌우한다는 투의 것과는 전혀 달랐다. 은희가 결혼을 결심했을 때 느꼈던 배신감의 대상이 바로 나 자신이라는 생각을 했을 때부터 나는 비로소 서른아홉 살이 될 때까지의 나의 본질과 대면할 수가 있게 됐던 것이다. 결혼한 은희를 도로 빼앗는다는 생각이 아니었다. 다만 은희가 지난여름 결혼 생활을 그만두었다고 말했을 때, 그것이 너무도 자연스럽게 들려서 나 스스로도 깜짝 놀랐을 뿐이었다. 우리는 다시 늙어 버린 철부지가 되어서 만나고 또 만났다. 마침 내가 일을 하던 출판사가 반 휴업 상태였기 때문에 나는 별달리 할 일이 있는 것도 아니었고, 젊을 때 시인이라는 말을 들었기는 해도 이미 나의 시적 재능은 제약회사나 화장품회사의 선전 문구에 나오는 카피보다도 더 퇴색해 있었으므로 무슨 문학 작품을 야심 있게 쓸 형편도 아니었고 또 그럴 뜻도 없었다.

겨울 바다가 보고 싶다라는 생각이 든 것도 시인으로서의 취재 여행을 떠나려는 생각에서는 아니었다. 다만 은희와 함께 바닷가도 가고 싶었고, 폭설이 내린 대관령을 꼭 넘어야겠다는 생각뿐이었다. 20년도 넘게 살아온 서울에서 완전무결하게 빠져나가는 길은 오직 대관령의 관문뿐이라는 생각을 나는 은연중에 하고 있었다. 서울을 벗어나고 싶어서 가 닿은 대부분의 장소가 다시금 축소된 서울의 한 모형이라는 것을 깨달았을 때마다 나는 여행에서 절망했고 작은 땅덩어리에 살아야 하는 나의 운명을 저주했다.

그러나 대관령은 달랐다. 대관령 마루에서 바라보는 동해 바다의 물결과 자꾸자꾸 끼는 안개와 그 모든 바람과 나무들이 완전히 서울과는 상관없이 펼쳐져 있었고 나는 그 속에서만 오직 자유를 느끼게 됐던 것이다. 은희와 대관령을 넘어와서 무엇을 어떻게 해결하자는 의도가 있는 것도 아니었다. 나는 은희의 몸을 사랑하고 싶었다. 그녀의 마음을 사랑한다는 사치스러운 생각, 그러니까 허위와 허영에 들뜬 생각은 아예 없었다. 모든 사람들이 온 영혼을 걸고 맹세하면서 하는 결혼이야말로 그 순간에서부터 가장 파렴치한 죄악이 된다고 나는 생각했다. 그러나 내가 딱 부러지는 어떤 주장 때문에 결혼하는 은희를 바라보면서 그 후 몇 년간을 혼자 살아온 것만은 아니었다. 나는 한 달 수입의 얼마를 떼어내어 그때그때 편리한 여자를 샀지만, 결혼을 부정해 본 일이 없는 것처럼 그것을 관습적으로 긍정해 본 일도 없었다. 나는 자유롭고 싶었다.

"내 꺼보다 커?"

은희가 이혼을 하고 다시 나를 찾은 첫날 저녁 정사를 하면서 내가 이렇게 물었을 때 은희는 재미있게 웃었다.

"왜 하필 그 얘기만 해요?"

그녀의 남편이었던 사람에 대해서 궁금한 것은 오직 이 한 가지였다. 그러나 은희는 늘 재미있어했지만 아무런 대답도 하지 않았다. 하긴 그녀와 나 사이에는 어떤 경우에도 앞뒤가 딱

딱 맞는 필연성은 애초부터 존재하지 않았다. 어느 순간에서부터인지 서로에게 붙어 있는 동질의 육종처럼 아무런 쓸모가 없으면서도 결코 떼어낼 수 없는 관계를 유지하고 있었다.

"이봐요. 밖에 눈이 오고 있어요."

은희가 창문의 커튼을 젖히며 말했다. 나는 필터까지 타들어가는 담배를 재떨이에 던지고 벌떡 일어섰다.

"저것 봐요! 바다 위에 내리는 저 눈 좀 봐요!"

은희가 나에게 몸을 돌리며 외쳤다. 눈 내리는 바다. 문득 나도 난생처음으로 이런 광경을 보고 있다는 생각이 들었다. 대관령에 아무리 눈이 쌓여도 이곳 바닷가에는 눈이 오지 않는다고들 했는데 참 이상했다. 눈도 함박눈이었다. 바다에 내리자마자 눈은 없어지고, 흰 눈을 삼켰다가 한꺼번에 토해 내며 파도의 물결이 희게 부서지고 있었다. 눈이 내리는 모래사장에 방한모를 쓴 병정이 어깨총을 하고 가로질러 가는 모습이 보였다.

"앞으로 어떻게 할 작정이에요?"

은희가 내 팔을 잡으며 물었다.

"어떻게 하다니?"

"늘 이대로 이렇게 지낼 거예요?"

그녀와 나 사이의 대화에서 함박눈이 펄펄 내렸다.

그러나 이따위 말은 아무런 효과도 없다는 걸 나와 그녀는 너무도 잘 알았다. 우리 사이에 어떤 판독할 수 있는 팻말을 꽝

박을 수는 도저히 없는 것이었다. 내가 관계하는 출판사가 다시 정상적인 영업을 하게 되면 나는 또 매일매일을 분주하게 나돌아다니게 될 것이며 그렇지 못하게 되면 내가 써내는 시답지 않은 원고는 나에게 식량의 대금을 그때그때 마련해 줄 것이었다. 은희와의 관계를 내 힘으로 어떻게 새롭게 설정하고 싶은 생각은 없었다. 친구들이 제 아내를 욕하며 불편해하는 이야기를 들으면서 나는 언제나 은희는 나의 아내가 아닌데도 아내보다 더 편리하다는 안도의 심정을 느끼곤 했었다. 은희는 아내였고 애인이었고 창녀였다. 그녀를 어느 한쪽에 묶어 두고 싶지는 않았다. 그러나 은희는 나를 떠나서 결혼할 때처럼 지금 나한테 돌아와서도 간혹 어떤 묶임의 상태에 소속되기를 은근히 바라는 눈치였다. 바다에 내리는 함박눈이 은희의 속마음을 나에게 말해 주고 있었다.

"몇 시에 떠날 거예요?"

"눈이 이렇게 오는데?"

우리는 방을 나왔다. 아래층으로 내려오다가 계단이 꺾이는 벽에 붙어 있는 낙화를 가리키면서 나는 은희에게 말했다.

"인내."

은희도 '忍耐'라고 쓰인 낙화를 올려다보았다.

"여관에서 훈육 선생님을 만난 것 같은 기분이에요. 그런데 뭘 인내하라는 말이죠?"

나는 은희의 말에 따라 웃으면서 아래층으로 내려왔다.

"가시게요?"

난로 가에 앉았던 종업원이 일어서며 빤히 쳐다보았다. 나는 그녀에게 어떤 작별인사를 해야겠다는 생각이 들어서 난로 가에 잠깐 멈추어 섰다. 그녀도 나를 쳐다보며 입술을 옴찔옴찔했다. 나는 빙긋 웃었다. 그러나 그녀가 한 말은 전혀 뜻밖이었다.

"손님 잠깐만요."

그녀는 손으로 입을 막으며 화장실 쪽으로 뛰어갔다.

"무슨 일이에요?"

여관 밖으로 나오면서 은희가 말했다.

"애를 뱄나 봐."

나는 은희의 팔을 잡으면서 함박눈 속으로 걸어 나갔다. 눈은 바람에 날리며 뺨으로 차갑게 달라붙었다. 파도 소리도 요란했다. 내가 무심결에 여관 쪽으로 고개를 돌렸을 때 그녀가 여관문 앞에 나와 서 있는 것이 보였다. 나는 한 손을 높이 치켜들었다. 그녀도 손을 치켜들었는지 그냥 물끄러미 서 있는지 쏟아지는 함박눈에 가려서 분간할 수가 없었다.

"나도 애기나 밸까?"

은희가 말했다.

버스정류장까지 걸어오는 사이에 나는 눈길에 두 번이나 미끄러졌다.

"다사에 가서 커피나 마실까?"

시내버스를 기다리며 말했지만 은희는 무슨 생각을 골똘히 하는지 아무런 대답도 안 했다. 그때 함박눈을 뒤집어쓰고 택시가 달려왔다. 은희는 먼저 택시에 탔다.

운전수는 목적지를 묻지도 않고 출발했다. 택시가 달려가는 속도 때문이겠지만 함박눈은 아주 무서운 힘으로 택시 앞으로 달려들며 쏟아졌다.

"터미널로 가요."

은희가 말했다.

운전수는 짧게 대꾸하면서 뒷좌석으로 얼굴을 돌렸다. 바닷가 여관이 있는 부근에서 아침에 택시를 타는 사람들은 다 그렇고 그런 부류라는 것을 잘 알고 있는 눈치였다.

"눈이 이렇게 쏟아지는데 어떻게 갈려고 그래?"

나는 은희에게 말했다. 판단 중지 또는 사고 중지의 상태에 내가 갇혀 있다는 생각이 들었다. 작동하는 비디오테이프를 순간 정지 버튼을 눌러 고정시켰을 때처럼 소리와 형태가 중지해 버려서 택시 안에 은희와 함께 타고 있는 나의 모습은 어떤 말 못 할 정지상태의 것이 되어 있었다.

"이제 그쪽에서 꼬리를 다는 거예요? 나보고 맨날 꼬리를 단다고 하더니만."

"꼬리는 무슨."

"언제까지 이대로 이런 상태로 있을 수만은 없잖아요. 우리는 이제 아이들이 아니니깐."

은희가 생각하는 것이 무엇인지 나는 확실하게 요량할 수가 없었다. 눈 덮인 대관령을 넘어서 동해 바다에 오면 은희와의 사이에 있는 모든 것이 풍족해지리라고 기대했던 나로서는 오히려 상황이 더 빈곤해지고 암담해졌다는 느낌에, 소리 나게 목구멍으로 침을 꿀꺽 삼켰다. 그러나 나는 알고 있었다. 은희와 나 사이에는 애당초 풀려야 할 끈이 옭매여져 있는 것이 아니라는 사실을 나는 진작부터 알고 있었고 은희도 어느 한 순간만이 아니라 나처럼 본질적으로 같은 이해를 하고 있기를 바랐다.

"꼭 다른 사람이 된 것 같군. 갑자기 왜 그러지? 꼭 결혼한 사람끼리 나누는 말 같잖아. 우리는 이대로가 최선이야."

내 말을 듣고 앞자리의 운전수가 놀란 듯 순간적으로 얼굴을 돌려 나를 보았다.

"재미 많이 봤습니까?"

운전수는 더욱 대담해져서 돌아보며 말했다. 부부인 줄 알았다가 바람피우는 삼십대 남녀라는 사실을 알고 그는 이제 농담까지 걸어오는 것이었다.

"뭐니뭐니 해도 여기가 최고입죠. 도시에서 가깝지도 멀지도 않고, 그렇다고 너무 떵가떵가 법석을 떠는 것도 아니고 아주 안성맞춤입죠."

은희가 화난 듯 나의 팔을 꼬집었다. 그대로 있으면 운전수는 무슨 말을 더할지 몰랐다. 나는 그에게 어떤 말을 해 줘야 한다는 생각을 했지만 신통한 말이 떠오르지 않았다.

"세워 주시오."

내가 한 말은 이뿐이었다. 택시가 선 곳은 도시의 입구가 되는 세 갈래 길이었다.

"재미 많이 보십쇼."

운전수는 요금을 받으면서도 히죽대며 웃었다.

"개새끼."

은희가 돌아서면서 말했다.

"왜 화났어? 저런 친구들은 늘 말버릇이 저렇지."

"몰라요."

눈에 보이는 간판을 따라 찻집에 들어가 앉을 때까지도 은희의 상처받은 자존심은 회복되지 못했다. 나는 은희를 달래야한다는 생각이 들었다. 은희의 몸에 다닥다닥 삐쳐오른 가시를 빨리 떼어내지 않으면 내 자신이 그것에 찔려 피를 흘리게 될 것이었다.

"여기 오길 잘했어요."

한참 만에 은희가 말했다. 커피는 맛이 없어서 마실 수가 없었으므로 우리는 보리차만 한 모금 마셨다. 그러니까 은희가 여기라고 한 곳은 찻집이 아니라 동해 바다. 남애 바로 여기였다.

"금방 기분이 풀어졌군. 내가 뭐랬어. 대관령을 넘기만 하면 모든 게 다 아름답고 신기하고 솔직하다고 했지? 바다는 참 이상해. 특히 겨울 동해 바다는 사람의 마음을 사로잡는단 말야."

내가 너무 과장하는 것 같은지 은희는 눈을 흘겼다. 그러나 그녀의 표정은 아주 맑았다. 나는 담배를 피우며 은희의 얼굴을 찬찬히 뜯어보았다. 눈 가장자리로 실주름이 얼핏얼핏 보이는 서른세 살의 늙은 여자였지만 그 얼굴의 구석마다 나의 젊은 날의 슬픔 그리고 서른이 훨씬 넘은 나의 평화와 사랑이 자리 잡고 있다는 생각에 나는 갑자기 목이 메었다. 담배를 끄고 나는 등받이에 등을 기대고 다리를 탁자 밑으로 쭉 뻗었다. 눈을 감았다. 은희의 얼굴에뿐만 아니라 몸 구석구석 배어 있는 나의 사랑과 슬픔과 평화가 나를 목메이게 만들었다. 은희. 나는 속으로 가만히 불러 보았다. 아름다운 이름이었다. 보고 싶은 이름이었다 그녀와 떨어져 있던 5년이라는 세월이 새삼 눈물겨웠다.

"그 여자 생각해요?"

은희가 발끝으로 내 발을 치면서 말하는 바람에 나는 몽상에서 깨어났다.

"그 여자?"

나는 은희의 말을 알아듣지 못하고 자리에서 벌떡 일어섰다. 은희는 나를 따라서 찻집에서 나오면서도 또 말했다.

"시침 떼지 말아요."

은희와 나는 함박눈이 쏟아지는 도시의 거리를 걸어 나갔다. 길에 나다니는 사람도 별로 없었다. 눈이 얼굴에 닿아서 달라붙을 때마다 나는 손등으로 얼굴을 닦았다. 눈은 공중에서 땅으로 수직으로 내리는 것이 아니라 사선을 그으며 내렸고 어떤 때는 수평으로 이동해 가고 있었다. '종합 터미널— 중앙시장'이라고 쓰인 초록색 안내판이 신호기 사이로 보였다. 우리는 터미널 쪽으로 걸어갔다.

"애기 뱄다는 여자 말예요. 그 여자 생각이 자꾸 나요."

뜻밖에도 은희가 함박눈 사이에서 얼굴을 돌리며 말했다.

"여관 종업원 얘기를 하는 것 아냐? 그저 그런 술집 여자지 뭐. 아니 술집 여자도 채 안 되는 엇박이지 뭐야."

아침에 여관에서 함께 해장술까지 한잔 한 여자를 나는 은희 앞에서 배반하고 있었다. 소주병을 막걸리 흔들듯 흔드는 게 습관이 되고, 누구의 씨인지도 모를 애를 배고 게욱질을 하고 있는 찌들고 찌든 여자를 나는 무자비하게 배반하면서, 은희와 나 사이는 훨씬 고상하고 품위 있는 관계라는 것을 은근히 자랑하고 싶은 심정이 되었다. 그러나 은희와 팔장을 끼고 터미널까지 눈을 함빡 맞으며 걸어오는 십여 분 동안 나는 줄곧 그 여자만을 생각했다. 지우면 지울수록 자꾸만 머릿속에 떠오르는 그 여자는 소주병을 흔들다가는 화장실로 토하러 뛰어가고 있었다.

"애기를 갖고 싶어요. 이 겨울이 가기 전에 애기를 배고 싶어요. 이번 달 그게 끝나면 이제 애기 피하는 약 안 먹고 자기 만날게요."

은희는 터미널에서 버스표를 끊으며 말했다. 사람들이 북적거리는 대합실로 들어서자 머리칼에 얹혔던 눈이 이내 녹아내려서 은희는 비를 맞은 사람처럼 온통 젖어 있었다.

"왜 한 장만 끊었어?"

은희의 손에 들려 있는 버스표를 보면서 내가 말하자 은희는 어느 영화의 장면처럼 나의 볼에 입술을 잠깐 대고 나서 속삭였다.

"하루 더 묵어서 와요. 그 여자와 술 더 마셔도 좋아요."

은희는 어리둥절해져 있는 나를 쳐다보았다.

"바다를 더 보고 와요. 자유롭게, 아주 자유롭게."

버스 출발 시간이 십 분도 채 남지 않아서 나는 마음이 급해지고 있었다.

"또 아주 떠나는 것은 아니지?"

나는 패배감에 짓눌려 말했다. 5년 전 은희가 결혼할 때는 전혀 패배감 같은 감정을 느끼지 않았었다. 그러나 이번에는 또 은희가 떠나면 나는 삶의 복판에서 외톨이가 되어 버린다는 절박한 생각이 들었다.

"그럼요. 여태까지 나는 자기를 배신한 적이 없어요. 아까도 말했잖아요? 이번 겨울에 애기를 갖고 싶다고요. 정말이에요."

은희는 내 손을 꼭 잡았다가 놓고는 대합실을 빠져나가 버스에 잽싸게 올라탔다.

나는 대합실을 나와 눈이 쏟아지는 광장 한가운데 섰다.

바다가 보고 싶었다. 택시를 타고 남애 바다로 달렸다. 눈은 여전히 쏟아졌다. 숨 막힐 듯한 풍경을 나보다 먼저 훔친 사람은 아무도 없었다. 눈 내리는 하늘과 눈을 삼키는 바다뿐이었다. 알지 못할 감동의 흐름이 내 전신을 관류해 갔다. 눈 내리는 바다를 향하여 나는 모래펄을 걸어 나갔다. 모래얼음이 발에 밟히며 부서졌다. 판단정지가 된 듯 아무것도 생각할 수가 없었다. 애기를 갖고 싶어요. 은희의 목소리가 내 목구멍에서 새어 나왔다. 나는 눈을 맞으며 겨울 짐승처럼 네 발로 걷는 심정이 되어 걸어갔다.

눈 내리는 동해바다에서 내가 찾은 자유는 낯설고 신기했다. 타성으로 때 묻은 자유가 아니라 오랜 망설임과 무기력 끝에 참고 견디며 대면하는 자유는 뜨거운 아픔이 되어 나의 전신을 짓눌렀다. 그것은 불에 단 인두가 지져내는 낙화의 획처럼 힘찼다. 인두 자루를 잡은 은희는 나의 무기력과 회피의 살덩이를 사정없이 지져 대고 있었다.

(샘이깊은물, 1986)

우화의 땅

아버지는 또 화가 잔뜩 난 모양이었다. 이날따라 쇠여물 써는 작두날 소리가 유난히 크고 급하게 들렸다. 칵 하고 가래침 뱉는 소리가 작두소리 사이로 들리더니 아버지는 부엌 쪽으로 고개를 돌렸다.

"여태 뭘 하고 자빠졌어?"

밥 짓다 말고 어머니가 봉당으로 나왔다. 솔가지가 타면서 내뿜는 한 뭉치의 잿빛 연기가 어머니의 치마 끝에 묻어서 부엌 문지방을 넘었다가는 아버지의 서슬에 놀라 지붕 처마 끝으로 도둑고양이처럼 달아났다.

"왜 또 성질이유?"

어머니가 머리칼에 묻은 재티를 털면서 말했다.

"쇠죽 끓이라고 한 지가 언제여?"

어머니는 그제서야 앞뒤를 알고 부리나케 쇠죽가마에 물을 부었다. 물을 부으면서 한 손으로 코를 눌러 코를 힝 풀었다. 콧물이 부뚜막으로 떨어지지 않고 쇠죽가마에 떨어졌다. 쇠죽

가마에 물 붓는 소리가 어찌나 요란한지 바우는 오슬오슬 추위까지 느꼈다. 외양간에서 빈 구유에 대가리를 처박고 있던 황소가 힁힁거렸다. 꼬뚜레 사이로 질질 흐르는 콧물에서 김이 허옇게 났다.

아버지는 얼마 전에도 어머니에게 불같은 화를 냈다. 관가에서 나온 사람한테 말대꾸를 했다고 붙잡혀 가서 치도곤을 당하고 온 날 저녁때였다. 아버지는 힘이 세니까 매 맞은 거야 대수롭지 않았을 것이었다. 그러나 그때 아버지는 관가에서 또 수염을 뽑혔다고 했다. 수염 뽑힌 턱에는 빨간 핏자국이 엉겨 붙어 있었다. 안 되겠다, 무슨 수를 내야. 아버지는 사나운 짐승처럼 울부짖으면서 밤을 꼬박 새웠다. 어머니와 누나에게는 온갖 욕을 퍼부으며 화풀이를 했지만 그러나 바우를 끔찍하게 여기는 것은 변하지 않았다. 아버지는 곡식을 빼앗기거나 매를 맞거나 수염을 뽑힐 때마다 바우를 점점 더 특별하게 여기곤 했다. 글방에 나가기 시작한 것도 아버지가 지난 초여름에 관가에서 수염을 몽땅 뽑히고 초주검이 돼 나온 날 직후의 일이었다. 아버지는 이를 뿌득뿌득 갈면서 원통해 했다. 무슨 수를 내야 된다고 입버릇처럼 말했다. 그러면서 바우를 글방에 나가게 하고, 집에 와서는 꼼짝 말고 글공부를 하게 했고 바우만은 잘 먹이고 잘 입혔다. 쌀밥만 먹였고 또 아버지가 사냥해 온 꿩고기도 바우에게만 먹였다.

"바우야, 부엌 아궁이에 불 좀 지펴라."

어머니가 헛간에서 장작을 가져다가 쇠죽솥 아궁이에 처넣
으며 말했다. 마루 끝에 걸터앉아 있던 바우가 냉큼 일어섰다.

"이년이 정신 나갔나?"

작두질을 하던 아버지가 소리를 꽥 질렀다. 작두에 마른 옥
수숫대를 대주던 누나가 깜짝 놀라 일어섰다. 바우도 놀라서
아버지를 쳐다보았다. 벌써 사방에 초겨울 저녁의 어둠이 깔려
서 아버지의 무서운 얼굴은 잘 보이지 않고 써늘한 작두날만
보였다.

"바우야, 너는 그런 일 하면 안 된다."

바우는 아버지의 말대로 마루에 도로 앉았다. 어머니는 끽
소리도 못하고 쇠죽솥 아궁이에 불을 지피고 부엌으로 잽싸게
들어갔다. 부엌 아궁이의 솔가지가 그사이에 다 탔는지 어머
니는 입으로 후후 불면서 불을 살려냈다. 솔가지 타는 연기가
매웠다. 바우는 냇내 때문에 마른기침을 몇 번 하고 방으로 들
어갔다. 등잔을 찾아서 불을 켰다. 파리똥이 새카맣게 앉은 씨
옥수수 타래에서 옥수수를 갉아먹던 쥐가 흙벽을 타고 서까래
틈으로 달아났다. 옥수수 낟알이 몇 개 앉은뱅이책상으로 떨어
져 내렸다. 바우는 책 위에 떨어진, 쥐가 갉아먹던 옥수수 낟알
을 손톱으로 튕겼다. 바우는 먹을 갈기 시작했다. 먹내가 콧속
으로 들어왔다. 지난가을에 글방에서 있었던 책씻이가 다시 생
각났다. 천자문을 이제 겨우 뗐을 뿐인데, 아버지는 바우가 큰
벼슬이라도 한 양 좋아했다. 어머니는 시루떡도 준비했고 아버

지는 책씻이 때 쓰려고 며칠을 송악산으로 사냥을 나가서 꿩
도 여러 마리 잡아왔다.

"어디 총명하다 뿐입니까. 하나를 가르치면 둘을 알고 범절
이 꼭 큰 그릇 감이지요."

글방 훈장은 바우를 칭찬하면 할수록 대접이 더 좋아진다는
것을 알기 때문에 입에 침이 말랐다. 바우 아버지는 술잔을 올
릴 때마다 입을 다물지 못했다.

"우리 가문을 도로 세워야 한다. 바우 네 어깨에 달렸다."

아버지는 그날 밤 어머니와 누나를 앉혀놓은 자리에서 엄숙
하게 말했다. 그때부터 바우는 딴 사람이 되었다. 집에서 궂은
일도 안 했고 옷도 언제나 깨끗이 입었다. 먹는 음식도 기름진
것만 골라서 먹었다. 모든 게 아버지의 서릿발 같은 명령이었
다. 어머니와 누나가 아버지 몰래 바우를 시켜서 장작을 패게
한다거나 물지게를 지게 하다가 들키기라도 하면 온통 불벼락
이 내렸다. 바우는 쓰러진 집을 도로 일으켜 세울 큰 힘을 길러
야 했으므로 사소한 집안일에 작은 힘도 낭비하면 안 되었다.

"이것 봐라. 우리가 씨는 얼마나 좋은 씨냐. 바우 얼굴이 이
렇게 잘났지 않나."

가으내 힘든 일 안 하고 잘 먹고 하니까 살이 오동통하게 찐
바우의 얼굴을 만지며 아버지는 말했다. 아무런 일도 않고, 팔
다리를 놀리면서 편하게 글이나 읽고 쓰고 하며 잘 먹으니까
얼마 사이에 바우의 얼굴은 몰라보게 달라졌다. 아버지는 물론

어머니와 누나도 얼굴이 온통 새까맣고 손등이 갈라지고 했는데 바우는 윤기가 줄줄 흘렀다. 잘 먹고 잘 놀아서 그런지 바우는 글공부를 할 때 자꾸 하품이 나왔다. 두 살 위인 누나가 아버지 몰래 팔을 꼬집고 머리를 쥐어박을 때마다 아버지한테 일러바쳐서 누나를 혼내주려고 하다가도 선뜻 내키지가 않았다. 누나에게 꼬집히는 아픔도 없다면 바우는 너무나 심심했다. 누나의 버짐이 앉은 새카만 얼굴과 때가 낀 손톱이 오히려 부러울 때가 한두 번이 아니었다.

지난 가을걷이 때 식구들이 모두 들에 나가고 집이 비었을 동안에 바우는 일부러 숯검정을 손에 들고 한참을 놀았다. 얼굴에도 마구 문질렀다. 마당에서 모이를 쪼고 있던 암탉을 쫓아 뛰어다녔다. 암탉은 급한 김에 돼지우리로 풀쩍 날아 들어갔다. 돼지가 깜짝 놀라 꿀꿀꿀 먹따는 소리를 냈다. 암탉은 돼지우리에서 냄새나는 돼지오줌과 똥물을 뒤집어쓰고 밖으로 꼬꼬댁거리며 나왔다. 시커먼 지랑물을 뒤집어쓴 닭을 보면서 바우가 웃었다. 암탉은 꼬꼬꼬 하고 울며 헛간 지붕 위로 올라갔다. 그 바람에 지붕에 널려 있는 빨간 고추가 후두둑 떨어졌다. 바우는 그냥 웃기만 하다가 뒤란 우물로 가서 얼굴과 손을 씻고 일어섰다. 장독대 가에 우뚝 서 있는 감나무에서 감이 하나 떨어져 내렸다. 감을 다 따고 몇 개 남긴 까치감이 웬일인지 자꾸 떨어져 내렸다. 겨울에 까치나 까마귀가 따먹으라고 으레 감을 딸 때는 몽땅 따지 않고 여남은 개는 남겨두곤 하여 어떤 해에는 그중에 한두 개가 엄동설한을 지난 입춘 때까지도 대롱대롱 매달려 있곤 했는데 올해는 이제 가을걷이가 막 끝나고 입동이 지났을 뿐인데 까치감이 자꾸만 떨어지는 것이었다.

밖에서 아직도 작두소리가 급하게 들려왔다. 이렇게 늦게까지 쇠여물을 써는 걸 보면 아버지는 내일 성안에 들어갈 일이 생긴 모양이었다. 아버지는 성안에 들어가면 하룻밤을 묵고 오는 때도 있었다. 아버지가 산나물을 캔 것도 아니고 꿩을 잡아온 것도 아닌데 웬일로 성안 나들이를 하려는지 바우는 알 수가 없었다. 쇠죽 끓는 냄새가 방 안에까지 퍼져왔다. 바우는 등잔불을 한참 바라보고 있다가 쇠죽 냄새에 정신이 들었다. 방문을 열고 마당으로 나가고 싶었다. 그러나 아버지가 무서웠다. 창호지 구멍으로 밖을 내다보았다. 작두소리가 뚝 그쳤다. 휴우, 바우는 공연히 한숨이 나왔다. 어두운 마당에서 급하게 들리는 작두소리가 바우에게는 무서웠다. 옥수숫대나 콩 줄기를 작두날 밑에 대어주면서 느끼던, 무섭지만 짜릿한 쾌감이, 작두 옆은커녕 마당에도 함부로 얼씬거리지 못하게 되자 바우에게는 공포의 소리로 변했다.

이미 어두워진 마당에서 아버지가 가래침을 뱉는 소리가 들렸다. 쇠죽 가마에서 장작을 지피는 누나의 얼굴만이 발갛게 보였다. 외양간에서 황소가 풍경소리를 내며 발을 딱딱 굴렸다. 자세히 내다보니까 아버지가 쇠죽 아궁이 옆에 앉아 숫돌에 작두를 가는 모습이 희끄무레하게 보였다. 슥슥, 삭삭하며

아버지는 작두날을 갈았다. 아궁이에서 퍼져나오는 불빛에 작
두날이 빛나며 무서운 빛을 낼 때마다 바우는 무서웠다. 한참
후에 아버지는 작두날을 들고 일어서서 헛간 쪽으로 갔다. 바
우는 창호지 구멍에 눈을 대고 꼼짝도 않고 밖을 내다보았다.
조금 있다가 아버지가 어둠 속에서 나타났다. 맨 먼저 발과 다
리, 그리고 허리춤이 보였다. 가슴과 목과 얼굴은 어둠에 묻혀
보이지가 않았다. 아버지가 아궁이 가에 앉았다. 그제서야 아
버지의 모습이 다 보였다. 아버지는 사냥해 온 짐승의 가죽을
벗길 때 쓰는 칼을 갈기 시작했다. 숫돌에다가 침을 퉤퉤 뱉았
다. 작두를 갈 때보다 칼을 가는 소리가 더 날카로웠다. 슥삭슥
삭, 아버지의 팔이 움직일 때마다 바우는 오줌을 한 방울씩 지
렸다.

아.

갑자기 바우가 방문을 떠밀고 엎어지면서 소리쳤다. 잠시 후
에 정신을 차리고 보니 아버지가 화난 얼굴로 어머니를 야단
치고 있었다.

"글 읽기가 얼마나 힘든지 알기나 해? 해 넘어간 지가 언젠
데, 여태 저녁밥을 안 줘? 우리 바우가 허기가 진 거여."

"원, 당신두. 우리 바우가 무슨 지푸라기인 줄 아우? 그만 허
기에 못 참아서 소리를 지르고 꼬꾸라지다니. 안 그러냐, 바우
야?"

어머니는 저녁상을 차리면서 시큰둥하니 말했다. 누나가 콧

물을 훌쩍거리면서 아버지 몰래 팔꿈치로 바우 옆구리를 툭 내지르고 나서 말했다.

"나는 하루 종일 힘든 일만 하는데, 너는 펑펑 놀면서 잘 처먹고는 이제 기절까지 하누나?"

"이년, 말버릇이 그게 뭐여! 바우는 우리 집을 일으켜 세울 놈이다. 너까짓 년하고는 하늘과 땅이다."

아버지가 서슬이 퍼렇게 다그치자 누나는 훌쩍거리며 울었다. 바우는 아무 말도 못했다. 아버지가 칼을 가는 걸 보고 갑자기 무서워서 소리를 지르고 꼬꾸라졌다는 말도 할 수가 없었다.

"우리 집 5대조 할아버지께서는 큰 벼슬을 하셨다. 그러다가 간신한테 몰려서 파직당하고 낙향하셨는데 그 후부터는 아예 우리 가문은 천대를 받으며 몇 대를 지냈다. 그래서 이렇게 농사꾼이 된 거지. 우리가 원래 씨는 귀한 가문의 씨다. 이제 우리 바우가 가문을 일으켜 세울 테니 두고 봐라."

바우는 아버지의 말을 들으면서, 뜨거운 국을 먹다가 입술을 데었을 때처럼 혼자서 질겁을 했다. 아버지는 솥뚜껑같이 커다란 손으로 바우의 머리를 쓰다듬었다. 아버지의 손에는 숫돌냄새가 났다. 숫돌 냄새와 녹슨 쇠붙이 냄새가 섞인 냄새였다. 거름더미나 잿더미에 오줌을 눌 때 코로 들어오던 잿냄새와도 같았다.

"이제 우리 집도 운이 트인다. 이따위 무명옷 내던지고 비단

옷에 가죽신 신을 날도 머지않았다. 건넛마을 김 첨지네 봐라."

그 말에는 어머니도 신바람이 났는지 대뜸 끼어들었다.

"김 첨지 아들이 정말 큰 벼슬을 했다지요?"

"암 그렇고말고, 아침저녁으로 임금님을 곁에서 모신다니까 벼슬도 이만저만한 벼슬이 아니지."

누나와 바우도 꿈나라 이야기를 듣듯 신기하게 귀를 기울였다. 김 첨지네 이야기는 온 마을을 활활 불태울 만큼 언제나 대단한 힘을 발휘하곤 했다. 곱상하니 생겼던 김 첨지 아들은 스무 살 안팎의 나이로 대뜸 궁궐로 들어가서 벼슬을 했다.

"김 첨지 마누라 꼴은 정말 아니꼬워서 못 보겠대요. 어제까지만 해도 농투산이 여편네였는데 글쎄 지금은 숫제 양반 마나님 행세합디다."

어머니는 밥숟가락을 뜨다 말고 욕을 해댔다. 누나는 조금 전에 아버지한테 야단을 맞은 게 분이 다 안 풀렸는지 연신 바우한테 흘게눈을 해대며 아귀아귀 밥만 퍼먹었다.

"임자, 너무 속상해할 것 없어. 우리 집도 머지않아 양반 행세 떳떳이 할 테니까."

아버지는 이렇게 말하면서 또 바우의 머리를 한 손으로 쓰다듬었다. 아버지의 손에서 나는 숫돌 냄새가 역겨워서 바우는 목구멍으로 넘어가려던 밥을 입안으로 다시 올렸다.

"내일 새벽에 성안에 들어가시려우?"

어머니가 묻자 아버지는 한동안 대꾸를 하지 않고 김치 그릇에서 커다란 무를 하나 집어서 우적우적 깨물었다. 바우도 아버지의 얼굴을 쳐다보았다. 한 번도 가보지 못한 성안이었다. 어른이 새벽에 길을 떠나면 성안에 가서 일을 보고 밤늦게 돌아오는 거리니까 왕복 백여 리가 넘는 곳에 있는 성은 바우한테는 꿈길처럼 멀고 아득하기만 했다. 임금님이 온갖 보화 속에 묻혀서 살고 벼슬아치들이 에헴 에헴 헛기침을 하며 사는 곳, 온갖 신기한 물건을 사고파는 저자가 서는 곳이니까, 여느 백성들은 함부로 드나들 수도 없는 신비의 장소였다. 아버지는 한철에 두세 번씩 성안으로 드나들면서 짐승 가죽이나 길들인 매를 갖다 팔기도 하고, 약초와 산나물, 꿩이나 노루를 내다 팔기도 하였다.

"잘하면 무슨 수가 생길 것 같구려. 내일, 대궐에 연줄이 있는 분을 만날 거여."

아버지는 이빨에 낀 고춧가루를 손톱으로 떼어내고 숭늉을 마셨다. 어머니가 밥상을 치우면서 누나를 발로 떼밀었다. 누나는 언제나 배가 차지 않는 모양으로 밥그릇을 다 비우고도 밥상 앞을 떠나지를 않았다.

"달무리가 진 걸 보니 첫눈이 오겠다."

어머니가 밥상을 들고 마루로 나가면서 이렇게 말하자 방구석으로 밀려나서 뾰로통하니 앉아 있던 누나가 냉큼 일어나서 따라 나갔다. 눈설겆이를 하러 나가는 것이었다. 쇠여물 삼태기를 헛간으로 들여놓고 늦고추 말리느라 펴놓았던 멍석도 말아서 들여놓아야 하는 것이었다. 여름 비설겆이도 그렇지만 초겨울의 눈설겆이하는 것은 정말 신이 났다. 무서우면서도 꼭 한번 맞닥뜨리고 싶은 짐승이 막 쫓아와서 허겁지겁 도망을 칠 때처럼 그렇게 짜릿한 재미가 있었다. 비설겆이나 눈설겆이는 또 여름날 개울에서 멱 감다가 소나기가 쏟아져서 둑으로 내닫는 것처럼 쫓기면서도 신바람이 났다. 소나기를 맞아 봐야 젖을 옷도 변변히 입지 않은 바우는 그냥 허둥지둥 쫓기면서 쫓기는 재미에 즐겁기만 했었다.

바우는 문을 열고 마루로 나섰다. 누나를 따라 눈설겆이를 할 셈이었다. 그러나 바우가 꿈꾸는 즐거움을 아버지가 대뜸 빼앗았다.

"너는 글이나 읽어라. 눈 맞으면 고뿔이 든다."

"싫어요. 나도 일할래요."

바우는 문지방을 딛고 서서 떼를 쓰기 시작했다. 방안에서 새어 나온 불빛에 마당이 부옇게 비쳤고 그 사이를 뛰어다니는 누나가 부러웠다. 문을 열고 서 있자니까 문풍지가 연 꼬리처럼 푸르르 울었다.

"집안일 거든다는데 왜 그러시우?"

어머니가 부엌에서 나오면서 아버지에게 말했다. 어머니는 치마에 손을 닦고 마루로 올라섰다. 어머니가 방으로 들어오는 사이에 바우는 마루로 냉큼 나왔다. 아버지의 허락은 듣지도 않고 마당으로 내려섰다.

"바우야, 멍석을 들어 옮기자."

누나가 말하자 바우는 오랜만에 신바람이 나서, 밥 먹을 때 누나가 팔꿈치로 내지른 옆구리의 아픔도 잊었다. 멍석을 헛간 으로 들여놓자 초저녁잠을 자던 게으른 쥐들이 찍찍거리며 도 망을 했다.

마당에 흩어져 있던 땔나무들도 한쪽으로 치우고 삼태기는 굴뚝 옆에 걸었다. 따뜻한 굴뚝을 찾아와서 잠자던 굴뚝새들이 흐륵흐륵 날갯짓을 하며 옮겨 앉았다.

"너는 김 첨지네 아들이 꼬추도 없는 병신인 것 모르지?"

굴뚝 가에서 돌아 나올 때 누나가 바우에게 속삭였다. 바우 의 손끝에는 삼태기를 굴뚝 옆에 걸면서 손에 묻었던 따뜻한 온기가 아직 그대로 남아 있었다.

"벼슬은 그런 병신들만 하는 거래. 아버지는 그것도 모르고 너를 벼슬아치 만든다고 저 야단이지 뭐냐."

바우로서는 알 수 없는 말이었다. 김 첨지네 아들이 고추도 없다면 병신도 아주 큰 병신인데, 정말 벼슬하는 사람들은 모 두 고추 병신일까.

"그럼 오줌도 못 누나?"

바우는 이렇게 말하며 히히 웃음이 나왔고 동시에 오줌이 마 려웠다. 바지를 내리고 오줌을 누기 시작했다.

"너는 병신 아니지?"

누나가 속삭이듯 귓가에 대고 말했다.

"그럼."

바우는 누나의 입김에 귀가 이상하게 따뜻하고 관자놀이가 달싹거렸다. 오줌이 자꾸 나왔다. 그때 갑자기 누나가 손으로 고추를 만졌다. 그 바람에 오줌이 뚝 그쳤다. 누나는 오줌이 손에 묻어도 아랑곳하지 않고 한참 동안 바우의 고추를 만지작거렸다.

이튿날 아침에 일어나 보니 정말 밤사이에 눈이 꽤 많이 내렸다. 바우는 싸리비로 마당의 눈을 쓸었다. 사립문을 밀고 밖으로 나갔다. 산도 들도 모든 게 하얀 눈에 덮여 있었다. 사립문에서부터 동구 쪽으로 난 길 위에는 커다란 발자국이 나 있었다. 바우는 그 발자국이 아버지의 것이라는 것을 쉽게 알았다. 바우는 아버지의 커다란 발자국에 발을 들여놓았다. 아버지의 짚신을 어쩌다가 신었을 때처럼 조금 두렵기도 했지만 눈 위에 나 있는 아버지의 발자국에 조그만 발을 들여놓을 때의 기분은 황홀했다. 감나무 가지 위에서 까치가 까악까악 울다가 날아갔다. 눈이 떨어져 내렸다. 바우는 감나무를 쳐다보았다. 상수리에 달린 여남은 개의 까치감도 흰 눈을 뒤집어쓰고 대롱대롱 달려 있었다.

"바우야, 그만 들어오너라. 나중에 아버지가 알면 또 벼락이 내리겠다."

어머니가 부엌에서 자싯물 통을 들고 나왔다. 말은 이렇게 하면서도 어머니는 빗자루를 들고 눈을 쓰는 바우를 대견해하며 웃었다. 아버지가 집에 없기 때문이었다. 아버지가 없을 때 바우는 더 이상 집을 일으켜 세울 기둥 노릇을 안 해도 되었다. 큰일을 할 사람이라고 아버지가 입버릇처럼 말해도 막상 어머니와 누나는 내심으로 그 말을 귀담아듣지 않는 눈치였다. 바우도 아버지 앞에서는 꼼짝도 못 하고 글공부만 하지만 아버지가 없을 때는 예전처럼 누나와 장난을 치고 부엌 문지방에 앉아서 누룽지를 달라고 어머니를 졸랐다.

누나가 쇠죽가마에서 김이 무럭무럭 나는 쇠죽을 퍼가지고 외양간으로 갔다. 홰에서 내려온 수탉이 마당 한가운데 한 다리를 들고 왼발로 섰다가 꼬끼오 하고 목을 길게 뽑았다. 암탉은 홰에서 내려오지도 않은 채 발톱만 자꾸 쪼고 있었다.

"아버지는 성안에 뭣 하러 가셨어요?"

누나가 어머니에게 물었다.

"누가 아냐. 꼭두새벽에 눈길을 헤치고 왜 그 성화인지."

어머니는 아침 밥상을 들고 부엌에서 나왔다. 바우도 빗자루를 봉당에 세워 놓고 방으로 들어갔다. 손이 시려웠지만 기분은 아주 상쾌하였다. 따뜻한 아랫목에 책상다리를 하고 앉아서 책을 읽는 것보다 눈 치우는 일이 훨씬 더 재미있는 바우였다.

"너희 아버지가 좀 이상해졌지 뭐냐. 자나 깨나 벼슬 타령이다."

"김 첨지네 아들처럼 되는 거지 뭐."

누나가 어머니의 말을 받아 이렇게 비양거리자 어머니가 눈을 흘겼다.

"아닌 게 아니라, 바우 벼슬길 알아본다고 성안에 다녀오겠다고 하시더라. 입에 거미줄 안 치고 등 따시면 됐지, 무슨 벼슬에 그리 독이 올랐는지 정말 모르겠다."

눈을 치울 때의 상쾌함이 금방 다 없어져 버려서 바우는 밥맛도 제대로 안 났다. 벼슬 이야기만 나오면 바우는 가위눌린 것같이 가슴이 답답했다. 관가에 가서 수염을 뽑히고 왔던 아버지의 무서운 얼굴도 떠올랐다.

"김 첨지네 아들은 배냇병신이야."

아침밥을 먹으며 누나가 또 말했다. 아버지가 없는 자리에서 누나는 언제나 수다스러웠다. 누나의 말을 듣자 어머니가 웃었다.

"참말? 그런 사람이 어떻게 벼슬을 했지?"

바우가 말하자 어머니는 또 웃었다. 그 바람에 어머니의 입 안에서 밥알이 떨어졌다.

"벼슬아치는 모두 배냇병신과 다를 게 없지. 아귀다툼과 노략질을 일삼으면서도 뻔뻔스러운 낯짝을 봐라. 착한 백성들 주리를 틀고 재산을 빼앗고, 그게 어디 성한 사람이냐?"

어머니의 이런 말을 제대로 알아들을 수가 없었다. 누나는 좀 알아들었을까. 밥을 먹으면서도 어머니와 장단을 맞춰 낄낄대며 웃었다.

김 첨지네 아들은 나이가 스물이 가까웠는데도 장가를 안 들고 흰 얼굴로 사랑방에서 글만 읽었다. 바우도 한 번은 김 첨지네 아들을 본 적이 있었다. 지난여름이었다. 김 첨지네는 다른 집보다 살림규모가 커서 행랑에는 머슴도 두고 사는 집이었지만 첨지라는 것이 무슨 벼슬은 아니었다. 그냥 동네 사람들이 듣기 좋게 불러주는 이름에 불과했다. 허지만 김 첨지네는 여느 동네 사람들과는 다른 의젓함이 배어 있었다. 한여름에도 꼭 버선을 신고 의관을 바로 했으며 무엇보다도 살림이 넉넉하여 하인을 여럿 부리고 살고 있었다.

아버지는 그날 밤이 이슥해서야 돌아왔다.

"바우야 저녁밥 잘 먹었냐?"

아버지는 술이 거나하게 취해 있었다. 바우의 머리를 쓰다듬고 나서 어머니와 누나를 향하여 눈을 부릅떴다. 자기가 집에 없는 동안에 바우를 구박하거나 허드렛일을 시켰을까 봐 지레짐작으로 엄포를 놓는 것이었다.

"일은 잘 됐수?"

어머니가 치마허리를 뒤집더니 보리쌀만 한 이를 한 마리 잡아서 엄지손톱으로 방바닥에 눌러 터쳤다. 바우는 어머니의 손톱에 묻은 빨간 피를 보면서 진저리를 쳤다. 갑자기 사타구니가 근질근질한 것이 보리쌀만 한 이가 있는 듯한 느낌이어서 바우는 바지 속으로 손을 넣었다. 이 대신 추워서 오그라붙은 고추가 만져졌다. 바우는 손을 얼른 뺐다.

"암, 여부가 있나. 이제 길이 뚫렸어. 우리 바우가 까막눈도 면했겠다. 아주 제때에 연줄을 잡았지."

아버지는 또 바우의 머리를 쓰다듬었다.

"우선 나이가 들어야지 벼슬을 할 게 아뉴? 바우가 이제 겨우 열 살인데 길이 뚫리기만 하면 뭘 하우."

어머니는 언제나 아버지한테 핀잔을 맞으면서도 말대꾸를 했다.

"모르는 소리 작작해. 이 여편네는 지금이 어떤 세상인지도 모르나? 바로 궁중으로 들어가서 임금님을 모시는 건데, 나이가 들면 되는 줄 아나? 백선연과 최세연의 이야기도 못 들었군. 그 사람들은 궁중에서 임금님을 모시다가 원나라로 건너가서 그곳 황제를 모시는 몸이 됐어. 그러니 우리나라 정승도 그 앞에서는 대가리를 못 들게 했다 이거여. 바우도 이제 제 몸 영화 누리고 애비 벼슬길 다리도 놓게 된 거여."

"그건 불알 없는 놈들 얘기 아뉴?"

아버지는 바우의 머리를 한 번 더 쓰다듬으며 입을 굳게 다물었다. 씨옥수수를 파먹던 쥐가 방바닥으로 떨어졌다가 어두운 윗방으로 달아났다. 바우는 아버지의 말을 하나도 알아들을 수 없었지만 자꾸 무서운 마음이 들었다. 어제 저녁때 어둠 속에서 빛나던 작두날과 여물 써는 섬뜩한 소리가 귓전에서 맴돌았다. 숫돌에 칼을 갈던 소리도 생각났다.

"배냇병신들이나 하는 짓을 우리 바우가 왜 해요? 그게 말이나 되우?"

어머니는 또 아버지한테 주먹으로 한 대 쥐어박힐 것 같았다.

"요즘 세상은 그게 아니여. 불알 찬 놈보다 고자들이 힘쓰는 세상이여. 임자는 입 다물고 있어."

바우는 잠이 오지 않았다. 처마에서 눈이 툭툭 떨어지는 소리가 베개맡에서 들리듯 선명했다. 그 봐라. 배냇병신이지. 너도 영락없는 병신이야. 누나가 냄새나는 입을 바우의 귀에 대고 속삭이며 말했다. 어머니의 한숨 소리와 아버지의 코 고는 소리를 한동안 듣다가 바우는 새우등을 하고 잠이 들었다.

"오늘은 글방에 안 가도 된다."

아침밥을 먹으며 아버지가 바우에게 말했다. 식구들이 모두 말없이 밥만 떠먹었다. 밖에서 까치가 깍깍깍 울어댔다. 문풍지가 푸르르 울면서 창호지의 보이지 않는 숨구멍으로 들어오는 바람소리가 가쁘게 들렸다.

"흑."

어머니가 갑자기 숟가락을 놓으며 흐느낀다.

"왜 또 법석이여? 간밤에 그렇게 떡 먹듯 일렀는데도. 귓구멍에 말뚝을 박았나. 이게 다 우리 가문 잘 되라고 하는 짓이여. 벌써 한발 늦었다구. 김 첨지네 좀 봐. 하루아침에 떵떵거리며 살지 않는가 이 말이여."

아버지는 어머니에게 눈을 부라리며 을러대듯 말했지만 목소리가 겁먹은 듯 떨리고 있었다. 문풍지가 또 푸르르 울었다.

바우는 주눅들은 듯 밥만 먹다가 아버지와 어머니를 번갈아 쳐다보고 나서 숟가락을 놓았다. 밥을 더 먹을 생각이 나지 않았다.

"그럼, 나는 성안으로 들어가서 사는 거예요? 엄마랑 헤어져서 나 혼자 가나?"

누나가 넓적다리를 꼬집었다.

"이 바보야. 너는 숙맥이구나."

"이년아, 바우 호달구지 마라. 얘가 알긴 뭘 알겠니? 우리 가문을 위해 바우가 얼마나 큰일을 하게 됐는지 네년은 모른다……"

아버지는 누나를 쥐어박고 밥상머리에서 일어섰다. 어머니는 밥상을 치울 생각은 않고 치맛자락에 연신 눈물과 콧물을 닦고만 있었다. 바우도 정말로 무슨 일로 식구들이 울고 소리 지르고 한숨 쉬는지 잘 알 수가 없었지만, 금방 밥이 속에 들어가자마자 차돌이 된 것처럼 배가 꽉 찼다.

글방에 가지 않아도 된다고 했으니까 이것만은 마음이 개운했다. 누나와 함께 쇠죽을 끓이고 눈을 쓸고 헛간 짚더미 속에서 장난치며 놀면서, 짭짜름한 콧물을 빨아먹다가 누룽지를 한 입 깨물면서 살아가고 싶었지, 누나나 다른 친구들과는 달리 글방에나 왔다 갔다 하면서 지내는 것이 정말 싫었다. 포동포동 살찐 깨끗한 손도 싫었다. 손톱에 때가 박히고 얼어서 터진 손이 부럽기도 했다. 누나한테서 나는 땀 냄새와 방귀 냄새가 더 좋았다. 바우는 문을 열고 밖으로 나왔다. 아버지가 쇠죽가 마 앞에서 숫돌에 칼을 갈고 있었다. 사냥해 온 꿩이나 산토끼의 배를 따고 가죽을 벗기는 한 뼘 크기의 칼이었다. 숫돌에 침을 퉤퉤 뱉으며 칼을 가는 아버지의 얼굴은 아주 차갑게 굳어 있었다.

어머니가 밥상을 들고 나와서 부엌으로 들어갔다. 바우도 부엌 문지방을 넘어 따라 들어가서 아궁이 앞에 앉았다. 아궁이 속의 하얀 잿더미에는 아직도 불기가 남아 있어서 손을 가까이 대자 따뜻한 기운이 전해져 왔다. 어머니는 말없이 그릇들을 자싯물 통에 넣고 뒤란으로 나갔다. 뒤란에 있는 우물에 두레박을 담그는 철썩 소리가 났다. 바우도 부엌에서 뒤란으로 나갔다. 어머니는 우물에서 물을 퍼서 부엌 가마솥에다 붓고 장작을 지폈다. 바우는 뒤란 장독대 옆에 선 감나무를 올려다 보았다. 까치 몇 마리가 상수리 가지에서 까치감을 찾느라고 깍깍깍 울었다. 그러나 이제 까치감은 하나도 없이 다 떨어져 내렸다. 가지에서 감 대신 눈이 푸석푸석 쏟아져 내렸다. 바우는 하늘을 쳐다보았다. 구름 하나 없이 차갑게 푸르기만 했다.

바우가 다시 부엌으로 들어갔을 때 아궁이 앞에 앉은 어머니의 얼굴이 장작이 타며 내뿜는 불빛에 빨갛게 물들어 있었다. 어머니는 바우를 보자 옆에 앉으라는 시늉을 했다. 장작이 불꽃을 내며 탔다. 무릎과 얼굴이 잠깐 사이에 뜨거워져서 바우는 앉은뱅이걸음으로 물러나 앉았다.

"바우야, 무서워하지 말고 아버지가 시키는 대로 해야 한다. 모두 우리 집을 위한 일이란다."

"……."

어머니가 흑 하며 흐느꼈다. 바우는 어머니가 자꾸 우는 것은 좋은 일이 아니라고 생각되었다.

"울지 마."

"그래그래. 허지만 어쩌면 좋으냐…… 하나밖에 없는 아들새끼인데. 이 일을 어쩌면 좋지."

어머니가 치맛자락을 걷어 올려 코를 풀었다.

"물 다 데웠나? 빨리 바우를 목욕시켜. 아주 깨끗하게 씻겨야 돼. 조금이라도 부정 타면 안 돼."

부엌문 앞에서 아버지가 말했다. 아버지의 등 뒤 처마 끝에서 고드름이 툭 떨어져 내렸다.

정말로 대궐로 들어가는 모양이야. 이렇게 추운 날 하필 갈게 뭐야. 눈도 한 길이나 왔는데. 바우는 아버지의 말을 듣고 이렇게 속으로 생각했다. 잠시 뒤에 어머니가 가마솥에서 끓는 물을 큰 그릇으로 옮겨 부었다. 부엌에 앞뒤로 나 있는 나무문을 꼭 닫고 어머니가 옷소매를 걷어 올렸다. 찬물을 섞어서 목욕물을 알맞게 한 다음 바우의 저고리와 바지를 벗겨서 장작더미 위에 걸쳐 놓았다.

바우는 알몸이 되어 어머니 앞에 자랑스럽게 섰다. 어머니가 목욕을 시킬 때마다 바우는 기분이 좋았다. 부엌 안에 더운 김이 꽉 찼다. 바우는 조금 추위를 느꼈지만, 맨살에 떨어지는 뜨거운 물과 따뜻한 어머니의 손의 온기를 그때그때 느끼며 기분이 아주 좋기만 했다. 그런데 어머니는 이상했다. 바우의 몸을 구석구석까지 그것도 고추와 불알을 몇 번씩이나 씻기면서도 아무런 말을 하지 않고 자꾸만 코를 훌쩍거렸다. 여느 때 같으면 어머니는 바우의 궁둥이와 사타구니를 만지며 아주 즐거워했었다.

바우의 몸을 다 씻기고 난 다음에 옷을 입히기 전, 어머니는 바우를 품속에 꼭 안았다가 놓았다. 어머니의 옷에서 풍기는 차가운 기운이 맨살에 닿자 바우는 이상하게 몸이 떨렸다. 추워서가 아니었다. 어머니의 가슴이 쿵쿵대며 뛰는 소리가 들렸다.

"무서워하지 말아라."

어머니가 바우에게 바지를 입히면서 또 훌쩍거리며 울었다.

"안 무서워."

바우는 말했다. 혼자 떨어져서 대궐로 들어가서 살게 되면 어머니와 누나가 보고 싶어서 울 때도 있겠지만 입을 꾹 다물고 참을 수 있다고 생각되었다. 방으로 들어가자 아버지가 손짓을 하여 누나를 윗방으로 쫓았다. 아버지는 아주 무서운 얼굴을 했다. 화가 또 몹시 난 것도 같았다. 어머니에게 불벼락을 내릴지도 모른다고 생각했다.

"바우야, 내 말 잘 들어야 한다."

아버지는 바우에게 말했다.

"잠깐 동안만 아플 게다. 그러나 며칠 후면 곧 괜찮아진다. 네가 대궐에 들어가면 우리 집도 이젠 딴판이 된다. 애비를 꼭 잊지 말고 큰힘 쓰는 자리에 갖다 앉혀야 한다. 모든 게 네 힘에 달렸다. 너는 총명하고 잘생겼으니까 까짓 배냇병신들과는 견줄 게 아니다."

아버지가 바우의 손목을 끌어당겼다. 크고 힘센 아버지의 손에 손목이 잡히자 바우는 정말 무서워졌다. 눈물이 핑그르 나오려고 했지만 어머니를 돌아보고 억지로 참았다. 아버지가 바우의 바지를 벗겼다.

"꼭 이 짓을 해야만 되우? 그냥 이대로 살면 안 되겠수?"

어머니가 바우의 바지를 잡고 애원했다.

"임자는 모르는 소리 하지 마. 농사 죽도록 지으면 관가에서 이 핑계 저 핑계 대며 다 뺏아가고 식은 죽 먹듯 치도곤을 치고 사사로운 노역에 내몰아 죽이는 판인데, 벼슬길에 나서지 않고는 살아갈 수가 없는 걸 왜 모르는가. 그동안 억울하게 당한 원한을 풀어야 해!"

아버지는 어머니한테가 아니라 그저 무작정 화가 치밀어오르는 것 같았다. 식식대며 숨 쉬는 소리가 꼭 외양간의 황소 소리같이 들렸다.

"팔다리를 꽉 붙잡아."

아버지가 바우의 바지를 벗기고 어머니에게 말했다. 바우는 방바닥에 누운 채 아버지와 어머니의 얼굴을 쳐다보았다. 창호지문으로 들어오는 햇빛에 눈이 부셔서 잠깐 동안 눈을 감았다.

어머니는 자꾸 흐느껴 울면서도 아버지가 시키는 대로 바우의 팔다리를 잡았다. 바우는 눈을 뜨고 아버지를 올려다보았다. 아버지의 얼굴에는 이상하게도 땀이 비 오듯 했다. 바우는 침을 꼴깍 삼켰다.

"애비를 잊으면 안 된다. 애비가 글은 모르지만 힘도 세고 활도 잘 쏘니까 한자리 차지해도 끄떡없다."

아버지의 목소리가 속삭이듯 들려왔지만 너무 가까이에서 말을 해서인지 바우는 고막이 터질 것처럼 느껴졌다. 아버지를 똑바로 쳐다보았다. 아버지의 손에는 한 뼘 크기의 칼이 들려져 있었다. 바우는 와락 겁이 났다. 발버둥을 치면서 일어나려고 했다. 아버지의 솥뚜껑 같은 손바닥이 바우를 꽉 눌렀다.

"아."

바우는 비명을 질렀다. 쇠꼬챙이로 찌르듯한 아픔이 왔다. 불알이 떨어져 나간 것 같았다. 고추도 없어져 버린 것 같았다. 바우는 정신을 잃었다. 바우는 죽었다.

저녁때가 다 돼서야 깨어난 바우는 사타구니가 불붙는 듯한 아픔에 소리소리 지르며 울부짖었다. 온몸이 불덩어리처럼 달아올랐다. 바우는 죽고 싶었다. 아니 남을 죽이고 싶었다. 아픔이 증오심으로 바뀌면서 바우의 입가에 싸늘한 웃음기가 한순간 번져 나갔다. 그리고는 다시 정신을 잃었다.

"일이 잘못된 거 아니유?"

"쓸데없는 소리 마. 동네 수퇘지 불알은 맡아놓고 따던 솜씨여. 이봐. 바우의 입가에 떠오른 미소를 보면 알 게 아녀? 애비의 뜻을 다 알아차렸다는 거여. 이제 우리도 비단옷 입고 떵떵거리게 된 거야. 이 땅에선 힘없는 놈은 대대로 말짱 헛지랄이여."

아버지와 어머니가 주고받는 말을 바우는 꿈속에서처럼 들었다. 까치감을 찾다가 허기진 까치의 울음소리도 자꾸자꾸 들려왔다.

(문학사상, 1986)

빈집

 아홉 시 첫 버스가 지평리에는 서지 않고 그대로 충주까지
가는 직행인 줄 모른 채 일찍 형님 집을 나섰던 영식은 진눈깨
비 속에 한동안 멍하니 서 있었다. 지평리에도 정차하는 완행
버스는 열시 반에야 있었다. 영식은 버스표를 끊고 나서 잠깐
동안 버스 승강장 주위를 둘러보았다.

 진눈깨비만 내릴 뿐 길가에는 사람 하나 안 보였다. 신음소
리 같다. 문득, 귓바퀴에 달라붙은 진눈깨비가 녹는 차가운 촉
감을 느끼며 영식은 어떤 알 수 없는 신음소리를 그 순간 듣고
있다는 착각이 일어났다. 영식은 장터 쪽으로 걸어 내려갔다.
우체국 앞 전봇대 밑에서 오줌을 싸던 똥개가 영식을 보고 몇
번 짖었지만, 그야말로 버릇대로 짖어 보는 것일 뿐 경계의 기
색도 또 적의도 없이 불쌍하게만 들렸다.

 면사무소 입구 가까이에 '고향찻집'이라는 아크릴 간판이 보
였다. 그것을 보고 '고향……'이라고 중얼거리자 갑자기 목이
메어 왔고 가슴속을 내리긋는 듯한 통증이 일어나는 것 같았

다. 통증을 호소하는 환자가 병원문을 급히 들어서듯 영식은 젖은 머리칼을 손으로 툭툭 털면서 찻집 안으로 쫓기듯 들어섰다.

문을 열고 들어서자 연탄가스 냄새가 독했다. 실내가 어두워서 잘 보이지도 않았다. 돌아서서 도로 나오려고 하는데,

"들어오세요오."

하는 코맹맹이 소리가 들리면서, 수건으로 앞머리를 치켜 맨 여자의 얼굴이 어둑어둑한 카운터 너머에서 불쑥 올라왔다. 아직 아침 문도 열지 않은 찻집에 들어온 줄 알고 도로 나오려던 영식은 그제서야 대답 대신 헛기침을 몇 번 하면서 몸을 다시 돌렸다. 몇 걸음 들어가서 연탄난로 옆자리에 앉았다. 난로에서는 불기운은 하나도 없고 연탄가스 냄새만 독하게 났다.

"손님 잠깐만요,"

카운터 안쪽에서 코맹맹이 소리가 또 들려왔다. 푸푸 하는 물소리도 났다. 아침 세면을 이제 하는 모양일까. 영식은 오들오들 떨려 오는 몸을 녹이기라도 할 궁리로 우선 담배를 피워 물고 한 모금 길게 깊숙하게 빨았다. 니코틴보다도 더 독한 냉기가 목구멍으로 사납게 몰려들어 왔다.

조금 앉아 있자니 어둡던 실내가 한결 밝아졌다. 울긋불긋한 꽃무늬 벽지로 바른 벽은 쥐 오줌 자욱이 어지럽게 묻어 있었다. 천장도 마찬가지였다. 한쪽이 배불뚝이처럼 내려앉은 천장도 쥐 오줌 자욱이 어지럽게 나 있었다. 시골 찻집은 늘 이랬

다. 장터 한 모퉁이에 있는 살림집의 방을 털어내고 유리문을 맞추어서 단 찻집은 차만 파는 게 아니라 대낮부터 술도 팔았고 장날이면 사방에서 모여든 시골 사람들이 별별 소문을 전해 주고 받으면서 떠들었다. 그들이 돌아가고 난 저녁이면 살찐 쥐들이 법석을 떨면서 바닥에 떨어진 땅콩 부스러기를 찾아다녔다. 아침이면 탁자 위에까지 쥐똥이 널려 있었다.

영식은 습관적으로 난로에 손을 쪼이면서, 문득 가슴 한복판을 지나가는, 송곳으로 그어 대는 듯한 차가운 아픔을 느끼고 있었다. 날씨가 추워서만도 아니었다. 서울을 떠날 때부터 그의 가슴속에서는 바늘만 한 아픔이 숨어 있었는지도 몰랐다. 그것이 어느새 고향에 와서 형과 하루를 묵는 동안에 송곳만하게 자랐을 것이었다. 또 다음 날 이맘때쯤이면 그놈은 식칼만큼 더 커질지도 모를 일이었다.

잠시 뒤에 카운터 쪽에서 여자가 걸어 나왔다. 그녀도 난로가에 와서 습관적으로 난로 위에 손을 가까이 대어 보다가 얼굴을 찡그렸다. 그녀가 난로 뚜껑을 열자 생연탄이 타는 독한 가스만 더 풍겼다. 여자는 얼굴에 묻은 물기를 수건으로 닦으며 영식을 쳐다보았다.

"커피 드시겠어요?"

"그래요. 설탕 타지 말고."

카운터 너머 베니어판으로 막은 주방으로 가면서 여자는 운동선수처럼 수건을 목에 걸쳤다. 난로의 녹슨 쇠 부스러기와 연탄이 어울려 타는 냄새는 추위보다도 더 독했다. 영식은 문득 가슴속을 휘젓고 있는 송곳이, 날이 하얀 놈이 아니라, 녹이 슨 놈이라는 생각이 들자, 온몸에서 차가운 녹물이 질질 흐르는 듯한 몹쓸 생각이 들었다.

"프림이 떨어졌네요."

여자가 플라스틱 쟁반에 커피잔을 받쳐 들고 나오면서 말했다. 영식은 아무래도 상관없다는 표정으로 여자를 바라다보았다. 여자는 커피잔을 탁자 위에 놓고 옆자리에 궁둥이를 붙였다.

"블랙커피를 오랜만에 마시게 됐군."

영식은 혼잣말처럼 중얼거렸다. 커피는 입에 썼다. 그러나 영식은 아무런 내색을 하지 않고, 여자의 새파란 입술을 잠깐 훔쳐보았다.

"타관에서 오신 분이죠? 맞죠?"

여자가 새파랗게 언 입술로 재빠르게 말했다.

"이곳 사람들한테서는 쇠지랑물 냄새가 나거든요. 손님은 그런데 전혀 달라요. 무슨 일로 오셨죠? 댐 공사하시는 분이죠? 맞죠?"

여자는 쉬지 않고 지껄이다가 영식 앞에 놓인 담뱃갑에서 담배 한 개비를 허락도 없이 날름 꺼내면서 영식을 쳐다보며 배시시 웃었다. 주근깨가 보송보송한 조그만 얼굴이었다. 영식은 성냥불을 붙여 주려고, 네모난 성냥통의 다 벗겨진 유황에다 성냥을 몇 번 그었다. 성냥은 좀처럼 켜지지 않았다.

"모든 게 제대로 되는 게 없어요. 요즘은 손님도 다 끊어졌고 다 뒤죽박죽이죠, 뭐."

여자는 난로 뚜껑을 열고 신문지를 찢어서 파란 불꽃이 일어나는 연탄구멍에다 쑤셔 박았다.

'임시국회 개회'라는 주먹만 한 글자에 맨 먼저 불이 붙었다. 여자가 담배를 물고 불을 붙였다.

"글쎄 집을 버리고 막 떠나고 있대요. 다들 미쳤나 봐요."

"아가씨도 떠날 참인가?"

"아뇨. 내가 왜 떠나요? 이제부터가 중요한 때죠. 댐 공사가 시작되면 우리 같은 년도 한몫 보는 거예요."

댐은 양실리 너머에 쌓을 계획이라고들 했다. 이곳 면소재지인 지평리와는 상당한 거리에 있었다. 면 전체 면적의 반 이상이 수몰될 것이라는 이야기도 벌써부터 나돌고 있었다. 영식이가 이번에 고향에 내려온 것도 댐 공사 소문으로 인한 흉흉한 공기에 빨려든 탓인지도 몰랐다. 그렇다. 그것은 정말 흉흉한 공기였다. 지평리에서 아직도 옛집을 그대로 지키고 살고 있는 형한테서 '나도 고향을 뜨겠다'라는 전화가 걸려온 지난주부터, 형식의 하루 일과 속에는 고향의 모든 것을 통째로 삼키려는 난데없는 악마가 끼어들어서 모든 일을 주눅들게 만들어가고 있었다.

"틀림없다. 아직 공식 발표는 안 됐지만 댐을 쌓는다는 소문은 사실일 거야. 너도 그때가 생각날 게다."

어제저녁 고향에 내려와서 형과 마주했을 때, 형은 마치 피란 보따리를 꾸리는 사람처럼 불안해하고 있었다. 그러나 피란 보따리를 쌀 때에 비하면 더 확실한 분노와 결연한 확신에 차 있는 점이 물론 달랐다. 그때는 전쟁을 피해서 임시로 고향을 떠나는 것이었지만 이번에는 고향을 아주 떠난다는 비장한 절망과 분노가 뒤엉켜 있었다.

"1·4후퇴 때 피란 가서 겨울을 지내고 다시 고향에 왔을 때가 너도 생각날 게다. 여기가 바로 전략상의 요충지라는 거 너도 알지?"

영식은 형의 말을 들으면서 이제는 아득하게 멀어져 버린 것으로 믿었던 그때 그 비참하던 시절이 아직도 그들 형제의 가슴에 종양처럼 박혀 있다는 것을 느꼈다. 삼십몇 년이 흘러간 그때의 참혹함이 다시 살아나고 있었다. 정말 조상님이 도와서 부지해 온 목숨이었다. 엄동설한 넉 달 동안을 그들은 경상북도 상주에까지 밀려가서 연명하다가 봄이 되어 적군이 북쪽으로 후퇴했다는 소식에, 다시 고향을 찾아왔을 때는 만물이 소생하는 봄날이 어느덧 다가와 있었다.

그러나 그들 앞에 놓인 고향의 들판은 전쟁보다도 훨씬 참혹한 모습이었다. 원주 근방에 전선이 형성되던 때라고 했다. 영식의 고향인 지평리 일대의 모든 전답은 모조리 배때기를 드러내 놓고 나뒹굴어 있었다. 외국군이 그곳에 임시 비행장을 건설하려고 보리밭은 물론 모든 논밭을 모조리 깔아뭉개 버리고 집은 모두 불타서 잿더미가 돼 있었다. 기아에 몸부림치다가 고향을 찾은 마을 사람들은 그때부터 사실상 삶과 죽음의 틈바구니에서 피나는 투쟁을 해야만 했다.

저장해 두었던 식량도 씨 뿌려 놓은 보리밭도 모두 다 완전히 사라진 고향에서 그들은 눈짐작으로 논두럭과 밭두럭을 만들어 제 논과 제 밭을 다시 경작해야 했다. 소가 없었다면 불가능한 일이었다. 불도저가 힘껏 파헤치고 뭉개어 놓은 논밭은 그해 여름이 다 가도록 좀처럼 제 모습을 찾지 못했다. 노인과 어린아이들은 굶다가 굶다가 만물이 소생하는 봄날에 하나씩 죽어 가고 있었다.

그때 열 살도 안 됐던 영식도 거의 다 죽다가 살아났다. 영식이가 살아남은 것은 오로지 조상님의 덕분이었다. 트루만 대통령이나 이승만 대통령의 덕이 아니었다. 아가, 이 약초를 달여서 작은놈에게 먹여. 영식이가 열병을 앓아 거의 죽을 뻔했을 때, 어머니의 꿈속에서 돌아가신 할아버지가 현몽하여 이렇게 말했다고 했다. 어머니는 깜짝 놀라 그 약초를 받으며 꿈에서 깼고, 영식은 그 순간부터 열이 내려서 목숨을 건졌다고 했다. 이제는 돌아가셔서 땅속에 묻힌 어머니는 생전에 수없이 이 꿈 이야기를 하셨다.

"댐을 쌓았다가 이곳이 적에게 점령되면 폭파시키려는 거다. 평소에 지평리야 수몰될 리는 없지만 일단 유사시에는 달라진다. 우리 제천군을 통틀어서 이곳만큼 평평한 분지는 없다. 관광지로 개발한다지만 다 개수작이야."

형은 누구에게인지 모를 적의를 가득 내뿜으며 단호하게 말했다.

"그럼 어디로 이사를 가겠다는 말씀입니까?"

"도시로 나가야겠다. 벌써 모두들 떠났다."

"조상 대대로 살던 땅을 그렇게 함부로 버리고 다들 떠났다구요? 댐을 건설한다는 공식 발표도 없습니까?"

"함부로라니? 내가 이제껏 미주알고주알 말하지 않았니? 양실리는 바로 지척이야. 그곳에 댐이 쌓이면 수천만 톤의 물이 저장될 거다. 그 엄청난 물을 머리맡에 두고, 우리가 도시 놈들 구경거리가 될 수는 없지. 암, 없고말고."

형은 영식한테도 서서히 그러나 노골적으로 적의를 내보이기 시작했다.

"어느 놈은 잘나서 고향 빠져나가서 잘 먹고 잘 사는데, 우리 시골 놈들은 맨날 이 타령이니 죽을 노릇이다. 다시는 고향 땅에 얼씬도 하지 않으련다."

영식은 마을 어귀에 들어서면서부터 보았던 얼어붙은 배추밭의 모습이 다시 떠올랐다. 배추는 뽑지도 않은 채 얼어붙어 있었다. 과잉 생산으로 김장값이 폭락하고 배추가 밭에서 그대로 썩어 가고 있다는 신문기사를 본 적은 있었지만 막상 직접 현지에 와서 그 모양을 보았을 때 영식은 문득 삼십 년도 더 지난 피란 갔다 왔을 때의 참혹했던 고향 모습이 머릿속에 또 다시 되살아나는 것이었다. 농촌은 버려진 채로 그 후 몇십 년 동안 나뒹굴어 있는 셈이었다. 영식은 중등학교부터 객지에 나가서 공부를 했고 그 후 장성해서까지 그대로 서울에 눌러앉아 살면서 추석이나 민속의 날이면 동화 속의 그림을 보듯 그렇게 회상의 도구로써 고향을 인식하고 있었다. 고향에서 농사일을 하지 않고 객지에 나와 성공했다는 은근한 자부심을 자극해 주는 상대로서 고향 사람을 인식하고 있을 뿐이었지, 밭에서 그대로 썩어 가는 배추 잎사귀나 배추 밑동 그리고 그것을 가꾼 형의 입장이 되어 본 적은 한 번도 없었다.

"지금 양실리는 온통 빈집투성이야. 다들 집을 버리고 떠났다. 피란 갈 때는 그래도 다시 돌아와야 된다는 기대와 희망은 있었지만 지금은 달라. 여기 지평리도 빈집이 반쯤은 된다."

영식으로서는 상상하지 못한 일이었다. 이농 현상이 심한 것은 산업화돼 가는 과정에서 겪는 필연적인 진통이라고 하겠지만, 온 마을이 빌 정도로 다 떠나다니, 이것은 정말 지도를 다시 그려야 할 만한 중대한 일이 아닌가. 인구 분포에 따른 지도의 색깔이 달라져야 할 일이 아닌가.

"쓸 만한 땅은 모두 도시 사람들이 몽땅 도리를 하다시피 했다. 1년 동안 죽어라고 농사를 지어도 제값 한번 받은 적 없다구. 이럴 바엔 어느 놈이 와서 농사를 짓든 아예 다 내다 버리는 게 속이 시원하지. 주말농장과 전원주택 좋아하는 놈들 보고 와서 살라고 해!"

형은 두 병째의 소주를 다 비우고 나서 이렇게 말하는 것이었다. 영식은 형의 말을 들으면서 가슴이 뜨끔해졌다. 서른 평짜리 아파트에 살면서 소형 자동차도 굴리는 영식은 아닌 게 아니라 아파트에서만 자라는 자식놈에게 자연의 정취를 보여줘야 한다는 생각을 늘 하고 있었다. 콘도미니엄은 공연히 낭비만 될지 모르지만, 어디 고향 근처에 조그만 집과 밭뙈기를 장만해서 방학이면 자식놈들과 함께 지내야 되겠다는 생각을 하고 있는 영식이었다. 여기가 너희들의 조상이 묻힌 고향 땅이며 여기가 너희들의 애비가 어려서 죽을 고생하면서 자란 땅이라는 점을 설명할 셈이었다. 영식이 자신도 어릴 때 놀던 불알산과 양실천에도 다시 가 보면서, 서울에 올라와 이만큼 성공한 스스로의 성취에 대하여 자부심을 만끽할 속셈이었다.

"댐 공사는 언제부터 시작되죠?"

생각에 잠겼던 영식은 여자의 말을 듣고 놀란 듯 자세를 고쳐 앉았다. 차츰 난로에서 불기운이 나오기 시작했다. 추위가 조금 가시자 퀴퀴한 지린내가 난로의 불기운을 받아 찻집 안 가득히 퍼져 나고 있었다.

"글쎄, 그걸 알 수가 있나? 아직 관공서에서 발표도 안 했다는데?"

"봄이 되면 하겠죠, 뭐. 빨리 공사가 시작돼야 할 텐데. 나도 충주 비료공장이 문 닫기 전에는 살 만했다고요."

여자는 난로의 공기 구멍을 닫으면서 말했다. 충주 비료공장은 한국에서 최초로 건설된 것으로 그 후 몇십 년이 흐르는 동안에 시설이 노후되고 다른 공업단지에 최신식 공장이 건설되는 바람에 통째로 문을 닫게 됐다는 소식을 영식도 알고 있었다. 비료공장에서 흘러온 여자라면 나이도 꽤 들었을 것이라는 생각에 영식은 여자의 얼굴을 다시 한번 뜯어보았다. 주근깨가 다닥다닥한 조그만 얼굴은 이미 서른 살을 넘긴 여자의 슬픈 연륜이 배어 있었다.

영식은 벽에 붙어 있는 버스 시간표를 보았다. 아직도 한 시간은 여유가 있었다.

"손님, 술 한 병 하시지 그래요?"

여자는 눈치가 빨랐다. 영식의 시선이 버스 시간표로 가 닿는 것을 보자 대뜸 이렇게 말했다. 밖에는 진눈깨비가 추적거리며 오는 날 아침인데 우산도 없이 찻집으로 들어선 남자들은 모두 다 뻔한 속셈이라는 것을 여자는 잘 아는 듯했다. 아닌게 아니라 영식도 어젯밤 형과 함께 마신 소주 때문에 갈증이 나고 있었으므로 여자가 이렇게 말했을 때 놀란 표정을 하지 않았다. 매일 아침 찾아와서 아침 해장을 하는 단골처럼, 여자가 술을 가져오는 것을 기다리며 잠자코 있었다.

여자는 맥주 두 병과 땅콩을 가져왔다.

"저도 한잔하겠어요."

여자는 영식과 잔을 부딪치다가 말고 갑자기 깔깔깔 웃어 댔다. 영식이가 맥주를 반쯤 마시다가 놀란 얼굴을 하며 잔을 놓자, 여자는 단번에 잔을 비우고 나서 말했다.

"우습죠? 처음 보는 손님과 아침부터 맥주를 마시다니, 꼭 옛날 애인하고 살 때 같은 생각이 들었어요. 그래서 웃었어요. 비료공장 근처에 살 때는 늘 아침마다 이렇게 단둘이 앉아서 한 잔씩 했거든요. 밤에는 돈 버느라고 그럴 시간이 없었으니까요."

여자의 조그만 얼굴에 순간적으로 그녀의 추억이 된 어떤 남자의 모습이 스쳐 지나가는 듯했다. 팔뚝에 문신을 새겨넣고 오토바이를 타고 씽씽 달리는 건강한 남자의 모습이었다. 그러다가 여자가 나팔꽃 시들듯이 시들 때, 여자의 곗돈을 챙겨 넣고 종적을 감추는 쏜살같은 속력의 남자의 모습이 여자의 주근깨 사이사이로 도망치며 달아나고 있었다.

주말농장과 전원주택 좋아하는 놈들 보고 와서 살라고 해! 어젯밤 형이 내뱉듯이 하던 말이 다시 귓가에서 맴돌기 시작했다. 형은 분노하고 있었다. 저 살기 싫어서 이사를 나가겠다는데 어느 놈이 못 가게 해! 양실리에 건설한다는 댐이 형의 이와 같은 분노의 촉매가 되었음은 두말할 나위도 없었지만 형의 마음속에서 벌써 오래전부터 폭발할 때를 기다리는 분노가 쌓여 있었을 것이었다.

몇 년 전만 해도 형은 고향을 지키며 살겠다는 말을 언제나 되풀이하였었다. 고향 등지고 타관으로 나가 봐야 뿌리 뽑힌 잡초밖에 더 되겠느냐면서, 영식을 보고도 고향을 잊지 말라는 말을 버릇처럼 하던 형인데, 몇 년 사이에 이렇게 돌변하다니 정말 믿을 수 없는 일이었다. 고향을 지킨다는 것이 유일한 자랑이던 형이 그것을 더할 수 없는 치욕으로 생각하게 됐으니, 일이 잘못 뒤틀려도 이만저만 뒤틀린 것이 아니었다. 추석이 되어 선산에 성묘를 할 때도 영식은 고향에 한번 내려왔다는 것만으로 그 의무를 다하는 것으로 형제간에 묵계가 돼 있었다. 형은 아우가 타관에 나가서 혼자 힘으로 성공했다는 사실을 언제나 자랑으로 생각했고, 그 자신은 꿈쩍도 않고 고향과 선산을 지키는 것을 또한 자랑으로 생각했었다. 피란 갔다 왔을 때 불에 탔던 집을 옛 모습 그대로 그 자리에다 다시 짓고 산 지가 삼십 년도 훨씬 넘은 것을 형은 언제나 떳떳하게 생각했었다.

소다. 영식은 술잔을 들었다가 다시 놓으면서 짤막하게 외쳤다. 지난가을에 병들어 죽은 암소다. 여기까지 생각이 미치자 영식은 비로소 형의 가슴속에서 불붙고 있는 분노의 정체를 어렴풋이 느낄 수 있었다. 신문에 보도되는 것만 읽고는 그저 솟값이 떨어지고 농민들의 일시적인 고난과 불평이 있다는 것만 알았지 이것이 고향에서 옛집을 지키고 사는 형에게 얼마큼 치명상이 되는 줄은 몰랐다. 외국산 쇠고기를 과다하게 수입하여 일시적으로 솟값이 떨어졌다는 것은 이미 농촌을 떠난 영식이한테는 그냥 단순한 물가의 급격한 내림세쯤으로밖에는 생각되지 않았었다.

어제 형님 집에 갔을 때 텅 빈 외양간을 보고도 영식은 별다른 느낌도 들지 않았었다. 텅 빈 것은 외양간뿐만이 아니라, 조카딸 순임이의 방도 또 순달이의 방도 비어 있었으므로, 어찌 빈 외양간이 대수랴. 그러나 형은, 서울에 올라가 무역회사의 경리 사원으로 있다가 도시 청년과 결혼한 순임이나, 고등학교를 졸업하고 농사짓기 싫다고 애비 속을 썩이다가 해병대에 자원해서 입대한 순달이보다도 소가 첫째였다. 아이들이 다 떠난 빈방보다는 빈 외양간이 그의 가슴을 몇 달을 두고 긁어 댔을 것이었다. 생각이 여기에 이르자 영식은, 땅콩 부스러기를 찾아 나온 게으른 쥐가 탁자 밑에서 달그락거리는 소리를 귓전으로 들으며, 역행하는 시곗바늘을 타고 피란 갈 때의 장면과 또다시 마주쳐야만 했다.

경운기가 있는 요즘이야 다르지만 그때야말로 농사일을 하는 데 가장 소중한 것이 소였다. 일하는 데만 소중한 것이 아니라 그 집안의 가세를 판가름하는 중요한 표상이 바로 소였다. 소가 있느냐 없느냐, 또는 소가 몇 마리 있느냐에 따라, 그 집의 운세가 그대로 드러나는 것이었다. 그래서 피란 갈 때에도 소를 끌고 갔고 사람은 식량이 없어서 굶고 지내면서도 소는 여물을 반드시 먹이면서 엄동설한 동안 피란지에서 떠돌며 살았고, 봄이 되어 고향으로 다시 돌아왔을 때 모든 것이 폐허가 됐지만 겨우내 잘 먹여 살진 소가 있는 집은 다시 논밭을 다듬고 불탄 잿더미를 헤쳐서 집을 다시 지을 수 있었다.

아마 영식이네도 그때 소가 없었더라면 도저히 폐허와 잿더미에서 다시 삶의 터전을 되살려낼 수가 없었을 것이었다. 형은 이제까지 소를 집안의 부와 운세를 알리는 상징으로 여겼다. 2백만 원을 주고 산 소가 1년 사이에 백만 원을 밑돌게 됐다는 사실이 형한테 그렇게 중요한 일은 아니었다. 형에게 있어서 소는 값의 고하를 따질 수조차 없는 고향과 목숨의 신성한 이름 바로 그것이었다. 작년 성묘 왔을 때 형은 솟값 하락에 관해서는 별다른 말이 없었다. 다만 사람보다도 더 숭상받던 소가 하루아침에 그 정신적 가치가 폭락되었다는 사실과, 병든 소를 치료하느라고 가축병원 수의사가 몇 번 왕진 오고 난 다음 치료비가 2십만 원이 됐다는 말을 할 때, 비로소 형은 술 취한 눈시울을 닦던 것이었다.

이제 다 틀린 것 같아. 고향이 나를 버린 것 같아. 형은 이렇게 말했다. 그때도 영식은 형의 심정을 헤아릴 수 없었다. 영식은 형을 훈계하듯 그때 의젓하게 말했다. 영농정책이 뒤죽박죽 엉망인 것이 어디 어제오늘 일입니까. 그따위 솟값 생각을 말고 형님도 특수작물 재배를 하쇼. 약초라든가 거 뭐 있다고 합디다. 머리를 써서 농사를 지으면 다 헤쳐나갈 길이 있겠죠. 아, 소가 문젭니까. 이제 경운기가 집집마다 있고 머지않아 트랙터로 밭을 가는 시대가 온다잖습니까. 영식은 형의 뜨거워진 눈시울은 보지 못하고, 신문에서 대강대강 주워 읽은 것을, 마치 고향을 사랑하고 농촌을 부흥시킨다는 사람들 연설하듯 이렇게 떠벌였던 것이다.

뭐, 소를 앞세우고, 더구나 경운기까지 동원해서 농협 사무실과 군청 앞에서 시위를 해? 미친놈들. 영식은 그때 언젠가 신문 기사에서 충청도 어느 시골에서 숫값 폭락을 항의하는 농민들이 시위를 했다는 기사를 읽으면서 콧방귀를 뀌었었다. 시위는 공장 노동자들이 봉급 인상 투쟁을 할 때나 젊은 대학생들이 국법의 기본 질서를 세우고자 할 때 구로공단 네거리나 서울 한복판에서 하는 것이지, 시골 놈들이 시위는 무슨 시위야? 웃기누나. 영식은 보던 신문을 내던지고 코웃음을 쳤었다. 소를 때려죽인 농부의 이야기를 신문에서 읽을 때도 영식은 그랬다. 그 무식한 친구, 밀도살하면 벌금이 얼만지도 모르는 모양이군. 이렇게 중얼거리며 영식은 어깨가 좀 결리고 쿡쿡 쑤시는 것 같아서, 서부 사나이가 여자를 강간하는 장면이 나오는 비디오 필름을 보고 있다가, 욕실로 들어가서 샤워 스위치를 돌렸다. 등 밀어 드릴까요? 아내가 잠옷을 입은 채 욕실 문을 열고 방긋 웃었다.

아내는 비디오 필름이 영식의 그 욕망에 불을 댕긴 것으로 알고 욕실로 들어왔지만, 그날 밤은 소를 몰고 시위를 하고 제 손으로 소를 때려죽이는 농민들을 욕하느라고 그랬는지, 통 그놈이 일어서 주지를 않았다. 영식은 미친놈들, 빌어먹을 놈들…… 하면서 자꾸 헛소리처럼 욕을 해 댔다. 자꾸 욕을 하다

보니 누구에게 욕을 하는지도 잊어버린 채 영식은 제풀에 질려 잠이 들었고 자다가 두 번이나 가위에 눌려서 신음소리를 토했다.

"손님, 열 시 반 버스 올 시간 됐어요. 손님, 댐 공사 빨리 좀 시작하게 해 주세요."

여자의 말에 영식은 정신을 퍼뜩 차렸다. 마시다 만 잔에는 맥주가 거품도 없이 오줌 빛깔로 남아 있었다. 시계는 열 시 반이 거지반 돼 가고 있었다. 그러나 영식의 마음속에 있는 시계의 바늘은, 삼십여 년 전으로 또 몇 년 전으로, 작년으로, '고향 찻집'으로, 분노한 형의 얼굴로, 소를 때려죽이는 농민의 일그러진 얼굴로, 욕실로 들어서는 아내의 벗은 몸으로 달려들며 팽그르르 돌아가고 있었으므로 한동안은 정신을 차릴 수가 없었다.

영식은 허둥지둥 밖으로 나왔다. 진눈깨비는 더 기승을 부리며 쏟아지고 있었다. 그때까지도 장터에는 사람 그림자도 얼씬거리지 않았다. 진눈깨비만 내리면서 녹아, 진흙 구덩이마다 물이 질척거렸다.

면사무소 앞을 지날 때 국방색 비옷을 입은 사람이 사무소에서 오토바이를 타고 나오다가 영식을 흘끔 보더니 다가왔다.

"영식이 맞지? 웬일이야?"

그는 영식이의 국민학교 동창이었다. 이름이 얼른 생각나지 않았지만 그의 큰 손과 악수를 나누고 나서 바로 생각이 났다.

최명길. 본이름은 명길이었지만 언제나 맹길아 맹길아 하고 불렀던 친구였다.

"서울로 올라가는 길이야. 첫차가 직행인지도 모르고 나왔다가 이 지경일세."

영식은 진흙투성이가 된 제 구두를 창피한 듯 내려다보면서 말했다. 고향 사람을 만나면 옷 입은 것에서부터 그들보다 말끔해야 한다는 영식의 의식은 우선 자신의 초라한 모습에 신경이 쓰이는 것이었다. 한겨울에 진눈깨비를 그대로 뒤집어쓰고 진흙탕 길을 걷고 있는 스스로의 모습이 꼭 인생의 낙오자같이 생각되는 것이었다. 동창회가 열린다고 아내가 자동차를 써야 한다는 바람에 시외버스를 타고 고향에 내려올 때부터, 이번 고향 나들이에서는 아는 얼굴을 만나지 않게 되기를 바라고 있던 영식은 낭패감을 느꼈다.

"열 시 반 차? 오늘 차가 있는지 모르겠다. 요즘은 버스가 제때에 오지도 않아. 너도 들었지? 요즘 여기는 아주 개판이 됐어."

그는 바쁜 듯이 오토바이의 시동을 걸었다.

"정말 댐 공사를 하게 되는 거야?"

영식이 묻자 그는 헬멧을 조금 치켜올리며 말했다.

"헛소문이야. 충주에 다목적댐이 건설되는 걸 가지고 그 야단이야."

"우리 형 말로는 양실리에 댐을 쌓는다던데?"

"그야 홍수 때 다목적댐이 넘치려는 걸 막으려고 그 상류 쪽에 소규모 댐을 건설할 움직임도 있대나 봐. 하지만 마을이 이렇게 된 것하고 양실리 댐하고는 직접 상관이 없어. 이상하단 말야. 모두 고향 산천을 버리고 다들 떠나겠다는 거야. 지금 군청에서 벼락이 떨어졌어. 이농하는 농민을 막으라는 거야. 다목적댐 때문에 우리 면의 삼분지 일이 수몰되는 판인데 엉뚱한 사람들까지 너나 할 것 없이 떠나고 있으니, 이게 보통 일이야? 지금 양실리로 출장 나가는 길이야. 빈집이 몇 채나 되는지 보고하라는 거야. 이러다가는 우리 면이 그냥 송두리째 지도에서 없어지는 거 아냐? 빌어먹을! 면사무소 행정도 주민이 있어야 하는 것 아니겠어?"

마을 사람들이 양실리 댐 건설 소문을 스스로 과장해서 고향을 떠날 핑곗거리로 삼고 있는 거다. 영식은 송곳날이 후벼 대는 아픔을 참으며 혼자 중얼거렸다. 그는 영식에게 작별인사도 제대로 안 하고 진흙탕물을 뿌리며 오토바이를 타고 떠났다. 영식은 우체국을 지나 버스 승강장으로 급히 발길을 돌렸다. 이빨이 서로 딱딱 부딪칠 정도로 심한 추위를 느꼈다.

열한 시가 가까워 와도 버스는 오지 않았다. 버스표를 끊었던 대합실의 판자문을 열고 들어서면서 투덜거렸다.

"빌어먹을, 오늘부터 버스를 운행시키지 않을 모양이죠?"

"버스가 와도 탈 승객이 없다는 걸 회사에서 왜 모르겠소? 벌써 모두들 도시로 빠져나가고 이렇게 텅 비었으니 말요. 그뿐인가? 농민들이 빠져나가지 못하게 버스 운행을 적극 억제

시켰다는 소문도 있으니깐, 이래저래 이 꼴이 된 거요."

영식은 대합실 주인 사내를 물끄러미 쳐다보았다. 누구인지 낯이 익지는 않았지만 하관이 빠르고 머리숱이 많은 것을 보면 그는 이곳 지평리 토박이가 분명했다. 이곳 토박이들은 그들끼리만 알아보는 형언하기 힘든 특징이 얼굴에서부터 나타나 있었다. 하관이 빠르고 머리숱이 많고 광대뼈가 불거졌기 때문에 심지어는 충주 사람이나 제천읍 사람들과도 차이가 났다. 물론 토박이끼리만 서로 알아보는 묘한 특징이었다. 충주 놈 열이 지평리 놈 하나를 못 당한다는 옛말도 이곳 사람들의 고집과 끈기를 과장해서 지어낸 말일 것이었다. 그러나 웬일인지 그 사내는 영식이가 지평리 태생이라는 것을 눈치채지 못하는 모양이었다.

"손님도 이곳에 별장을 지을 생각이오?"

그 사내는 영식을 보고 이렇게 말하며 진눈깨비가 들이치는 판자 문을 열었다가 다시 홱 닫았다.

"?"

영식은 눈을 동그랗게 떴다. 머리칼에서는 빗물이 자꾸 흘러내렸다.

"요즘은 날씨가 나빠서 이렇지마는 얼마 전까지만 해도 자가용이 줄을 이었다오. 여기가 무슨 관광지가 된다든가 해서 별장 지을 땅을 사러 오는 사람들이 북적거렸소."

"!"

영식은 진흙이 묻은 구둣발을 탁 털면서 짧게 신음했다. 드디어 가슴속에 있던 송곳날이 식칼이 되어서 갈비뼈를 비집고 밖으로 나오려고 하는 것을 느꼈다. 농민들이 조상 대대로 이어온 삶의 터를 별장 지대로 삼는다? 영식은 몸이 부르르 떨렸다. 폐허 속에서 사람의 목숨과 맞바꿔 가면서 다시 살려낸 삶의 터를 도시 사람들이 와서 별장을 짓고 주말농장을 차린다는 사실은 영식의 가슴속 깊이 숨어 있던 식칼이 살의를 번뜩이며 삐어져 나오기에 충분한 것이었다. 충주에 다목적댐이 건설되면 양실천 하류 쪽의 몇 개 마을이 수몰되고 또 그렇게 되면 이곳 지평리의 양실천 수심이 깊어지고 충주까지도 배를 타고 물길로 드나들게 될 것이었다. 수심이 깊어지고 강폭이 넓어지면 좌우로 깎아지른 듯한 산을 끼고 있는 양실천변의 풍경은 그대로 자연 관광지대로 탈바꿈하게 될 것이었다.

지평리에서 농사를 짓는 사람들은 좋든 싫든 그들에게 빌붙어 살게 될 것이며, 어린아이들을 차에 태우고 온 도시 사람들은 소를 몰고 밭을 가는 농부들을 교재로 해서 살아 있는 자연 학습을 시킬 것이었다.

암소가 죽을 때부터 나는 벌써 짐작했지. 술에 취한 형의 말이 생각났다. 새끼를 잘 낳던 암소가 병들어 죽어 갈 때 이미 우리 고향은 다 불모의 땅이 된 거야. 양실리에 댐이 생긴다는 말이 퍼지기 전까지만 해도 나는 고향에 눌러 붙어 살아 보려고 안간힘을 썼어. 그런데 이젠 틀렸다. 도시 놈들한테 통째로 넘겨주고 훌훌 털고 일어나는 거야. 형님은 지평리 사람 특유의 고집과 끈기 대신에 어느덧 좌절과 분노로 뭉쳐져 있었다.

"거주 이전의 자유는 헌법이 보장하고 있는 것 아뉴? 이제 여기 사람들이 다 떠나면 별장 짓겠다고 몰려오는 놈들도 기겁을 할 거요. 미친놈들! 제 놈들 사는 아파트를 사서 거기에다 닭장이나 돼지우리를 짓겠다면 그놈들은 그 아파트에 그냥 살겠수?"

사내는 영식의 차림새가 도회지 사람이라는 것을 알고 싸움을 걸듯 말했다.

판자문이 진눈깨비 바람에 또 열렸다. 그러나 이번에는 사내가 닫을 생각을 하지 않았다. 영식은 문을 닫으려고 가까이로 다가갔다. 그때 경관 한 명이 대합실로 달려들 듯이 들어섰다. 그는 모자를 벗어서 빗물을 털고 나서 사내 앞에 우뚝 섰다.

"오늘 버스 한 대도 지나간 것 없죠?"

"그렇소. 첫차 직행은 여기에 서지도 않았으니까."

"알았소. 한 놈도 빠져나가게 하면 안 돼요. 검문검색이 강화되고 있으니까 공연히 아저씨한테 표 끊어서 나간 사람이 발각되면 재미없을 거요. 양실리에 댐을 쌓는다는 유언비어도 단속하라는 지시요."

경관은 윽박지르듯 말했다. 그는 말을 마치고 영식을 빤히 쳐다보다가 포켓에서 수첩을 꺼냈다.

"신분증 좀 보여 주시오. 타관 사람들 드나드는 것도 조사하라는 지시요."

영식은 경관의 시선을 맞받아서 그를 빤히 바라다보았다.

"어느 놈의 지시요?"

영식은 가슴속에서 식칼을 빼어들듯이 말했다. 경관은 영식이의 무지막지한 말을 듣고 허리에 찬 곤봉으로 손이 갔다. 그러나 영식이가 눈빛 하나 변하지 않고 노려보자 경관은 금방 풀이 죽어서 허리에서 손을 뗐다.

"나는 타관 사람이 아니오. 내 고향이 지금 빈집투성이가 됐는데 어느 놈이 내 신분증까지 조사하라고 했소? 도시 놈들이 와서 쓸 만한 땅 다 도리를 할 때는 그놈은 눈깔 감고 있었답디까?"

경관은 혼자서 중얼대더니 밖으로 나갔다. 사내가 놀란 얼굴로 영식의 얼굴을 그제서야 찬찬히 뜯어보면서 고개를 끄덕거렸다.

영식은 밖으로 나왔다. 기온이 더 떨어졌는지 이제 진눈깨비가 함박눈으로 변할 기세였다. 이따금 단양 쪽에서 시멘트를 실은 대형 트럭이 눈발 속을 헤치며 지나갈 뿐 길에 나와 있는 사람은 아무도 없었다. 아무도 없는 텅 빈 길뿐이었다. 영식은 대합실 처마 밑에 서서 담배를 피워 물면서 길 건너 언덕 아래로 얼어붙은 양실천을 바라다보았다. 어릴 때 미꾸라지와 모래무지를 잡고 올뱅이를 건지던 개울이었다. 여름이면 멱감고 겨울이면 썰매를 타던 양실천에 관광보트가 오가고 천변에는 텐트와 방갈로가 세워지는 끔찍한 모습이 눈발 사이로 한동안 떠오르다가 사라졌다.

영식은 얼굴을 돌렸다. 버스 승강장 옆 옛 약국 자리에 '서울부동산'이라는 간판이 눈발 사이로 보였다. 유리창에 나붙은 '주말농장·전원주택'이라는 붉은 글자가 동공을 비집고 들어왔다. 영식은 어려서 열병을 앓을 때처럼 모든 사물이 물구나무를 서는 것 같은 극도의 현기증을 느끼며 그것을 노려보았다. 고향을 일찍 떠나 성공하여 잘 살고 있는 자기 자신이 대가리를 처박은 채 물구나무를 서서 진흙탕 속을 걸어 나오다가 나뒹구는 모습이 그제서야 분명하게 보였다.

(한국문학, 1987)

절필

고속도로를 빠져나와 대전 시내에서 다시 비산으로 나가는 국도로 접어들자 길은 완전히 빙판이었다. 기어를 2단으로 바꾸고 조심조심 가는데도 길이 워낙 미끄러워서 여간 애를 먹지 않았다. 더구나 마주 달려오는 대형 트럭들이 어찌나 과속으로 돌진해 오는지 간담이 서늘해질 정도였다. 핸들을 잡을 때마다 기분이 그때그때 다르다는 것은 참 이상한 일이다. 어떤 때는 도로 사정이 나빠도 마음이 편안하여 휘파람이 저절로 나오고 또 어떤 때는 까닭 없이 불안하고 겁이 나서 가로수에서 낙엽 하나가 떨어져 날아와도 깜짝 놀라 급브레이크를 밟기도 한다.

그날 아침, 문중회의에 가려고 집을 나서면서부터 자꾸만 불안하고 겁이 났는데 일기예보에도 없던 폭설이 내려서만이 아니라, 문중 사람들을 만나러 간다는 사실이 나의 이러한 심정을 더욱 부채질한 때문일 것이었다. 항렬로만 따져서 할아버지뻘이 되는 것이지 아직까지 한 번도 보지 못한 생면부지의 문중 사람들을 한꺼번에 만난다는 생각을 하니 등골이 서늘할 만큼 겁을 먹지 않을 수 없었다.

하긴, 나는 원래 겁이 많은 놈이었다. 다 쓰러져가는 고가에서 자란 나는 어릴 때 밤이 되면 뒷간에 혼자 못 가는 것은 예사이고 대낮에도 무서워서 혼자서 집을 보지 못했다. 국민학교에 처음 입학했을 때 낯선 선생님과 낯선 아이들 그리고 교실 벽의 햇빛이 쨍쨍 비치는 투명한 유리창이 그렇게 무서울 수가 없었다. 그래서 어떤 때는 공부를 하다 말고 울면서 집으로 도망해 오곤 하여 아이들의 놀림감이 되곤 하였다. 하지만 내 나이가 40이 훨씬 지난 지금까지도 할아버지나 아버지를 생각하고 쓰러져 가던 옛집을 생각하기만 해도 이렇게 겁이 나고 무서움을 탄다는 것은 정말 스스로 생각해도 납득되지 않는 것이다.

나는 그날 아침 아파트의 층계를 상쾌한 걸음으로 내려와서 자동차 문을 열고 운전석에 편안히 앉았다. 눈을 폭삭 뒤집 어쓴 북극곰 같은 내 차는 경쾌하게 단번에 시동이 걸렸다. 며칠 전에 엔진 오일도 외국제로 갈아 넣고 또 엔진 튜업도 했으므로 그 어느 때보다도 엔진 소리가 맑고 고왔다. 눈이 와서 도로 사정이 어떨까 하는 생각은 잠시 들었지만 두 시간밖에 안 걸리는 대전까지야 그동안의 내 운전 경력으로 보면 그야말로 너무 짧은 거리였다. 대관령과 한계령을 내 화실의 바람기 든 여대생이나 내 그림만을 수집한다는 부인들을 번갈아 태우고 한겨울에도 후딱후딱 넘어 다닌 게 한두 번이 아니었으니 서울에서 대전까지의 거리야 눈이 와서 아무리 길 사정이 나빠도 무서울 것이 없었다. 그런데 그날 아침 남부순환도로에서 우회전하여 반달 모양의 진입로에 접어들 때 나는 갑자기 알수 없는 무서움에 시달리기 시작했다. 이상한 일이었다. 문중 사람들을 만나는 일이 왜 나에게 무서움이 되었을까.

그날 모이는 사람들은 시골 학교 교사 몇 명과 지방 문화원에 근무하는 사람들이 몇 있었지만, 나머지는 문중의 온갖 잡다한 일을 도맡아서 하는 노인들이었으므로 내가 사회적 신분으로 하나도 꿀릴 게 없이 당당한 셈이었다. 나는 이미 중앙에서 튼튼히 자리 잡은 중견 화가이며, 최고의 시설과 권위를 자랑하는 미술관에서 여러 번에 걸쳐 전시회도 하였고 그때마다 한국 문화계의 명사들과 개막 테이프를 끊고 축배를 들었으며, 또 어떤 때는 관람자들과 내방 인사들을 상대로 즉석연설도 하여 요란한 박수도 받았다.

그동안 내가 쌓아 온 한국 화단에서의 위치는 확고하여 쉽게 누가 넘보거나 얕볼 수 없다는 사실은, 바로 이번 봄에 대한항공에서 기내 잡지로 발행하는 『모오닝 캄』이라는 잡지에 미국문화원의 윌리엄 스코트가 '한국화의 신비와 가치'라는 영문 기고에서 나의 그림을 석 점이나 컬러로 소개하고 있는 것을 보아도 쉽게 증명이 되는 것이다. 물론 유명 기업체에서 내는 신년 카렌다의 그림을 내가 몇 년 전부터 얼마나 많이 그렸는가는 이 글의 독자들이 더 잘 알 테니까 말하지 않겠다. 아무튼 나의 위치가 이러함에도 불구하고, 문중 사람을 만난다는 사실은, 나를 묘하게 주눅 들게 하여, 배꼽에다 힘을 준다고 하여 쉽게 사라지지 않는 무서움과 겁을 겹겹으로 주는 것이었다. 톨게이트를 지나 본격적으로 100킬로의 속력으로 달리게 되었을 때 어떤 구간에서는 가슴이 너무 떨려 간이휴게소에 잠깐씩 차를 멈춰야만 했다.

나는 여기서 나의 어릴 때 이야기를 해야만 이 겁과 무서움이 어디서 어떻게 왔는가가 설명되리라 생각한다. 말하자면 이 소설의 목적지에 닿기 위해서는 나의 추억의 한 토막을 털어놓아야만 차선 위반도 과속도 안 된다고 생각한다.

나는 제천읍에서 조금 떨어진 문정에서 어린 시절을 보냈다. 우리 문중의 집성촌이 아닌 충북 꼭대기에 왜 우리 선조들이 자리 잡은 지는 모르나 우리 집은 문정에서 6대를 이어 살아왔다고 했다. 읍에서 단양으로 빠지는 길목에서 왼쪽으로 꺾여 드는 곳이었다. 부여, 공주, 대전에 우리 문중이 많이 살고 있다는 이야기는 어릴 때부터 많이 들었고 그 후 이러한 지명은 내가 성장하는 동안에도 문중의 성지 같은 이미지로 부각되어 오늘에 이르고 있다. 문중의 문헌간행 위원회가 대전 근교 비산에서 열리게 된 것도 그쪽에 사는 분들이 문헌 간행의 주역들이었고 또 그동안 수집해 놓은 문집과 교지, 간찰 등이 그곳에 보관돼 있으므로 그것을 모두 열람하면서 조상들의 선비

정신을 기리고 추모하자는 뜻이 포함돼 있었다. 꼭 참석해 달라는 전화가 그 위원회 간사를 맡고 있는 분으로부터 두 번씩이나 왔다. 이제는 겁을 안 내고 문중 사람들과 만나서 웃고 떠들고 할 자신도 있다는 생각이었는데, 아침에 집을 떠나면서부터 내 가슴속 깊이 숨어 있던 그 까닭 모를 겁이 사정없이 고개를 드는 것이었다.

자동차의 핸들이 흔들리는 것처럼 이야기가 자꾸 빗나가서 차선을 벗어나는 감이 있음을 용서해 주기 바란다. 겁먹은 놈의 말이 떨리는 이치와 같을 테니 너그럽게 이해하면서, 이미 앞에서 말한 대로 내 어릴 때 이야기 하나를 진짜로 털어놓을 테니, 파란 불, 빨간 불 그리고 좌회전 신호에 맞춰 내 이야기를 따라오시기 바란다. 아마 어느 시러베 미술 평론가가 있다면, 나의 이런 옛 이야기를 읽고, '파격으로 빚어내는 화가의 산문정신'이라고 추켜세울지도 모르지만, 나는 그런 것에는 관여하지 않으련다. 그런 사람들은, 꼭 교통순경 같아서, 소형차를 몰고 다니는 사람은 조금만 과속을 하거나 간단한 신호위반을 해도 단속하지만, 중형차를 모는 나 같은 사람은 웬만한 교통법규를 위반해도 단속은커녕 오히려 경례를 올려 붙이게 돼 있으니까.

어릴 때 내가 살던 집은 마을의 맨 위쪽에 있었으므로 뒤쪽으로는 밋밋한 야산이었고 앞으로는 조그만 시냇물이 흘렀다. 대문을 나서서 왼쪽으로 커다란 웅덩이가 있었는데, 할아버지가 생존해 계실 때는 그곳이 연못이었고 그 가운데 정자도 한 칸 있었다는 말을 들었지만, 내가 철이 들어서는 언제나 수초만이 무성하고 물도 더러워서 여름에는 모기와 개구리들의 보금자리였다. 대문을 열고 내려다보면 마을이 한눈에 들어왔는데 눈으로 보이는 데까지가 우리 집 땅이었다고 했고 또 눈으로 봐서 보이는 데 사는 사람들은 모두 우리 집의 소작인이었다고 했다. 물론 나는 그 말을 다 믿지는 않았지만 아무튼 우리 집이 내가 태어나기 전에는 상당히 잘 살았음은 분명했다.

그러나 나는 어릴 때 어머니의 꾸지람과 다 무너져 버릴듯한 고가와 가난 속에서 산 기억밖에는 없으니까 우리 집이 얼마큼 부자였는지는 대중하기가 어렵고 또 아무런 관심도 없이 자랐다. 하긴 나의 어린 시절은 가난한 것은 둘째이고 집안을 짓누르는 무거운 공기가 더 무서웠는지도 모른다. 할아버지가 시를 짓고 잉어 낚시를 했다는 연못은 깊이를 알 수 없는 웅덩이가 되어서, 내가 아주 어릴 때 큰누나가 빠져 죽어서 사람들이 기다란 장대로 시체를 끌어올린 다음부터는 할아버지의 고결하신 품성을 전해 주는 장소였던 그곳이 하루아침에 몰락해 가는 우리 집안의 현실을 나타내 주는 곳으로 변해 버렸다.

너는 큰 인물이 될 게다. 나의 어머니는 언제나 이렇게 말했다. 몰락해 가는 집에 시집을 와서 위로 딸 둘과 아래로 형제를 낳은 어머니는 나와 동생한테 옛 선조들의 영광을 되찾으라는 사명감을 노골적으로 주입시켰다. 저년들처럼 되면 안 된다. 양반은 뼈를 지켜야 한다. 어머니는 늘 이렇게 말하며, 읍에서 농림학교를 다니던 최 씨네 총각과 연애를 하다가 연못에 빠져 죽은 큰누나를 욕했고 나이가 열 살이 되도록 학교에도 가지 못하고 집안에만 틀어박혀 있는 간질병을 앓는 둘째 누나를 욕했다. 내 동생이 다섯 살 때 아버지가 돌아가시고 난 다음부터 특히 맏이인 나한테 어머니가 매일 주입하는 숙명은 참으로 끈질기기만 했다. 나는 정말로 우리 가문을 다시 일으켜 세워서 대문에서 바라보이는 땅을 다시 되찾고, 거기에 살고 있는 사람들을 다시 소작인으로 부려야만 되는 것이었다.

내가 읍내로 중학교를 다닌 것도 학비를 조달할 형편이 돼서라기보다도 어머니의 이러한 집념이 만든 결과였다. 산 하나 너머에 있던 외갓집에서 나의 학비는 물론 우리 집의 생활비까지도 상당히 도와주었다는 것을 나는 나이가 더 들어서야 알게 되었다. 나는 공부를 썩 잘하였고 특히 서예반이나 미술반에서 서로 데려가려고 다툼을 할 만큼 손재주가 많았다. 서예나 미술에는 관심이 없고 늘 무엇을 만들고 부수고 하여 야단을 맞는 동생을 어머니는 가련한 눈으로 보는 대신, 내가 미술대회에서 상장을 받아오는 날이면 어머니는 당신의 바램이 나를 통하여 이루어진다는 확신에 가득 차서 즐거워했다. 그러나 나는 어머니한테 언제나 야단을 맞는 것이 딱 하나 있었다. 종갓집 종손으로 가문을 이끌어 갈 녀석이 겁이 많다는 것이었다. 외갓집을 가려면 넘어야 되는 공동묘지가 있는 산은 대낮에도 무서웠다. 어쩌다가 어머니와 함께 외갓집에 다녀올 때 내가 무서워서 사시나무 떨 듯하면 어머니는 폐묘가 되다시피 한 무덤에서 여우가 굴을 판 구덩이로 나를 데리고 가서 사람 뼈다귀를 하나 집어 올릴 때도 있었다. 이런 상것들 뼈는 개뼈 다귀하고 다를 게 없는 거야. 이게 뭐가 무섭니? 너는 아무것 도 무서울 게 없다. 조상님들이 명당자리에 묻혀서 네 갈 길을 훤히 비춰 주고 있단다.

평생 손에 흙 하나 안 묻히고 술독에 빠진 채 글 읽고 글 짓 고 하다가 돌아가신 할아버지는 대대로 내려오는 전답을 곶감 빼먹듯 잡수셨고, 그 나머지는 병약하지만 여색을 탐한 아버지 가 한의원에 바치고 소실 밑구녕에 다 처넣었으니, 드디어 아 버지가 어머니의 여장부다운 기질에 기를 못 펴고 끝내는 소 실의 치마폭에서 돌아가시고 났을 때, 우리 집에는 이름만 부 자 양반댁이지 남은 재산이라고는 별로 없었다. 어머니는 언제 나 시집 잘못 와서 고생이라고 넋두리를 해 댔지만 아버지마 저 돌아가시고 나자 우리 집을 당신 손으로 분연히 부흥시키 려는 진짜 여장부로서의 기질을 발휘하기 시작하였다.

할아버지와 아버지가 빠졌던 주색의 항아리를 깨부수고 농 사일을 몸소 했다. 어머니는 차츰 붓과 벼루, 병풍과 족자로 상 징되는 양반의 체통을 내세우기 시작하여 우리 4남매를 호되 게 사육하였다. 큰누나가 웅덩이에 빠져 자살을 한 것도 그리 고 작은 누나가 간질병에서 헤어나지 못하는 것도, 뜻도 절도 알 수 없는 병풍과 족자들 때문일 것이었다. 색은 바랠 대로 다 바래고 좀이 슬어서 형체를 알아보기도 힘든 그 많은 병풍과 족자는 우리들의 어린 날을 꽁꽁 동여맸고 조금이라도 빠져나가려고 하면 또 영락없이 발목을 조였다. 그 후 작은누나는 행랑채가 불탈 때 함께 타 죽었으니, 나는 내 동생과 단둘이서 양반의 후예로서의 품행을 도맡아 지켜야만 했다. 나는 돌아가신 어머니의 영전에 맹세하건대, 이러한 당신의 교육이 있었기 때문에 오늘의 내가 있게 되었음을 한시도 잊어 본 적이 없다.

어머니는 내가 무슨 일을 잘못하여 벌을 줄 때는 꼭 할아버지가 생전에 쓰던 사랑에다가 가두었다. 이렇게 하는 것이 나에게는 가장 무서운 벌이었다. 나는 그 방에 갇히는 날에는 울고불고하면서 꺼내 달라고 애원을 했고 한나절이 지나서 어머니한테 완전히 항복을 한 다음에야 석방되었다. 너의 조상님들을 만나봐라. 어머니는 나를 사랑에 가두면서 이렇게 말했다. 그 사랑에는 문갑과 책상이 가득하였고 선조들이 쓰던 벼루와 붓과 별별 이상하게 생긴 낙관들과 아직도 묵향이 독하게 우러나오는 그림과 붓글씨 그리고 좀이 슨 병풍과 족자들이 가득하여 숨이 막힐 것 같았다. 아버지, 할아버지, 증조할아버지, 고조할아버지, 또 윗 할아버지…… 모든 조상들의 땀 냄새까지도 한데 어우러져 나오는 기묘한 냄새를 생각하면, 이 글을 쓰는 지금도 나는 오금이 저려 오는 듯하다. 아버지가 돌아가시고 나서부터 나는 그곳에 갇히면서 자랐으니 참으로 양반의 후예 노릇 하기가 그 얼마나 어려운지 정말로 개뼈다귀만도 못한 사람들은 짐작할 수조차 없을 것이다.

한번은 무슨 잘못 때문에 사랑에 또 갇혔다. 내 혼자 과부 힘으로는 너를 올바로 못 키우겠으니 너의 할아버지한테 맡길 수밖에 없구나. 어머니가 이렇게 했던 말은 기억나지만 내가 그때 무슨 잘못을 했었는지는 통 기억에 없다. 문갑에서 책장에서 할아버지의 탈을 쓴 귀신이 나타날 것 같았다. 네 이놈! 이 개뼈다귀만도 못한 놈! 네 죄를 네가 알렷다? 당장 목침 위에 올라서지 않고 무얼 꾸물대는고! 벼루도 붓도, 낙관과 핏빛 인주함도, 비룡폭포 아래 낚시를 드리운 대머리 도사도, 소 잔등에 올라앉아 피리를 부는 동자도, 산삼을 뜯어먹는 사슴도 모두 모두 달려 나와 귀신의 형상을 하고 나에게 대들었다.

나는 귀신들한테 꾸중을 듣다가 그만 그 자리에서 기절했다. 내가 눈을 다시 뜬 것은 저녁때가 다 돼서였다. 내가 소리소리 지르다가 기절을 하자 어머니는 놀라서 뛰어들어 왔고 그 후에도 나는 몇 차례 더 깨어났다 정신을 잃었다 하면서 애를 태우다가 눈을 뜬 것이었다. 내가 정신을 차리자 어머니는 나를 목침 위에 세우고 내 나이만큼 종아리를 때렸다. 나는 그때 아홉 살이었으니까 종아리 아홉 번을 맞고 용서를 받았다. 그 후부터 나는 무슨 일을 잘못했어도 사랑에 갇히지는 않았다. 내동생도 물론 사랑에 갇히지를 않았다. 그 아이는 사랑에 갇히기라도 하면, 오히려 얼씨구 좋다 하고는 사랑 구석구석을 들쑤시고 다니면서 온갖 장난질을 해서 아예 어머니도 일찌감치 손을 들어 버린 것이었다. 사랑이 무섭기는 뭐가 무섭다고 형은 그 야단이야? 나는 아주 신나고 재미있는데. 동생은 이렇게 말하며 나를 놀렸다.

어느 해 봄날이었다. 나는 동생과 어울려서 대문 앞에서 땅뺏기를 하고 있었다. 땅뺏기를 할 때마다 나는 언제나 동생한테 졌다. 그날도 내 땅을 야금야금 갉아먹는 동생이 얄미워서 군밤을 하나 먹이고 싶었지만 형제간의 우애를 언제나 강조하는 어머니 때문에 그냥 가쁜 숨만 몰아쉬고 있었다. 그때 마을 어귀에서 한복을 입고 갓을 쓴 노인이 우리 집 쪽으로 걸어왔다. 노인은 우리 집 대문 앞에 서서 대문 기둥에 붙은 문패를 보고는 헛기침을 몇 번 하더니 이렇게 점잖게 말했다.

"이리 오너라아."

나는 영문을 알 수가 없었다. 노인의 차림새가 꼭 우리 사랑의 병풍에 그려진 노인과 같았기 때문에 은근히 겁이 나는 참이었는데 이 노인은 갑자기 병풍에서 뛰어나온 사람의 목소리로 이렇게 말했으니 정말 기절할 만한 일이었다. 그러나 더 놀라운 일이 또 일어났다. 안방에 있던 어머니의 목소리가 들렸다.

"누구시냐고 여쭈어라아."

이 말을 듣고 노인은 의관을 바로 하면서 대답했다.

"충주에서 온 오 생원이라고 여쭈어라."

그제서야 어머니는 방문을 열고 부리나케 나오면서 말했다.

"아이구, 당숙 어른께서 소식도 없이 오시다니……."

노인은 긴 수염을 쓰다듬으면서 대문을 들어섰다. 동생은 재미있다는 듯이 웃으며 노인을 따라 대문 안으로 들어갔다. 나는 순간적으로 사랑에서 좀이 슬고 있는 병풍에서 내 조상의 귀신이 뛰어나와서 나를 놀래준다는 생각이 들었다. 나는 그 순간처럼 무서웠던 기억은 아직까지 한 번도 없다. 나는 어머니가 노인을 방으로 모시는 것과 때를 같이하여 동구 밖으로 줄달음을 쳐서 도망을 했다.

"얘야, 들어와서 당숙 어른께 인사드려라."

이렇게 부르는 어머니의 목소리가 등 뒤에서 들렸다. 나는 느티나무가 있는 동구 밖까지 한달음에 뛰어간 다음에도 그날 해가 저물어서야 도둑고양이처럼 몰래 집으로 들어왔다. 그러나 나는 그날 밤 어머니에게 붙잡혀 종아리에 지렁이가 열 마리도 더 기어갈 정도로 매를 맞았다.

내 어릴 때의 이야기 한 토막은 여기서 끝을 맺어야 하겠다. 나의 어릴 적의 무서움과 겁에 대한 토막 이야기가 너무 갈팡질팡해서 독자들이 아예 음주운전하는 자동차 구경하듯 기가 막힐지도 모르겠다. 그러나 나도 그때 일을 생각하면 기가 막힌다. 양반 끄트머리들이 남의 집을 방문할 때 으레껏 하인이 있는 것으로 간주하고 이렇게 간접적으로 사람을 부르고 또 하인을 통하여 상대방의 신분을 확인하는 이 기막힌 대화법을 생각하면, 어이 아무개 있나? 으응, 누구여? 하는 상것들의 대화하고는 하늘과 땅 차이임을 누구나 알 수 있으리라. 부리는 하인도 다 떨어지고 당장 입에 풀칠할 것이 없어도 이 정도의 자부심이 있다는 것은 지금 생각해도 정말로 놀랍다. 그때 그 노인이 우리 집에서 며칠 동안 기식을 하다가 여비도 얻어서 갔다는 것을 그 후 어머니에게 듣고 나는 매 맞은 종아리의 아픔도 잊었다.

비산은 대전 시계를 벗어나서 불과 10킬로 남짓밖에 안 되는 거리였지만 이미 앞에서 말한 대로 워낙 길이 빙판이고 또 추억 속에서 꿈틀대는 양반 뼈다귀가 주는 겁과 무서움에 시달리느라고 아마 한 시간 가까이는 족히 걸려서야 도착했던 것 같다. 문헌간행위원회의 간사를 맡은 조카뻘인 기명 씨의 집을 찾는 데는 많은 시간이 걸리지 않았다. 약도에 적혀 있는 대로, 비산중학교 정문을 지나 두 번째 골목이었으므로 쉽게 찾을 수 있었다. 중학교 정문을 지나면서부터 가파른 언덕인 점이 약도에는 표시가 없을 뿐이었다. 나는 자동차를 중학교 담 밑으로 바싹 붙여서 세워 놓고 차에서 내렸다. 어깨가 조금 결리고 허리도 아팠지만 대수롭지 않았으므로 맨손체조를 가볍게 하고 언덕으로 올라섰다.

학교 정문 맞은편으로 문방구와 연탄 가게가 나란히 붙어서 있는 모습을 보면서 나는 나도 모르게 입가에 미소가 흘러나왔다. 구도를 잡고 원근법을 익히고 명암을 조정하는 게 나의 일이었으므로 나는 사물을 바라보다가도 보이는 시야가 커다란 도화지처럼 생각될 때가 종종 있다. 도시와 인접한 시골의 중학교 정문 앞의 이러한 풍경이야말로 만일 그대로 도화지에 옮겨 놓을 수만 있다면 한국화의 가장 전형적인 모습이 될 수 있으리라. 문방구 옆에 고급 양장점이나 사우나탕이 있다면, 그것이 어찌 '비산중학교 정문 앞 풍경'이 될 수 있으랴. 어느 호텔의 화려한 회의장에서 문중의 이러한 회의가 개최된다면 나는 필경 구역질이 났을 것이었다. 나는 두 번째 골목의 층계로 올라서면서 이렇게 흡족한 생각이 들어서 서울에서부터 나를 짓눌렀던 겁과 무서움에서 어느 정도 해방될 수 있었다. 문중 사람들을 만나는 일은 즐겁고도 즐거운 일이다. 나는 이렇게 중얼거리며 기명 씨 집 대문 앞에 섰다. 골목의 맨 끝 언덕배기에 있는 조그만 한옥이었다. 대문이 반쯤 열려져 있어서 안에서 웃는 소리가 흘러나왔다. 내가 좀 시간이 늦었는지도 모른다는 생각을 하면서, 나는 대문 기둥에 붙어 있음 직한 초인종을 찾았다. 그때 내 뒤에서 발걸음 소리가 났다. 나는 몸을 돌렸다. 한복 두루마기를 입은 사람이 가까이 오더니, 대문 앞에서 멈춰 섰다. 그는 나를 본 체도 하지 않고, 헛기침을 한번 하더니,

"이리 오너라아."

하고 우렁차게 말했다. 나는 깜짝 놀랐다. 어린 시절 우리 집을 찾아왔던 친척 노인이 내뱉았던 바로 그 소리였다. 사랑 문갑

안에서 썩어가고 있던 무서운 족자와 병풍에 그려져 있던 귀신을 닮은 노인의 형상이 내뱉았던 그 소리였다. 내가 놀라서 동구 밖으로 달아났던 그 무시무시한 소리, 이리 오너라아아아아아아아.

"누구시냐고 여쭈어라아."

뒤이어 안에서 여러 명이 동시에 외치는 소리가 들려왔다. 웃음소리도 그 사이로 들렸다. 나는 갑자기 어린아이가 된 것처럼 겁먹은 얼굴을 하고 그를 지켜보았다. 그도 입가에 웃음을 띠고,

"공주에서 온 생원 나리라고 여쭈어라."

이렇게 말하며 성큼 안으로 들어섰다. 내가 엉거주춤하니 그를 따라서 들어서는데,

"아이구, 아저씨 어서 오십시오."

"조카님 신수가 더 훤하구려."

하면서 방 안에 있던 사람들이 일어서서 대청으로 나왔다.

"양반은 뭐니 뭐니 해도 우리 공주 생원만 한 사람이 없지, 암, 없고말고."

그들은 이미 전부터 잘 아는 모양으로 이렇게 농담을 하고 나서 서로 안부를 물으며 엎드린 채 큰절을 했다. 한참 후에야 그들의 시선이 나에게로 모였다. 나는 잔뜩 주눅 든 얼굴을 했다.

"내가 기명이오만."

위원회의 간사인 이 집의 주인이 먼저 말했다. 나는 그제서

야 자세를 고쳐 앉아 절을 할 준비를 하면서 잔뜩 기어들어 가는 목소리로

"연홍이올시다."

했다.

"아니, 그럼 제천 문정리 아저씨 아닙니까?"

"그 유명한 회당 화백 아니시오?"

사람들은 나를 그제서야 알아보고 모두들 반갑게 한마디씩 했다.

"어려운 시간을 내주셔서 고맙소. 우리 같은 한량들이야 이런 문중 모임이 제일 큰일이지만 회당 화백은 공사다망하실 텐데."

"아저씨는 정말 우리 문중의 자랑이지요. 저는 대전문화원에 근무하는 기채라고 합니다."

좌중에서 가장 젊어 보이는 청년이 나에게 따로 인사를 하면서 말했다. 내가 들어간 다음, 정종이 두 주전자째 들어오고 나서야 나도 술기운에 업혀서 차츰 그들과 같은 분위기에 어울리기 시작하였고 그날 모인 사람들과의 항렬과 촌수를 대강대강 익혀 나가기 시작하였다. 회의의 안건이라야 이미 간사가 미리 계획안을 짜 놓은 대로 선조들의 문집을 각 종파별로 안배를 하여 번역 간행해 나가는 일과, 봄 가을 두 차례 있는 시향을 앞으로는 범 종파별로 받들자는 것이 가장 큰 것이었다. 술이 더 들어오고 술잔이 더 빨리 돌자, 아우님, 형님, 조카님,

아재님, 대부님 하면서 같은 핏줄끼리의 우애를 나누었다. 나는 술이 취해서 몽롱해진 눈으로 그때 이상한 사실 하나를 발견하였다. 생면부지의 처음 본 그들의 얼굴이 이상하게도 모두 나와 닮은 꼴이라는 사실이었다. 어딘지 딱 집어낼 수는 없어도, 그들의 얼굴 윤곽이 모두들 하나같이 닮아 있어서, 그림 공부하는 학생들이 그 방에 모인 사람들의 골격을 석고 데생하듯 그리면 모두 다 꼭 같은 그림이 되리라는 생각이 들었다. 내가 어릴 때 돌아가셔서 이제는 기억이 나지도 않는 아버지의 모습도, 또 내가 뵙지도 못한 할아버지의 모습도 이들 가운데 어딘가에 스며 있으리라는 생각이 들었다. 머리가 백발인 부여에서 왔다는 항렬은 내 조카뻘인 기식 씨의 모습이 나의 할아버지일까. 조금 전 대문을 들어서면서 양반 티를 희떱게 냈던 자칭 생원이라는 사람의 모습이 아버지일까. 아니, 아버지는 병약했다니까, 저렇게 건강하지는 않았으리라.

기명 씨가 마루의 선반 위에서 비닐로 싼 종이 묶음을 내렸다.

"이게 다 우리 집안의 보배올시다."

그가 묶음을 풀자 거기에는 옛 선조들이 임금에게서 하사받은 교지가 펼쳐졌다.

"지금 모모 하는 집안들도 이만한 양의 교지는 어림도 없을 겝니다. 우리 집안이 조선조 중기 때 남인으로 몰려서 그 후에 벼슬을 못 하기는 했어도 이만큼의 교지가 쌓여 있는 걸 보면 우리만 한 양반은 천하에 없을 거요."

"아무렴, 제깐 놈들이 우리 집안을 어떻게 따라와? 세도 정치에 빌붙어서 벼슬을 한 놈들이나, 또 조상들의 뼈를 팔아서 적당히 처세한 놈들이야 말이 양반이지 중인만도 못하고 말고."

"이것 좀 보시오. 이 교지가 바로 충숙공 할아버지의 복관작 교지요. 간신들의 모함을 받아서 삭탈관직 당하고 돌아가신 충숙공 어른이 돌아가신 지 백 년 후에야 관직을 다시 받은 거요. 건륭 49년의 일이니까, 정조 8년이고 그러니까 지금부터 꼭 200년 전의 일입니다. 그때나 지금이나 간신배들이 충신을 이렇게 모함했으니 단군성조 이래의 조선이 오늘 이 모양 이 꼴이 된 게 아니겠습니까?"

기명 씨는 빛바랜 교지를 펴 놓고 설명하다 말고 비분강개를 이기지 못하여 손등으로 눈시울을 닦았다. 모두들 그의 말을 들으며 숙연한 표정을 짓고 있었다. 나는 그들의 숙연한 표정을 읽으며, 그 옛날 사랑에 갇혔을 때 느꼈던 무서움이 되살아나는 것 같았다. 그러나 이제는 그 무서움이 공포가 아니라 외경에 가까운 것이어서 나도 모르게 몸이 떨렸다.

나는 술 한 잔을 단숨에 마셨다. 이제야말로 진짜 음주운전하는 꼴로 내 이야기가 스스로 취해서 갈팡질팡하다가 충돌사고를 낼지도 모른다. 그러니까 여기까지 따라온 독자들이 혹시 있으면 조금 멀리 떨어지기를 부탁드린다. 자동차 사고 구경나왔다가 부상당하는 사람이야말로 불구경 나왔다가 뭐 끄슬리는 놈만큼 덜떨어진 사람 소리 듣기 십상이니 말이다.

사랑에 관한 이야기가 앞에서 한 것으로 다 끝났던 것은 아니다. 이제부터 하는 이야기가 정말 핵심적인 것이다. 아버지가 돌아가시고 나서 어머니의 진짜 여장부 기질이 유감없이 발휘되었다는 말은 이미 하였지만 그 기질을 실제로 가능하게 만든 것은 바로 우리 집 사랑에 산더미처럼 쌓여 있던 문집과 병풍과 족자 그리고 별별 이상한 무늬가 새겨진 벼루와 먹과 붓, 또 문갑과 탁자 같은 물건이었다. 나는 어릴 때 잘 몰랐지만 외갓집으로도 이러한 것들이 하나둘씩 건너가는 것을 보면서 나를 겁주는 물건들의 숫자가 하나씩 줄어간다는 사실만 흡족해하였던 기억은 난다.

우리 집은 내가 중학교를 마치고 도청 소재지인 청주에서 고등학교를 다닐 때 다 쓰러져 가는 고가를 처분하고 문정을 떠나 제천읍의 한복판으로 나와서 커다란 식당을 하고 있었다. 간질병을 앓던 작은누나가 행랑채와 함께 불에 타 죽고 났을 때, 어머니는 나와 동생을 데리고 그때까지 남아 있던 전답을 말끔히 정리하여 읍으로 이사를 나온 것이었다. 너희들 양반의 씨를 보전하는 일은 이 수밖에 없다. 어머니는 그때 이렇게 말했다. 여기야 너희들 일가붙이도 없으니까, 우리가 아무 일을 해서 먹고 살면 어떠냐? 너희들이 성공하면 그뿐이지, 조상님들도 내 뜻을 다 이해해 주실 게다. 우리를 사랑에 가두던 어머니가 돌변한 것이었다. 어머니는 그때부터 팔을 걷어붙이고 식당 일을 해 나갔다. 양반집의 과부 입장으로 외간 사람들에게 밥을 해서 팔고 아무나하고 장사치와 같은 흥정을 한다는 일은 어머니 같은 뱃심이 있어야지 가능한 일이었다. 양반 뼈도 다를 게 없다느니, 저 과부가 돌아가신 진사 어른 얼굴에 똥칠을 한다느니 하는 말이 내 귀에까지 들려오는 일이 있었지만 나는 어머니가 심어 주는 가문을 부흥시켜야 한다는 결의 앞에서 조금도 흔들릴 수가 없었다. 사랑, 그렇다. 나는 우리 집이 읍으로 이사 나오기 전의 사랑 이야기를 마저 하려면 이 정도의 우회로를 돌아와야만 했던 것이다.

어머니가 식당을 버젓이 차릴 수 있었던 것은 바로 사랑에 쌓였던 병풍과 족자를 하나하나 처분해서 만든 돈의 결과였다. 그 당시에 그림이나 글씨를 수집하는 사람들이 있을 리가 만무하였지만, 그래도 어머니는 용케도 길을 알고 있었다. 지체 높은 양반은 아니지만 늘 사랑에 병풍 하나쯤 있기를 바라는 사람들이나, 선대에는 감히 쳐다보지도 못하던 지주인 우리 집이었으나 이제는 오히려 우리 땅을 하나하나 사서 땅임자가 된 옛날의 소작인들도 쌀 몇 섬을 주고 족자 한 폭을 얻어 갔고, 새로 부임하는 군수나 경찰서장도 문정리 오 진사 댁에서 나온 유묵이라고 하면 몇 달 치 봉급을 주고도 마다하지 않았다.

일이 이쯤 되고 보니, 식당을 차리고도, 어머니는 사랑에 쌓인 것들을 하나하나 팔아서 인근에 과수원도 장만했고, 내가 대학을 서울로 진학할 때는 화실이 하나 달린 하숙방을 구해 줄 만큼 부자가 돼 있었다. 나도 어릴 때 외갓집에 다니면서 학비를 얻어 올 때의 공동묘지에서 느꼈던 무서움과 겁은 다 사라져버렸다. 이미 대학 재학 시절에 전국적인 규모의 미술전람회에서 특상을 받은 나를 보고 어머니도 입이 찢어져라 하고 좋아하셨다. 어머니가 부쳐 주는 돈이 넉넉하여, 나는 내 그림을 좋아하는 여학생들을 곶감 꽂이에서 곶감 빼먹듯 차지하고 나면 또 곶감 씨 뱉듯 버렸고, 나는 점점 더 유명해져서, 어느 별 볼 일 없는 평론가는 나를 가리켜서 조선 시대 문인화의 정통을 이은 화가라고 평을 해서 졸지에 내 그림값을 엄청나게 올려놓았다.

그러나 어머니의 이러한 행복도, 나의 승리도 보이지 않는 곳에서부터 무너지기 시작했다. 자기는 양반의 씨가 아닌 모양이라고 냉소적으로 말하면서 어머니의 만류를 뿌리치고 미국으로 이민 간 동생을 욕하다가, 어머니가 갑자기 병을 얻어 돌아가시게 됐을 때, 가슴을 쥐어뜯으면서 사랑의 유묵을 팔아 없앤 것을 후회하였다.

"네가 다 찾아라. 어미가 잘못했다. 네가 도로 다 찾아. 이제 우리 집에 돈은 넉넉하니 옛날 집을 다시 복원해서 짓고 사랑을 다시 꾸며라. 네가 다 찾아서 다시 쌓아 놓아라. 너만 믿는다."

그러나 나는 그때까지도 선조들의 유묵을 팔아 없앤 장본인이 어머니가 아니라 바로 나라는 사실은 모르고, 어머니가 여장부 노릇 하느라고 저지른 죄악이지 뭐냐고 혼자서 외치듯 말했다. 그 후 내가 몇 년 동안 살아오면서 부딪쳤던 조상들에 대한 이러한 죄의식이 얼마큼 비가시적이고 지능적이었는지는 나는 모른다. 왜냐하면 나는 전혀 괴롭지도 않았고 오늘날 내가 누리고 있는 호화로운 화가의 생활에 대하여 회의해 본 일도 없었으니 말이다.

한동안 침묵이 흐르고 나서 아까 대문 앞에서, '이리 오너라' 하고 외쳤던 공주에서 온 생원이 갑자기 너털웃음을 웃고 나서 말했다.

"옛 조상들 이야기만 해서 뭘 해요? 여보시오, 조카 양반. 이 집터 한번 시원하니 넓구려. 몇 평이나 돼요? 바로 대전 발꿈치가 비산이니 값도 꽤 나가겠수다."

그가 갑자기 엉뚱한 이야기를 하자, 모두들 기다렸다는 듯이 화제를 그쪽으로 바꾸었다.

"앞이 탁 트이고 아주 그만이야. 여기가 대전으로 편입된다는 소문도 있던데?"

집주인인 기명 씨가 술잔을 들면서 웃었다.

"시로 편입되기만 하면 좋으련만, 그걸 어디 믿을 수가 있어야죠? 텃밭까지 이천 평 조금 넘으니까 값이래야 신통치 않을 거고……."

"이천 평이면 삼만 원씩만 해도 얼마요?"

"이 양반아, 이 근처 논밭도 만 원 넘은 지가 옛날이야. 아마 어림잡아도 오만 원은 웃돌 걸."

"글쎄 소문에야 그 정도 된다지만 글쎄올시다아. 조상님들이 살던 터를 상것들에게 함부로 팔 수도 없으니까……."

"그러나 회당 화백 그림 한 폭이 이까짓 땅 몇 평보다 훨씬 더 비쌀 게 아니요?"

"그야 물론이지, 호당 몇십은 되고도 남을 거야."

옛날 사랑의 추억에서 막 빠져나오려 할 때 이런 말이 먼저 들렸다. 과속으로 달려 나오는데도 단속을 못 하고 이렇게 빌붙는 걸 보면 유명한 화가 앞에서는 모두 교통순경이 되는 모양일까. 나는 술 한 잔을 또 마셨다.

"회당 화백, 오늘 어려운 걸음 하신 김에 한 폭씩 그려 주시구려."

"맞았어. 그게 좋겠수다."

"기명이 조카님, 어서 지필묵을 내오시오."

집주인인 기명 씨는 미리 준비가 돼 있었다는 듯 지필묵을 들고 나왔다. 사람들의 시선이 나한테로 집중되었다. 이제 바야흐로 유명한 화가의 작품 창작 현장을 볼 수 있다는 생각에서 그들은 침을 꼴깍 삼켰다.

나는 참회하듯 붓을 들었다. 이제 더 이상 화필을 잡을 수 없으리라는 예감이 들었다. 나는 심호흡을 한 뒤 그 옛날 우리 집 대문 앞에 와서 위풍도 당당하게 '이리 오너라' 하고 하인을 부르던 흰 두루마기 차림의 노인을 그리기 시작했다. 흰 화선지 위에서 나의 붓이 한 번 춤을 추자 노인의 형상이 말 못할 기품을 띠고 살아서 움직였다. 나는 그들이 탄복하는 소리를 귓전으로 들으며 같은 그림을 여럿 그려나갔다.

네가 다 찾아라. 어미가 잘못했다. 네가 다 찾아라. 어머니의 목소리가 자꾸만 들렸다. 그러나 나는 그것을 하나도 찾을 수가 없을 것이었다. 무서워서 그것들을 가까이 본 적이 통 없는데, 내가 그 그림과 글씨들을 무슨 수로 찾을 수 있으랴. 그러나 나는 조상의 뼈를 지키는 아름다운 사람들의 정신을 만나고 싶었다. 조상에게 지은 죄를 조금이라도 씻고 싶었다. 손에 흙 하나 묻히지 않고, 오직 조상의 유묵만을 지키며 재산을 다 날려 버리고 돌아가신 할아버지와 아버지의 모습이 화선지의 여백 사이로 잠시 보이는 듯했지만 내가 그들의 얼굴을 알아볼 수 없다는 생각에 붓을 든 나의 손은 자꾸 떨렸다.

"허어! 참 절세의 솜씨로다."

"어디서 본 듯한 그런 형상 아니요? 거, 뭐랄까, 우리 문중을 지키는 어떤 정신을 그려낸 것 같구려!"

나는 붓을 놓고 마루 아래로 내려섰다. 내 등 뒤에서는 내가 그린 그림을 놓고 찬탄하는 소리가 계속해서 났다. 나는 후들후들 떨리는 다리로 대문 밖으로 나갔다. 대문 앞에서 안을 향해서 섰다. 그리고 나는 나의 정신 속에 숨어 있는 죄와 겁을 한꺼번에 모두 토해 내기라도 하겠다는 듯 큰소리로 외쳤다.

"이리 오너라아!"

대청 문을 그대로 열어 놓은 채로 그때까지도 내 그림을 보고 있던 사람들이 놀라서 얼굴을 들었다. 나는 다시 외쳤다.

"이리 오너라아!"

그러자 내 목소리와 맞먹는 커다란 소리가 마당을 건너왔다.

"누구시냐고 여쭈어라아!"

"제천 문정에서 온 오 진사 손자라고 여쭈어라."

나는 이렇게 말하면서 비틀거렸다. 그들이 달려와서 나를 부축했다. 조금 전에 그린 그림이 나의 절필이 되리라는 생각을 하면서 나는 눈물을 머금은 채 그대로 대청으로 올라섰다.

(문학사상, 1987)

하느님의 시야

- 우리의 세계가 가능한 세계 중에서는
가장 나은 것이라고? 헤겔, 이 거짓말쟁이.
〈지천〉

전쟁터가 멀리 북쪽으로 물러갔다는 소식이 처음에는 믿을
수 없는 소문으로 나돌다가 차츰 그것이 믿을 수 있는 사실이
라는 것을 알게 된 피란민들은 하나둘씩 보따리를 싸기 시작
하였다. 봄이 가까웠다고는 해도 산과 들에는 겨우내 쌓인 눈
이 그대로였고, 이곳저곳은 물론 또 피란민들의 옷차림이나 마
음 한구석에도 봄의 기미는 한 점도 보이지 않았다. 고향까지
무사히 돌아갈 수 있을지 어떨지도 모르는 불안과 이제 피란
살이를 끝내게 된다는 홀가분한 마음이 뒤섞여서 피란민들은
아무런 확신도 없이 초조해하면서 왜소해질 대로 왜소해진 채
피란살이의 막바지에 힘겹게 다다르고 있는 셈이었다.

충주에서 수안보를 지나 조령관문을 넘어서 문경까지 이르
는 길은 그 당시의 충청북도 북부지역의 사람들이 모두 밟아
갔던 피란길이었지만, 이제 겨우 여덟 살이었던 나에게는 그
때는 물론 사십 년이 지난 지금까지도 그 길은 내 생애 가운데
가장 험난하고 고통스러웠던 길이 아닐 수 없었다. 이제 그 험

난한 길을 다시 거슬러 올라가서 고향 집으로 돌아가게 된다는 사실은 어린 나에게는 기막히게 신나는 일이었지만, 그러나 우리 집은 남들처럼 이불 보따리를 싸지 못한 채 한숨만 내쉬고 있었다. 그해 겨울에 막 스무 살이 된 큰형이 낯선 병정한테 붙잡혀 간 후 한 달이 지나도록, 피란살이를 하는 집에 돌아오지 않고 있었기 때문이었다.

우리 집이 피란짐을 풀고 들어앉은 곳은 ㄱ자로 지은 농가에서 흔히 볼 수 있는 집의 작은 방 하나가 전부였다. 그렇기는 해도 우리 집은 그 마을에 일찌감치 들어온 바람에 버젓한 방 하나를 차지한 것이지 늦게 온 다른 사람들은 헛간에 짚을 깔고 살아가기도 했고 심지어는 외양간에 콩깍지와 짚을 무릎 깊이만큼 깔고 겨울을 나기도 했다. 여름전쟁은 어느 날 저녁 무렵 저녁노을 번지듯 총소리 한 방 들리지 않고 조용하고 황홀하게 찾아왔었지만 겨울전쟁은 사뭇 달랐다. 대포 소리가 큰 산을 뿌리째 흔들며 들려왔다. 고향 마을을 가로질러 가는 국도 위로는 수많은 군용트럭이 몰려왔고 총을 거꾸로 멘 채 힘없이 걸어가는 병사들이 줄을 잇고 있었다. 서울이 또다시 점령당했다는 소식이 보리밭에 깜부기병 퍼지듯 삽시간에 마을 전체를 뒤덮어 버려서 마을 사람들은 얼굴이 흙빛이 된 채 허둥지둥 보따리를 싸서 고향을 벗어났다.

눈보라가 몹시 치던 날 아침에 우리 집도 고향을 떠났다. 어머니, 큰형, 작은형, 누나, 나 – 이렇게 다섯 식구가 지난 여름부터 논을 갈기 시작한 어린 황소 한 마리와 함께 천등산 고개를 넘어서 충주, 거기서 강을 따라서 수안보를 지나 조령관문을 넘어온 것이었다.

문경까지 국도는 군용 트럭의 바퀴 자국이 그대로 얼어붙은 들쭉날쭉한 빙판이어서 바닥이 다 떨어진 검정 고무신을 신은 내 어린 발을 못 견디게 아프게 했다. 그때나 지금이나 나는 눈물이 흔해서 조금만 발이 시리고 아파도 잘 울었다. 열흘인지 보름인지 잘 기억할 수는 없으나 문경까지 가는 동안 내내 울면서 갔던 일은 지금도 생생히 기억이 난다. 무명실로 짠 양말은 뒤꿈치가 크게 구멍이 났고 솜을 넣은 바지와 저고리가 추위를 얼마큼 막아주기는 했으나, 장작을 때어서 절절 끓는 방에서 화롯불에 감자를 구워 먹으면서 세 살 위의 누나와 즐거운 싸움을 하고 잠잘 때에도 어머니의 팔을 베고 어리광을 떨던 내가 어느 날 갑자기 아귀다툼의 피란 행렬에 끼이게 되었으니 울음을 우는 것 말고는 어떤 다른 의사 표시나 존재 확인의 방법은 있을 수가 없었다. 엉엉 울거나 앙앙 우는 게 아니라 누구 하나 내가 운다고 편들어 주는 사람도 없었으므로 그저 흐흐하며 흐느끼거나, 칭얼대는 것이 고작이었다. 나는 그 먼 춥고도 추운 길을 내내 울면서 갔다.

우리가 자리 잡은 상내리는 문경군의 조그만 마을로 문경읍을 지나 국도를 벗어나서 산 너머에 있었는데 그곳이 안전지역이어서만은 아니었다. 피란 행렬은 어떤 뚜렷한 목적지를 향하여 움직이는 것이 아니라 앞에서 걸어가는 사람들의 뒤를 무작정 따라서 움직일 수밖에 없었다. 트럭을 탄 군인들이 남하하는 것을 뒤따라서 그냥 무턱대고 가는 게 고작이었다. 바로 몇 달 전 압록강 물을 떠다가 국부한테 드렸으니 이제 통일이 다 됐다면서 공회당 앞에서 만세를 부른 사람들이었으므로, 며칠 후에는 후퇴를 했던 병정들이 다시 우렁차게 군가를 부르며 북진해 오리라는 걸 믿고 있었다.

끝없이 이어졌을 피란 행렬의 북쪽 맨 끄트머리에서는 지금 당장이야 적군들이 또 다른 군가를 부르며 남하하고 있지만 며칠 후에는 적군들이 여름전쟁 때처럼 어느 날 아침에 쥐도 새도 모르게 북쪽으로 달아날 것을 믿으면서 추위와 배고픔을 참았다. 적군과 아군이 한없이 기다란 피란 행렬의 대가리와 꼬리 양쪽을 하나씩 잡고 추운 겨울날에 줄다리기를 하는 것일까. 나는 칭얼대면서 눈길을 걸으며 이런 생각도 들었지만 누구한테 그 생각을 표현할 수도 없었다. 표현할 힘도 재주도 없었고 또 들어줄 사람도 없었다. 나 혼자만 빈몸 맨손으로 울면서 걸어가고 있었다. 누나도 머리에 보따리를 이고 또 손에는 작은 보따리를 든 채 힘겹게 눈길을 걸어갔고, 이불 보따리와 식량을 지게에 진 형들도 커다란 짐을 실은 황소도 내 편은 아니었다.

연풍이라는 조그만 마을에서 하루를 묵고 조령을 넘어서 눈보라를 헤치며 걸어갔다. 문경읍을 지나서 또 며칠 동안 갔다고는 해도 하루에 걸을 만큼의 거리를 간 것이 아니라 조금 가다가는 묵고 또 묵으면서 가야 했다. 피란 행렬이 자꾸 막혔기 때문이었다. 군인들이 작전을 하기 때문이라고도 했고 다리가 끊겨서 먼 길로 우회해 가기 때문에 길이 막힌다고만 했지만 모두 다 과장된 소문이거나 그때그때 자연발생적으로 생겨난 거짓말이기가 십상인 것들이었다. 그럴 때마다 피란민들은 우왕좌왕해야 했다. 고향으로 다시 돌아가자는 사람도 있었고 산을 타고 넘어서 곧바로 대구나 부산으로 남하하자는 사람도 있었지만 누구 하나 나서서 어느 한쪽으로 피란민을 이끄는 지도자 노릇을 하는 사람은 없었다.

그러던 어느 날 아침이었다. 남쪽에서 피란 행렬을 헤치고 지프차가 하나 피란민들을 밀치듯이 달려왔다. 지프차 위의 병정이 욕을 하며 소리소리 질렀다.

"길이 막혔소! 앞으로 갈 생각 말고 빨리 피하시오! 말 안 들으면 즉결 처분이오!"

"다리가 끊겼단 말요?"

"적의 특공대가 공격을 해왔소, 씨팔, 여기서 전투가 벌어질지 모르니 빨리 국도에서 도망쳐! 빨리빨리!"

피란민들은 이 말을 듣자마자 저주를 받아서 뼈와 살이 한꺼번에 문드러지는 듯했다. 비행기에서 떨어뜨리는 것만이 폭탄이 아니라 병정의 말 한마디가 그대로 보이지 않는 폭탄이 된 듯했다. 피란민들은 서둘러서 국도를 벗어났다. 우리 집도 개울을 따라 조그만 길로 접어들어, 무릎까지 빠지는 눈을 헤치며 한나절을 꼬박 걸어갔다. 산을 하나 넘자 흰 눈에 덮여 잠든 십여 호 남짓 되는 마을이 나타났다. 마을은 텅 비어 있었다. 커다란 살구나무가 바깥마당에 서 있는 집으로 들어갔다.

"남쪽으로 더 내려가다가 죽으나 여기서 죽으나 객지 귀신 되기는 매일반이다."

어머니가 짐을 내려놓으며 말했다. 형들은 마당의 눈을 치우고 땔나무를 주워다가 아궁이에 불을 지폈다. 안방을 차지한 집은 같은 고향에서 피란 온 체장수집 분이네였다.

나는 신을 벗고 마루로 올라섰지만 그 순간 내 발이 문둥이처럼 몽땅 문드러져서 없어진 게 아닌가 하는 생각이 들어 깜짝 놀랐다. 발에 감각이 하나도 없었다. 내가 마루 위에서 똑바로 서지도 못하고 비틀거리며 울고 있으니까 큰형이 나를 번쩍 안고 방으로 들어갔다. 어머니가 나의 언 발을 한참 동안이나 주물러 주었고 그동안 나는 계속해서 울었다.

상내리에서의 피란 생활은 처음에는 불안했지만 며칠 지나지 않아 안정되었다. 마을 사람들은 남쪽 멀리 어딘가의 낯선 마을로 모두 피란을 가고 텅 비어 있던 상내리는 피란민들이 들어서자 겨울잠에서 깨어난 듯 갑자기 생기가 돌았다. 집집마다 굴뚝에서 연기가 피어오르고 눈 덮인 앞산의 나무들도 바람이 불 때마다 가지 수북이 쌓인 눈송이를 떨쳐 뿌리면서 활개를 치는 듯했다. 감나무 가지에 날아와 앉는 까마귀와 까치들도 사람들을 보자 깍깍깍 짖었다. 상내리에 온 지 며칠이 지나자 나는 비로소 칭얼대던 울음을 그칠 수 있었다. 꽁꽁 얼어서 진물이 나던 발도 이제 견딜 만했고, 낯선 동네의 이집 저집을 쏘다니면서 처마끝에 달린 내 키만 한 고드름도 따며 놀았다. 분이네가 가지고 온 체에 새끼줄을 매어 세워놓았다가 마당에 날아오는 참새를 사냥하기도 했다. 참으로 이상한 기분이들었다. 주인도 없는 집에 들어설 때는 모두들 어깨를 움츠리고 쭈뼛쭈뼛했지만 날이 지나갈수록 제집인 양 익숙해졌다.

"살림살이에 손대면 안 된다. 주인도 모르게 들어와서 편히 있는 것만도 천만다행인데 아무쪼록 조심해야 한다."

어머니는 늘 이렇게 말했다. 서까래에 매달린 씨옥수수 타래는 꼭 고향의 우리 집 같은 느낌으로 알알이 속삭여왔고 김장독 간장독도 특유의 김치내와 간장내를 풍기고 있었다. 김장이나 간장을 조금씩 떠다가 먹을 때마다 어머니는 고향 집에 두고 온 우리 집 김장독과 간장독을 생각하는 눈치였다. 우리 고향 마을은 지금쯤 전쟁터가 되어서 온통 불바다가 되었을까. 아니면 뒤늦게 피란을 나온 사람들이 우리 마을까지 왔다가 길이 막혀서 모두들 우리처럼 집집마다에 들어가서 겨우살이를 하고 있는 것일까.

나는 안방에 든 분이네와 한 지붕 밑에서 사는 것도 재미났다. 나보다 한 살 아래인 바보 같은 분이는 내가 저보다 세 살쯤 위인 줄 알고 졸졸 따라다녔다. 형들은 지게를 지고 산으로 가서 땔나무를 해왔다. 피란민끼리의 물물교환이 이루어지는 문경 장터까지 가서 그때그때 필요한 일용품을 사 오기도 했다. 늘 힘들고 불안한 생활이었지만, 여덟 살 난 나는 모든 게 즐거웠다. 식량이 부족하여 밥을 실컷 먹지 못해서 늘 허기가 졌지만 그런 것은 참을 수 있는 일이었다. 여름전쟁 때 폭격을 피하여 인민위원회에서 마을 뒷산에 가설한 임간학교에 다닐 때도 나는 분이보다 노래도 잘 불렀고 말썽을 피우지도 않았다. 분이가 씨옥수수를 구워 먹자고 유혹하거나 씨감자를 구워 먹자고 조를 때도 나는 어머니의 말을 생각하며 착하게 참을 수 있었다. 산 너머에서 이따금 소총 소리가 콩 볶듯 날 때도 있었지만 곧 잠잠해졌다. 마을 앞뒤로 높은 산이 버티고 서 있었으므로 산 너머 멀리 국도 쪽에서 보면 이곳에 조그만 마을이 있어서 피란민들이 집집마다 들어와 사는 줄은 짐작할 수도 없을 것 같았다.

"식량이 다 떨어져가니 큰일이다. 내일부터는 시래기죽을 끓여야겠다."

상내리에 온 지 보름쯤 지나자 어머니가 말했다. 나는 지금도 왜 당시의 기억 가운데서 어머니의 목소리만 가장 크고 확실하게 떠오르는지 그 까닭을 잘 모르고 있다. 형들과 누나도 시끄러울 정도로 말을 많이 했고 또 분이네 아버지와 어머니, 분이 언니 그리고 분이도 떠들어댔고 나도 소리 지르며 뛰어다녔는데, 어머니의 목소리 말고는 분명하게 떠오르는 소리가 없으니, 어머니 혼자만 이야기를 하고 다른 사람은 벙어리 노릇을 한 이상한 무언극을 회상하는 것 같은 기분이 들 때가 많다.

"안 된다. 이 집 주인이 곡식을 어디에다 묻어 놓았을지는 몰라도 거기에 손을 대면 안 된다."

주인이 피란을 떠나면서 감춰 놓았을 곡식을 찾아보자고 어느 형이 말했을 터이지만, 형의 말은 생각이 안 나고, 형을 나무라던 어머니의 말은 지금도 생생하게 떠오른다. 내가 분이와 바깥마당에 있는 키 큰 감나무의 가지에 대롱대롱 달려있는 까치밥으로 남겨놓은 감을 따려고 기다란 장대를 흔들 때 어머니가 호되게 꾸지람하던 목소리가 지금까지 생생하기만 하다.

"안 된다. 날짐승 먹으라고 남겨놓은 것을 따먹으면 벌 받는다."

어머니의 말을 알아듣기라고 했다는 듯 가지 위에서 까치가 깍깍깍 울면서 날아올랐다. 그럴 때마다 가지에 쌓였던 얼음이 된 눈송이들이 후두둑 떨어져 내렸다.

어른들은 언제 전쟁의 위험이 상내리에도 닥칠지 몰라서 불안해하며 보이지 않는 공포의 위협에 눌려 가만가만 숨을 몰아 쉬었지만, 이제 추위와 배고픔에서 어느 정도 해방된 아이들은 낯선 동네로 집단으로 이주해 온 것처럼 설레는 마음으로 마을의 이곳저곳을 들쑤시며 돌아다녔다. 어느 동네에서 온

지도 모르는 낯선 아이들도 많았으므로 우리 고향에서 온 아이들은 그들과 잘 어울려 놀다가도 또 패를 갈라서 장난도 했고 싸움도 했다. 그들이 적군이 되고 우리가 아군이 되어서 눈 덮인 논바닥에서 말타기 놀이도 했고 씨름도 했다. 또 어떤 때는 코피가 터지도록 서로 주먹싸움을 하다 보면 공연히 알지 못할 어떤 근원에서부터 적개심이 타올라서 싸웠으므로, 어른들한테 야단을 맞고서야 하루 전투를 끝내곤 했다. 나는 나이가 어린 편이어서 제대로 싸움의 주역이 되지는 못했으나 적군을 향하여 돌팔매질을 한다거나 우리 마을 아이들을 불러모으는 연락병 노릇은 충분히 해내고 있었다.

우리는 별이다.
우리는 별이 아니다.
너는 빨갱이다.
너는 파랭이다.

우리는 이런 뜻 모를 고함을 지르며 전쟁놀이를 했는데 이 것이 단순한 놀이에서 끝나는 게 아니라, 어떤 날 우리 편이 패배했을 때는 분에 못 이겨 엉엉 울기까지 했다. 우리 편의 열댓 살 된 대장이 코가 먼저 터지거나 대가리가 터져서 피가 흐르면 적군이 승리한 것이 되었는데 매일매일 싸움을 거듭할수록 누가 완전한 승자인지를 판별할 수 없을 만큼 승리 - 패배의

악순환이 반복되고 있었다.

"적군이 상주까지 삼켰대요."

산 너머 국도 쪽으로 나갔다가 돌아온 분이 아버지가 말했을 때 피란민들은 어쩔 줄을 몰라 했다.

"그러면 우리가 지금 적군 점령지 안에 갇혀 있는 게 아니겠수? 죽을 고생하며 왔는데 이게 무슨 꼬락서니요?"

"그나저나 목숨 부지할 궁리나 합시다."

"원 이런 낭패가 있나……."

어른들은 한숨을 푹푹 내쉬었고 아이들은 걱정 근심되는 일이 무엇인지를 모르는 채 어른들을 따라 눈만 말똥말똥하면서 입을 꼭 다물고 있을 뿐이었다. 나는 그때 상내리에서 맛본 평화로움이 보이지 않게 무너지고 있다는 것을 어렴풋이 느낄 수 있었다. 여덟 살 나이에 평화로움이 무너짐을 느낀다는 말을 하면 뒤통수나 쥐어박힐 일이겠지만, 나만 그랬는지 내 또래의 아이들이나 분이도 그랬는지 모르나, 나는 그때부터 뭔지는 확실하게 모르지만 어떤 일에 대한 막연한 예감을 어른들보다도 더 먼저 느끼고 있었다. 저절로 배고픔을 느끼고 또 졸음이 와서 하품이 나오고 눈까풀이 감기는 것처럼 어떤 알지 못할 기운이 나한테 엄습해 와서 어린 내가 표현할 수도 없는 이상하고 복잡한 느낌을 전해주는 것이었다.

"무서운 병정들이 쳐들어오겠네."

그래서 나는 아마도 그때 그렇게 말했을 것이다. 그러나 내 말이 꼭 이랬는지 어땠는지는 기억이 안 나지만 어머니가 내 대가리를 탁 때리며 말했던 단호한 목소리는 기억이 난다

"주둥이 다물어라. 아무 걱정 없다."

하지만 불행하게도 어머니의 단호한 말보다는 내가 느끼고 있던 예감이 바로 그날 밤에 적중하리라고는 나 자신도 물론 몰랐다. 그날 새벽의 어둠 속에서 낯선 병정들이 잠든 우리 식구들을 깨웠을 때 그들이 무섭다는 생각보다도 내가 은연중에 느끼고 있던 상상이 정말로 실현되었다는 사실이 더 무서웠다.

낯선 병정들은 옷차림으로 보아 적군인지 아군인지 분간할 수도 없었다. 방한모를 쓰고 두툼하기는 해도 다 헐어서 솜이 삐죽삐죽 나오는 방한복 차림이었다.

"배가 고파서 죽을 지경이오. 빨리 밥 좀 지어주소."

그들은 우리를 깨우자마자 이렇게 큰 소리로 말했다. 어머니와 분이 어머니가 함께 부엌으로 나갔다. 형들도 뒤따라 나가서 가마솥 아궁이에 불을 지폈다. 잠이 다 달아난 나는 이불을 뒤집어쓴 채 방 한구석에 앉아서 병정들을 빤히 바라보았다. 그들이 벽에 기대어 세워놓은 내 키보다도 기다란 총이 차가운 바람을 내뿜고 있었다. 나는 그들이 적군인지 아군인지 물어보고 싶어서 침을 꿀꺽 삼켰다. 그러나 나의 이러한 탐욕적인 질문을 표현해낼 수 있는 어떤 말도 생각나지 않았다. 그리고 또 나는 적군이 무슨 뜻이고 아군이 무슨 뜻인지도 모르는 여덟 살 난 아이였지만, 어른들이 늘 말하는 적군과 아군이라

는 적대적인 구분을 나도 능숙하게 할 수 있다는 엉뚱한 생각에 사로잡혀 있었다.

여름전쟁 때 폭격을 피하느라고 학교 뒷산의 소나무 숲에서 열리곤 했던 인민위원회의 임간학교에는 가끔 어깨에 붉은 별을 단 병정들이 와서 군가를 가르치기도 했었는데, 그때는 몰랐지만, 가을이 되어 그들이 적군이라는 사실을 알고 몸을 으스스 떨었다. 철모를 쓰고 국방색 군복을 입은 병정들이 마을로 들어왔을 때도 나는 그들이 아군인지 적군인지 알 수 없었지만 마을 사람들이 만세를 부르고 깃발을 만들어 흔드는 것을 보고서야 그들은 우리를 보호하는 아군이라는 사실을 알고는 정말 싱거운 생각이 들었다. 도대체 어른들은 병정을 보자마자 대뜸 아군인지 적군인지를 판별해내는 능력이 있는 것까지야 나쁘다고는 할 수 없지만, 인민군이 왔을 때는 붉은 별을 그린 붉은 깃발을 흔들며 노래를 부르고 국방군이 들어왔을 때는 다른 깃발을 꺼내 들고 노래를 부르는 것을 보면 그들의 뛰어난 판별력도 내 눈에는 우스꽝스럽기만 할 뿐이었다.

여름전쟁이 끝나고 학교는 뒤늦게 문을 열었지만 전쟁통이어서 지난 학기에 제대로 공부를 한 것도 아니었다. 그 당시는 새 학년이 가을부터 시작되었으므로 나는 이미 여름에 임간학교 1학년에 다니다가 다시 초등학교에 11월이 다 돼서 입학을 했는데 책도 공책도 없이 그저 한나절 노래나 부르다가 오곤 하였다.

가장 중요한 행사는 입영 소집을 받아 떠나는 청년들을 환송하는 일이었다. 면사무소 앞 국기 게양대 아래에서 며칠마다 열리는 입영 장정 환송식은 군대에 가는 아들의 손을 붙잡고 눈물을 흘리는 부모들을 빼고는 모두들 축제 같은 기분에 들떠 있었다. 어른들은 징과 꽹과리를 치고 어떤 때는 돼지도 한 마리 잡아서 술을 마셨는데 아이들도 목청을 뽑아 노래를 부르고 나면 돼지고기 몇 점을 얻어먹을 수 있었다. 물론 그때 부르는 노래는 여름전쟁 때 임간학교에서 불렀던 노래는 아니었다. 지금 잘 생각나지는 않지만 부르는 노래는 그 내용이 정반대였고 그래서 아이들은 더 신이 나서 극적 효과를 만끽할 수 있었는지도 모른다.

　'아무개 장군 위대한 장군'이라고 한 달 전에 소리 높여 부르던 나는 면사무소 국기 게양대 아래에 내 또래의 아이들과 줄을 맞추어 서서 '아무개 장군 똥장군 아무개 장군 똥장군' 하면서 악을 쓰곤 했으니, 그렇지 않아도 어른들이 시키는 일은 꼭 반대로 하면서 말썽을 피우는 것만이 유일한 존재의 표현 방식이던 나에게 있어서 아주 안성맞춤의 극적인 무대가 되는 것이었다. 어떤 때 집에 돌아오면서 친구들과 여름에 배운 노래를 힘차게 부르다가 마을 어른한테 호되게 야단을 맞은 일이 있었다. 우리들이 이렇게 이쪽 노래 저쪽 노래 번갈아 부르며 뛰어다녀도 저격병이 총을 쏘거나 경찰이 수갑을 채워서 붙잡아 가는 것은 물론 아니었다.

낯선 병정들이 밥을 기다리며 자기들끼리 이야기를 하고 있었지만 내가 알아들을 수 있는 말은 하나도 없었다.

나는 이제 잠도 다 깨었다. 얼마 있으면 아침 해가 뜨려는지 문도 환하게 밝아와서 등잔불을 꺼도 방은 그렇게 어둡지 않을 것 같았다.

"아저씨, 별이 좋아요? 나빠요?"

나는 드디어 그들을 판별해낼 질문의 방식을 찾았다는 생각으로 이렇게 물었다.

"뭐?"

병정들은 이야기를 뚝 그치고, 방구석에 웅크리고 앉은 나를 쏘아보았다. 나는 그들의 눈빛이 세워놓은 총에서 뿜어져 나오는 찬바람 같다는 생각이 들어서 겁이 더럭 났다.

"쪼그만 놈이 별것을 다 묻는구나. 싫다. 별도 달도 해도 다 싫다."

그들은 불쌍하게도 내 말의 뜻을 알아차릴 수 없는 모양이었다. 나는 조바심이 났다. 별을 그린 깃발과 태극을 그린 깃발을 지난여름부터 가을까지 많이도 그렸던 나는 이렇게 말하면 자기들이 별인지 아닌지를 분명하게 말해주리라고 확신했었는데, 엉뚱하게도 별도 달도 해도 다 싫다니, 하늘에 있는 것은 다 싫다니 참으로 모를 일이었다. 병정들이 별이면 나는 별이 되고, 병정들이 별이 아니면 나도 별이 안 되어서, 병정들과 같은 편이 되어 밥을 한 숟가락이라도 얻어먹을 수 있겠는데, 둘다 싫다니 밥 얻어먹기는 틀렸다는 생각이 들 뿐이었다.

어머니가 밥상을 들고 들어오자 병정들은 나한데 먹으라는 소리도 하지 않고 저희들끼리 단숨에 허겁지겁 먹기 시작했다. 그들이 밥을 먹는 동안에 어머니와 형들은 윗목에 쭈그리고 앉아서 말 한마디 하지 않은 채 내가 자꾸 침을 꼴깍꼴깍 삼키는 것을 보고는 눈을 부릅뜨곤 하였다. 나는 배가 고파서 배에서 쪼르륵 소리가 났다. 그들이 오지 않았으면 그냥 잠을 자고 있었을 테니까 배가 고프지 않았을 것이었다. 나는 오랜만에 울음보가 터져서 크게 울었다.

"나도 밥 줘!"

나는 어머니한데 떼를 썼다. 어머니가 내 말을 듣고 놀라서 나를 꼬집으며 말했다.

"밥은 무슨 밥? 자빠져서 더 자지 않고 왜 떼를 써!"

내가 밥 달라고 우는 바람에 병정들은 숟가락질을 잠시 멈추고 어머니와 나를 쳐다보았다. 창밖이 점점 환해졌으므로 등잔불의 불빛이 빛을 잃고 있었다. 회색의 어둠, 회색의 밝음 속에서 병정들이 얼굴을 찡그리는 모습이 보였다. 나는 무서워서 울음을 삼키고 훌쩍대면서 그들의 모습을 바라보았다.

"너는 별이 좋으냐, 싫으냐?"

그들 중의 하나가 먹다가 남은 밥사발을 내 앞으로 밀어주면서 말했다. 나는 아무런 대꾸도 할 수 없었다. 조금 전에 내가 그들에게 물었을 때 그들도 대답을 못 하던 것을 나한테 묻다니, 나는 내가 어느 편이라고 대답해야 좋을지 몰랐다. 공연히 어느 편이라고 했다가는 금방 즉결처분을 당할지도 모른다는 무서운 생각이 들었다. 여덟 살 된 내가 따뜻한 아랫목과 어머니의 품을 벗어나서 빙판으로 된 피란길을 눈보라를 헤치며 걸어오는 동안 나도 모르는 사이에 체득하게 된 눈치로 짐작하면, 그런 위험한 질문을 낯선 사람한테 받았을 때는, 이도 저도 아닌 태도로 그냥저냥 넘겨버려야지, 공연히 어느 한쪽을 대뜸 내세우면 큰코다친다는 것을 알고 있었다.

여름전쟁의 막바지에 적군이 북으로 밀려나고 다시 면사무소의 직원이 돌아오고 경찰서의 순경이 돌아온 다음에도 마을 사람 하나가 저녁 무렵 재를 넘는 병정을 만나서 노래를 부르며 환영했다가 그 자리에서 총을 맞은 일도 있었으므로, 공연히 지레짐작으로 별이다 아니다를 떠들었다가는 큰일 난다는 것을 알고 있었다. 나는 병정이 내 앞으로 밀어놓은 밥사발을 겁에 질려서 도로 그 앞으로 옮겨놓았다.

"먹어라. 아무 편도 아닌 너 같은 놈은 양껏 먹을 자유가 있다."

병정은 내 등을 두드리며 웃었다. 나는 눈물이 쏟아졌다. 아까는 나를 시험하느라고 먹으라고 하는 표정이었지만 이번에는 정말로 먹어도 좋다는 허락을 내려준다는 것을 느낄 수 있었다.

"고맙소."

어머니가 나의 생각을 확인하듯 병정에게 말했다. 나는 허겁지겁 밥을 먹었다. 그때 병정들이 어머니한테 무슨 말을 하고 있었지만 나는 밥을 먹느라고 아무 소리도 귀담아듣지 못했다. 밥을 다 먹는데 1분이 걸렸는지 10분이 걸렸는지 아니면 밥알 하나라도 다 핥아서 먹느라고 더 오랜 시간이 걸렸는지 나는 정확히 알 수가 없었다. 시간에 대한 어떤 개념을 내가 파악할 수 없는 나이였지만, 밥을 먹는 행복한 시간이 순식간에 사라져버린 것 같은 기억은 나니까 정말 나는 순식간에 밥을 먹어치웠을 것이다.

"우리 아들은 나이도 어리고 몸도 약하다오. 제발 뭐든지 줄 테니 사정 좀 봐주시오."

어머니가 울면서 이렇게 말하는 것이 비로소 들렸다. 나는 어머니의 얼굴을 쳐다보았다. 목구멍으로 넘어간 밥은 기분 좋게 소화되면서 온몸에 나른한 졸음을 가져오고 있었지만, 내가 밥을 먹는 사이에 무슨 일이 일어났길래 어머니가 저렇게 울면서 사정을 하는 것인지 나는 겁이 더럭 났고 어머니의 울음소리가 나를 울도록 만들었으므로 나는 또 울기 시작했다. 한참 울다가 얼굴을 쳐들고 보니 이미 병정들은 큰형을 데리고 방을 나서고 있었다.

"내 아들은 아무것도 모르오. 우리는 누구 편도 아니오. 우리는 잘못한 게 없소."

어머니가 큰형의 팔을 붙들며 병정에게 사정을 했지만 그들은 들은 체도 않고 큰형을 데리고 마당으로 내려섰다.

"우리도 마찬가지요. 죄 지은 것도 없다오. 지금 쫓겨서 북쪽으로 달아나고 있을 뿐이오. 살기 위해서요."

병정들이 어머니를 떠밀며 말했다. 환해질 대로 환해진 마당에서 큰형은 병정들한테 끌려가면서 어머니에게 오히려 걱정 말라는 얼굴을 했다.

"충주까지만 갔다가 바로 보내준대요. 꼭 돌아올 테니 동생들 데리고 여기 꼼짝 말고 있어요."

그러나 어머니는 그때 이미 큰형이 곧 돌아오지 않는다는 것을 알고 있었을까. 병정들이 사립문으로 나가는 것을 막으면서 다시 사정을 했다.

"꼭 보내주시오, 천지신명께서 다 보고 계시오. 우리 아들은 아무것도 모르오. 짐만 지고 간다는 약속을 꼭 지키오. 걔는 총을 만져본 적도 없소."

병정들은 큰형과 함께 마을을 벗어났다. 나는 그날 이른 아침에는 자세히 몰랐지만, 그들은 이미 전투에서 패배하여 본부대를 잃고 무턱대고 북쪽으로 달아나고 있는 병정이라는 사실과 탄약과 식량을 운반시키기 위하여 우리 집 큰형을 붙잡아 갔다는 것을 나중에 알게 되었다. 병정들은 어머니한테 약속했다. 충주까지만 짐을 운반시키고 되돌려 보낼 테니 아무 걱정 말라고 했다. 그들은 이미 전쟁을 하러 떠나는 병정이라기보다는 전쟁터를 멀리하고 무서움에 떨며 도망가는 무리에 더 가까워 보였다. 병정이라기보다는 총을 든 피란민같이 보였다.

이런 일이 있고부터는 상내리에서의 우리 집 피란 생활은 참으로 불행해지기 시작하였다. 일찍 아버지를 여의고 홀어머니 슬하에서 자란 우리 집 형제들은 언제나 큰형의 보호 아래서 가난하지만 불행하지는 않은 가정을 이루며 살아오고 있었는데 갑자기 불어닥친 큰형의 부재는 모든 것을 불안하고 초조하게 만들어서 갑자기 우리 집은 상내리에서 가장 불쌍한 집이 되었다. 큰형이 그해 겨울 막 스무 살이 되었으니까 만으로 치면 열여덟 살밖에 안 된 나이였지만 아버지 없이 자라면서 맏이 노릇 하느라고 그랬는지 모든 일에서 어머니를 보호하고 동생들을 보호해 주었는데 막상 큰형이 없어지고 보니, 피란민끼리 서로 이해득실에 따라 불공평한 처우가 생길 때 누가 나서서 당당하게 우리 집의 의사와 권리를 주장할 사람이 없었다.

피란 생활이라고 해도 그것도 사회 구성원으로서 임무와 책임이 있어야 했다. 문경 장터까지 위험을 무릅쓰고 가서 필요한 생활품을 구해 오는 당번도 집집마다 돌아가며 맡아야 했는데, 그럴 때마다 우리 집은 나설 사람이 없었다. 몇 번 그렇게 되다 보니까 우리 집은 석유도 소금도 바닥이 났다. 같은 고향에서 피란 온 사람들이 처음에는 그렇지 않다가 얼마가 지나자 서로 제 집 제 식구만 알았지 우리 집은 거들떠보지도 않아서 모든 피란민들한테 따돌림을 받는 신세가 되었다.

그해 겨울 상내리에는 하루도 빠지지 않고 눈이 내린 것 같은 기억이 난다. 지붕 위에 눈이 너무 많이 쌓여서 초가지붕이 무너앉을지도 모른다는 위기의식에서 지붕 위에 올라가 눈을 쓸어내릴 지경이었으니, 피란민들의 고생이 혹심했고, 땔나무를 구할 수도 없게 되어서, 콩깍지나 짚을 삶아 먹이던 우리 집의 황소가 어느 날 갑자기 피란민들에 의하여 죽임을 당하는 사태가 일어나게 되었다.

불을 안 땐 냉방에서 자면서도 황소의 먹이만은 확보하고 있던 우리 집이었는데 피란민들이 소가 중한가 사람이 중한가 하면서 소를 때려죽이고는 우리 집에 마련해 놓았던 짚과 콩깍지를 모두 빼앗아가 버린 것이었다. 그렇게 되자 우리 집의 황소는 각이 뜨여서 상내리에서 피란살이 하는 사람들의 뱃속으로 들어가 버렸고, 원래 목적은 땔감이 아니라 황소 고기였다는 듯 며칠 동안은 우리 집이 받던 따돌림도 한결 누그러졌었다. 그러나 나는 그때 몇 점 얻어먹은 쇠고기가 맛은 있었지만, 어머니는 큰형의 불행이 겹쳐서 며칠을 몸져 누우면서까지 황소를 잃은 슬픔에서 벗어나지 못했다. 농사를 짓는 데 있어서 황소가 차지하는 몫은 이루 말할 수 없는 것이었다. 그런데 황소가 그 먹이를 피란민들의 땔감으로 헌납하고 목숨마저 빼앗겼다는 사실은 앞으로 닥칠 우리 집의 불행을 말해주는 것이었다.

열흘이 지나도 보름이 지나도 큰형은 돌아오지 않았다. 식량도 완전히 바닥이 났다. 큰형만 있었더라면 다른 집처럼 문경 읍에 나가서 피란민 장터에서 무슨 일이라도 해서 한 됫박의 식량을 구해올 수 있겠지만, 큰형이 없는 우리 집은 피란지에 서 일어나는 크고 작은 돈벌이 – 땔나무를 해다가 곡식과 바꾼 다거나 옷가지를 내다 판다든가 하는 일에 참여할 수가 없는 형편이었다. 누나와 내가 눈 덮인 논두렁이나 밭두렁에서 아직 싹도 트지 않은 냉이 뿌리를 캐어 오기도 했다.

"더 있다가는 굶어 죽겠다. 고향에 가서 죽는 수밖에 없다."

어머니가 이렇게 말한 이튿날 정말 이제는 고향으로 떠날 수 밖에 없는 일이 일어났다. 상내리 원주민들이 돌아온 것이었 다. 남쪽 어딘가까지 밀려가서 피란 생활을 하다가 고향을 다 시 찾아온 그들은 자기들의 집에 낯선 피란민들이 살고 있는 것을 보고는 당혹한 얼굴을 했지만 서로서로 남의 집에 허락 도 없이 들어와서 살게 되는 전쟁의 생활양식을 다 알고 있다 는 듯, 그동안 고생이 얼마나 심했느냐면서 서로 위로를 하기 까지 했다. 상내리 사람들 특히 우리들이 들어앉은 집의 주인 할머니는 천장에 달아놓은 씨옥수수나 김장독이 그대로 보존 돼 있는 모습을 보면서 나를 마치 자기의 친손자나 되는 듯, 머 리를 쓰다듬어 주기도 했다.

분이네가 안방을 비워주고 우리가 있는 건넌방으로 왔고 주 인이 안방을 차지했다. 주인 할머니는 숨겨놓았던 식량을 꺼내 어 밥을 푸짐하게 짓게 했다. 헛간 바닥을 삽으로 파자 거기에 큰 항아리가 묻혀 있었는데 곡식이 가득 들어 있었다. 원주민들이 돌아오자 여기저기 땅속 깊이에서 곡식이 나왔다.

"할머니는 어느 편이세요?"

나는 할머니를 졸졸 따라다니면서 어리광을 떨었다. 할머니는 마음씨가 좋아서 우리 집 식구 먹으라고 쌀도 듬뿍 퍼다가 주었다.

"이 할머니는 하느님 편이다."

"하느님 편이라구요?

나는 할머니의 말을 이해할 수 없었다. 적군이면 적군, 아군이면 아군, 이렇게 분명하게 말을 해야지 이도 저도 아니게 하느님 편이라니 하느님도 편을 짜서 전쟁을 하는 것일까. 별이면 별, 별이 아니면 안 별, 이렇게 말해야 되는 것인데, 지난번에 큰형을 데리고 간 낯선 병정들조차도 분명하게 말을 못 하는 것을 보면 어른들은 자기가 어느 편인지도 모르면서 서로 총을 쏘고 사람을 죽이고 그러다가는 뿔뿔이 흩어져서 도망을 다닌단 말일까. 나는 참으로 알 수 없었다.

그러나 할머니의 말을 어렴풋이 이해한 것은 그날 밤 어머니의 말을 듣고 나서였다.

"큰아들은 여름에 의용군으로 나가서 아직 소식이 없고 작은아들은 이번에 국방군으로 나갔단다. 그러니 전쟁터에서 서로 형제를 몰라보고 총질을 할 수도 있을 것 아니냐. 정말 하느님만이 아실 수 있는 일이다."

어머니의 말을 듣고 할머니의 마음을 이해했다고 하는 것은 그로부터 사십 년이 지난 지금에 와서 내가 재구성하는 논리에 힘입은 것이지만, 당시의 여덟 살 나이의 나로서는 할머니의 마음도 어머니의 말도 이해할 수 있는 힘이 있을 수 없었다. 누적되어온 기아에 시달리고 있었기 때문에 그때의 어린 나에게는 밥을 주고 눈물을 닦아주는 사람만이 고마운 우리 편이었을 텐데도 또 한편으로는 어른들을 흉내 내면서 아이들끼리 적군과 아군으로 갈리어 편싸움을 즐기고 있었다는 점을 생각해 볼 때 참으로 기막힌 느낌을 지울 수가 없다.

원주민들이 돌아오고 나자 그들이 숨겨 놓았던 식량을 나누어 주는 바람에 피란민들은 때아닌 풍요로움을 즐기게 되었지만, 이 풍요함은 그러나 상내리를 떠나 고향으로 돌아가는 또 다른 고행의 출발을 의미하는 것이었다. 피란민들은 서로 약속이나 한 듯 피란짐을 다시 싸기 시작하였다. 그러나 막상 어느 날 출발해야 될지 단안을 내릴 수가 없었다. 봄이 가까웠다고는 해도 아직도 엄동설한이었다. 곧바로 고향까지 갈 수 있을지 가다가 또 길이 막혀서 추운 길거리에서 어떤 일을 당할지 아무도 모르는 일이었다. 그러나 어머니의 마음은 이러한 불안과는 다른 것이었다. 큰형이 돌아오지 않은 상태에서 상내리를 떠난다는 것은 맏이를 피란지에서 포기하고 마는 가장 혹독한 비극이 아닐 수 없었다.

"먼저 고향에 가 있는지도 모르오."

"그렇소, 적군들이 원주까지 도망을 쳤대요."

어머니를 위로하느라고 사람들이 이렇게 말했지만 어머니는 피란살이 마지막 날 밤에도 한숨도 자지 않고 큰형이 돌아오는 인기척을 기다렸다. 나는 집주인 할머니한테 찰싹 달라붙어 누룽지도 얻어먹으면서 행복하게 지냈지만 어머니의 불행은 점점 부피가 늘어나서 하늘과 땅을 다 채우는 것 같았다. 그때는 물론 어머니의 불행이 얼마큼 큰 것인지 나는 알 수 없었지만, 그 후 삼십 년이 넘도록 큰형을 기다리다가 몇 년 전에 그 긴 기다림의 비극을 마감하고 눈을 감으신 어머니를 이별하면서, 나는 비로소 어머니의 그 크고 긴 기다림의 불행이 하늘과 땅을 다 채우고도 남을 만했다는 것을 알 수 있었다.

아니 알 수 있다고 말하는 것은 나에게 있어서는 분에 넘치는 말이다. 큰 새가 높이 떠서 내려다보는 시야 속에 드러난 그림을 조감도라고 한다. 어머니의 불행은 아무리 큰 새로서도 다 볼 수 없는, 더 커다란 시야 속에서만 그 실재가 드러나는 무한대의 것이다. 남북 교류와 민족 통일의 문제를 다루는 심포지엄이 열려서 쥐뿔같은 이론으로 그 전망과 과제를 떠벌리는 세상에 살고 있으면서, 이제는 그 모습조차 떠올릴 수 없는 큰형에 대해서 오직 망각만으로 대처하고 있는 지금의 뻔뻔스러운 내가 어머니의 그 길고 긴 비극의 실재를 감히 알 수 있다고 말하는 것은 정말 말도 안 된다. 그때의 한국전쟁은 이데올로기의 대리전쟁이었다. 누가 가장 더럽게 총질을 했느냐에 따라 훈장을 받은 전쟁광들이 권력의 기반을 다지는 도구로써 사용하였을 뿐이었다. 전쟁의 뜻도 자기가 어느 편에 속하는지도 모르는 수많은 사람들을 내세워서 서로 죽이게 하였다. 내 개인의 성장이나 가치에는 하등의 관계도 없는 허구였다는 역사 인식도 나의 굶주림과 추위 그리고 한 덩이 밥과 누룽지가 내 생애에 점 찍어 놓은 그 단순하고도 선명한 의미에는 미치지 못한다.

상내리를 떠나는 날 아침에도 눈이 펑펑 쏟아졌다. 집주인 할머니가 따끈따끈한 누룽지를 내 손에 들려주었을 때의 행복감은 고향으로 과연 무사히 돌아갈 수 있을지 어떨지를 몰라서 불안해하는 어른들의 근심 같은 것은 우스워 보일 만큼 소중하기만 했다.

"목숨 잘 부지하시오."

"조심하시오."

마을 원주민들과 피란민들은 인사를 서로 주고받았다. 나는 사립문 밖으로 나오면서 감나무를 발로 툭 찼다. 눈이 쏟아져 내렸다. 고개를 들고 올려다보니까 아직도 가지에는 까치밥이 몇 개 남았는지 까치 몇 마리가 깍깍깍 울면서 날아올랐다.

어머니는 내 손을 꽉 잡고, 큰형이 먼저 가서 군불을 지피고 있을지도 모르는 고향 집을 향하여 머나먼 길을 걷기 시작했다. 어머니가 내 손을 어찌나 꽉 잡았는지 추운 눈보라 속에서도 손바닥은 땀이 함초롬히 났다.

어머니가 그날 아침 걸어간 길은 아무리 큰 새라고 해도 다 볼 수 없는 멀고도 먼 길 – 하늘처럼 높고 높은 시야 속에서나 비로소 드러나 보일 길이었다. 봄이 가까웠다고는 해도 산과 들은 그대로 얼어붙어 있었고 나는 손에 든 누룽지를 한 입 깨물며 어머니를 종종걸음으로 따라갔다.

(문예중앙, 1989)

깊은 산 깊은 나무

> — 꽃도 없는 깊은 나무에 푸른 이끼를 거쳐서
> 옛 탑 위의 고요한 하늘을 스치는 알 수 없는 향기는 누구의 입김입니까.
> 〈만해〉

국립공원 지리산 뱀사골에 있는 D국민학교 분교에서 숭조목종의 하계수련회가 열린 것은 7월 하순 한창 더위가 기승을 떨 때였다. 종친회에서 주최하는 행사였는데 올해가 세 번째 모임이었고 형식은 초행이었다. 아침 일찍 서둘러 무덥고 지겨운 서울을 빠져나왔다. 이따금 서울에서 열리는 종친회의 모임 - 장학 기금을 모으는 장학위원회, 조상의 문집을 번역 발간하는 문헌위원회, 그리고 망년회와 일 년에 한 번 열리는 총회에는 가본 적이 있지만 여름방학 때 개최되는 수련회에는 처음 참가하는 그로서는 서울을 출발할 때부터 마음이 불안하기도 했고 또 은근히 조바심이 나기도 했다.

웬만한 핑계만 있으면 빠지고 싶었지만 종친회 일을 도맡아보고 있는 기명 조카님이 어찌나 도망갈 구멍을 안 주고 옭아매는지 도저히 다른 방도가 없어서 마지못해 참가하게 되었지만, 그것도 〈조상의 얼과 문장〉이라는 제목으로 한 시간 동안 특강을 하게 돼 있기 때문에 불안과 조바심에다가 어깨를 짓누르는 위압감도 느껴야 했다. 조상의 얼과 문장에 대하여 중뿔나게 무얼 안다고 한마디 할 것인가, 평소에 조상이나 가문에 대하여 이렇다 할 존경이나 긍지를 느껴온 것도 아니면서 무슨 수로 그럴싸한 이야기를 할 수 있느냐는 생각만 들 뿐 도무지 명쾌한 궁리가 서지 않았다. 그런데 대전을 지나서 호남고속도로로 접어들면서부터 형식은 이상하게도 마음의 평정을 되찾는 기분이 되었다. 전주-남원-뱀사골로 이어지는 약도를 보면서 운전을 하고 있으려니까, 참석하기 거북한 행사에 참석하러 가는 부담감은 차츰 사라지고, 언젠가는 만나야 할 고향 사람들을 오랜 방랑 끝에 찾아가는 평안한 마음이 일어나는 것이었다.

수련회에 참석하는 사람들이 대부분 청소년 학생들이라는 말을 조카님한테 들었을 때, 그는 대학교수라고 해서 종친회 모임에서까지도 교수 행세를 해야 되는 게 정말 싫었다. 그래서 은근히 꼬리를 빼려고 했었다. 젊은 일가붙이 앞에서 교수입네 하는 것이야말로 참으로 거북하고 제일 하기 싫은 노릇이었다. 도대체 학생 앞에 선 대학교수처럼 우스꽝스런 꼴불견이 요즘 이 세상 어디에 또 있단 말인가. 더군다나 그 해의 1학기 3월부터 종강할 때까지 대학교수의 권위가 얼마나 형편없는 것인가에 대한 세계기록을 세우려는 듯, 당국이나 학생들이나 모두 교수를 향하여 유언무언으로 무차별 공격을 하고 있었다. 방학이 되어서 이제 보신탕이나 먹으면서 정말 그 개 같던 한 학기를 잊으려고 하고 있는데, 동성동본의 젊은 학생들 앞에서 조상의 얼과 문장에 대하여 강연해야 되는 스스로의 모습이 참으로 개떡 같다는 생각이 안 들 수 없었다.

"형식 아저씨, 학술 세미나에 참석한다고 생각하면 되지 않수? 아저씨는 우리 종친회에서 내세우는 인물로, 젊은이들한테 좋은 귀감이 되고 있다는 걸 모르오?"

총무를 맡은 그 조카님은 백발이 성성하였지만 항렬이 하나 아래여서 언제나 형식을 아저씨라고 불렀다. 고리타분한 종친회의 분위기에는 어울리지 않을 만치 그는 현대 감각도 구비하여 세미나라는 말을 즐겨 썼고 술 한잔 마시는 모임도 꼭 무슨 무슨 파티니 무슨 무슨 연회니 하는 말을 썼다.

몇 년 전에 처음으로 학교 연구실로 그 조카님이 찾아왔을 때의 모습이 자주 떠오르곤 하였다. 종친회다 향우회다 하는 모임의 간사나 총무를 맡은 사람들이 그저 놀기 좋아하는 한량으로 연줄 따라서 사람 찾아다니며 술값이나 점심값을 뜯어낸다는 것을 다 묵인하고 있는 세상이었고 그도 마흔 살이 넘으면서는 그러한 관습에 스스로 익숙해져 있었는데, 기명 조카님은 그의 이러한 선입견을 단번에 깨부수었다. 형식이가 차비나 하시라면서 2만 원이 든 봉투를 내어놓자 그는 정색을 하면서 단호하게 사양했었다.

"아저씨, 이러시면 조상님께 벌 받아요. 대학교수로 이름을 날리고 계시는 것만도 우리 문중을 위해서 크나큰 공헌을 하시는 게 아니겠소? 문중의 돈 드는 일은 사업하는 사람들이 다 알아서 하니까 조카님은 그저 천하영재를 교육시키는 일에만 전념하시면 되는 것입니다. 훌륭한 교수가 돼 주시면 그게 바로 문중을 위하는 일이지요."

형식은 그의 말을 듣고 얼굴이 붉어졌다. 그 일이 있은 다음부터 형식은 총무 조카님을 전적으로 존경하였고 종친회에 대하여 소극적이기만 했던 태도도 그로 말미암아 조금씩 달라져 갔다.

대전에서 전주까지는 교통량이 눈에 띄게 줄어들어서 속력을 내어 마음껏 달릴 수 있었다. 한창 피서철이어서 고속도로가 붐비고 있었는데 경부고속도로와 호남고속도로는 눈에 띄게 교통량 차이가 났다. 이런 생각을 하자 픽 웃음이 나왔다. 사람들이 피서를 하는 것도 서울-부산만을 왔다 갔다 하면서 하는 것일까. 지역이 균형 있게 발전하지 않은 것을 바로잡는 것은 한두 해로는 어쩔 수 없는 커다란 국가적 과제라는 생각이 들었고 지난번에 있었던 선거에서 영호남의 지역 문제가 심각하게 논의될 때의 그 악마구리 같았던 모습이 새삼 떠올랐다. 호남고속도로의 썰렁한 풍경, 아스팔트만 폭염 아래 눈부시게 끓어오르는 모습을 바라보면서 시속 백 킬로로 질주해 가면서 그는 문득 적색경보가 내린 위험지구로 들어가는 기분이 잠시 들었다. 일반인들은 아무도 통행할 수 없는 위험지역으로 큰 사명감을 띠고 들어가는 듯한 착각이 일어났다.

그러나 이러한 엉뚱한 느낌은 전주 시내를 벗어나서 남원으로 가는 국도로 접어들자 이내 바뀌었다. 저 강원도나 경상북도의 무지막지한 바위산과는 다르게 남도의 산세는 한창 녹음으로 타오르며 안정과 평화로 어우러져 있었다. 국도 옆으로 흐르는 강물도 맑았다. 숲속에는 피서 나온 사람들이 원색의 차림으로 삼복더위를 식히고 있었다. 강물에서 튜브를 타고 노는 어린아이들은 형식을 향하여 순진하게 손을 흔들기도 하였다.

몇 년 전 수학여행을 인솔할 때 기차를 타고 남원까지 간 적은 있어도 이렇게 직접 운전을 하는 것은 처음이었으므로, 차창 앞에 펼쳐지는 한여름의 풍경은 전혀 낯설게 그러면서도 다정하게 속삭이듯 다가오곤 하였고, 지리산 발치의 조그만 국민학교 분교에서 지금 한창 숭조목종의 수련회를 열고 있을 얼굴도 모르는 일가붙이를 그리워하는 심정이 되었다. 방학이 되면 비밀 과외공부를 하는 중·고교생들이나 유학이나 취직 시험을 위해서 토플 특강을 듣는 많은 대학생들에 비하면 시대착오적일 수밖에 없는 그들이 그리워지는 것이었다.

남원읍을 지나서 뱀사골까지 가는 길은 새로 포장을 하느라고 인부들이 줄을 서다시피 하여 일하고 있었다. 한여름에 웬 도로포장일까 했더니, 성화봉송로를 단장하는 것이었다. 〈세계는 서울로 서울은 세계로〉〈88올림픽 성공시켜 1등 국민 1등 도민〉이라는 플래카드들이 나부꼈고 오륜기와 만국기들이 길가의 코스모스와 어울려 피어났다. 이러한 모습의 국도는 한없이 이어진 공원길 같이도 보였고 유원지 같이도 보여서 순박한 농촌의 평화로운 국도를 무슨 연속극을 찍기 위한 촬영세트로 만들었다는 생각에서 반감을 느끼게 해주었다. 도로 옆에서 화단을 가꾸는 아낙네들이나 새마을운동 모자를 쓰고 나와서 일하는 공무원들이나 중·고등학생들은 그저 무표정할 뿐이었다. 앞으로 한 달 후면 이어질 성화봉송의 퍼레이드 영화를 찍기 위해 일당을 받고 동원된 단역배우 같은 얼굴이었다. 남원-이도령-성춘향으로 이어지는 재래의 연상작용은 성화봉송의 플래카드와 펄럭이는 오륜기에 의하여 여지없이 박살이 나고 말았다.

남원에서 한 시간 가까이 가자 조그만 마을이 나타났다. 종친회에서 보낸 안내장에 표기된 비산리였다. 그는 길옆 가게 앞에 차를 세웠다. 국립공원 입구에 사는 사람들은 누구나 할 것 없이 공원의 입장권을 파는 매표원처럼 현실적이고 약아빠졌다고 느끼고 있었는데 그곳 사람들은 전혀 그런 인상이 아니고 농촌 어디에서나 볼 수 있는 소박한 농민이었다. 그는 뱀사골 들어가는 입구를 확인하고 나서 식당을 찾아 국수 한 그릇을 시켜 먹었다. 그리고 가게에서 담배 한 갑과 캔 맥주를 하나 샀다. 시원한 캔 맥주를 마시면서 천천히 지리산으로 들어가기 시작했다.

산은 깊고도 깊었다. 한참을 달렸는데도 산은 가까이 다가오지 않고 점점 더 멀리 더 높이 물러서는 것 같았다. 〈국립공원 지리산〉이라는 커다란 입간판도 버스표처럼 작게 보였다. 오 가는 관광버스들도 아름드리 나무숲 사이로 난 길 위를 달 릴 때면 한 마리 딱정벌레처럼 조그맣게 보였다. 지리산의 깊 은 골로 들어갈수록 오늘 아침 떠난 서울의 집이 아득하게 잊 혀져 갔고, 지난 학기 내내 학생시위로 일어났던 함성과 최루 탄 속에서 얼룩졌던 마음이 다시 제 빛을 찾고 있었다. 폭풍 이 몰아치는 망망대해에서 헤매다가 비로소 육지를 발견한 조 난어부의 심정이 이런 것일까. 그는 크고 깊은 산세에 압도당 하면서도 오랜만에 자유와 평화 속에 안기고 있다는 안도감이 들었다.

지난 학기의 대학가는 모든 것이 뒤죽박죽이었다. 이 땅의 민주화를 위해서 그토록 희생적인 투쟁을 하던 학생들도 선거 때가 되어서는 영남과 호남을 지지기반으로 하는 두 개의 정 당으로 나뉘어 서로 우격다짐의 싸움을 했고, 교수들도 사소한 문제를 놓고도 서로 패를 나누어 신경전을 벌였다. 이런 북새 통에서는 대학의 전통이나 교수 학생 사이의 인간관계를 존중 하는 사람들은 영락없이 수구적 보수반동으로 몰리기가 십상 이어서, 대학인의 진정한 목소리는 귀를 모으고 들을래야 들을 수 없고 오직 고함과 매도와 욕설만이 판을 쳤다. 교수연구실 의 집기를 불태우고 교학과를 파괴하고 대학설립자의 동상을 훼손하는 과격한 행동이 기승을 떨어도 누구 하나 그것을 말린다거나 부당성을 지적하는 사람도 없었다.

지나간 것은 모두 악이고, 오직 현재 살고 있으면서 전술적으로 어느 한쪽에 붙어서 그쪽의 이익을 소리 높여 주장하는 것만이 행동하는 지성인 듯 판을 쳤다. 일제 때 고등문관시험에 합격하여 경찰서장을 했던 사람의 아들이거나 자유당 정권 때 요직에 있던 사람 또는 가깝게는 유신독재의 당위성을 못박는 세미나에 자주 참석하거나 정부 각 부처의 자문위원을 하면서 남이 안 보는 데서 몰래 열매나 따먹었던 사람일수록, 학생들의 주장을 앞장서서 부추기거나 묵시적 동조의 태도를 취하는 듯했다.

백묵 한 자루에 일생을 걸고 조용히 연구실에 묻혀 사는 교수들은 현실과 유리되고 역사의식이 결여된 식물인간 취급을 받고, 백묵보다는 마이크, 마이크보다는 몽둥이를 잡고 있는 사람들만이 득세를 하는 판이었다. 대학인의 정신을 백묵 한 자루에 의지하여 스스로 구현하고 있다고 자부하던 형식은 이러한 흙탕물 속에서 허우적대면서 이쪽도 저쪽도 아닌 홀로만이 꿈꾸는 자유의 지평을 향하여 만신창이가 된 채 학기 내내 간신히 기어가고 있던 꼴이었다.

분교는 도로 오른편으로 다리를 건너서 언덕받이에 자리 잡고 있었다. '숭조목종 하계수련회'라는 광목 플래카드가 정문 위에 걸려져 있었고 조그만 운동장에는 텐트가 여럿 쳐져 있었다. 다리를 건너서 차를 세우고 〈본부〉라고 쓰여진 교실로 들어가자. 기명 조카님이 모시 적삼 차림으로 반색을 하며 마주 나왔다.

"아저씨 어서 오시오. 어제부터 다들 목 빠지게 기다리고 있어요."

수련회는 그 전날부터 시작하여 다음 날까지 2박 3일 일정이었는데 형식은 마지막 날에 특강을 하기로 돼 있었다.

"조카님, 수고가 얼마나 많으십니까? 남의 집안 행사에 오듯 이렇게 늦게 와서 정말 면목 없습니다."

형식은 머리부터 숙이며 이렇게 말했다. 책상 걸상이 다 치워져 있는 교실 마룻바닥에는 노인들이 열댓 분 앉아서 부채질을 하며 장기를 두고 있었다.

"옆 교실에서 수련회를 하고 있어요. 다들 열심이지요."

조카님이 이렇게 말하며 교실에 있던 노인들에게 형식을 소개하였다.

"이분이 바로 G대학교 교수로 있는 형식 박사올시다. 우리나라 역사학계의 태두요."

그는 얼굴이 홍당무가 됐다. 조카님이 소개하는 대로 그는 엎드려 머리를 숙였다. 이렇게 일가들이 모이면 항렬에 따라서 할아버지도 됐다가 또 아저씨도 되고 또 조카도 되고, 1:1의 인간관계가 항렬에 따라 요술처럼 변하는 것이었다.

"박사님이 내 증손자뻘이구만, 에헴."

부채질을 요란스럽게 하면서 대머리 노인이 말했다.

"형식 할아버지 존함은 익히 들었소만 이렇게 만나니 영광
스럽소."

더운 날씨인데도 넥타이 차림의 신사가 이렇게 말하자, 총무
가 끼어들면서 한마디 했다.

"남원 중학교 교감입니다. 두 분 다 천하영재를 모아서 가르
치니 옛 성현 말씀대로 최고의 낙을 누리고 있는 것입죠."

수련회에 이렇게 여러 명의 노인들도 참석했다는 것은 뜻밖
이었다. 형식은 그들과 모두 인사를 했지만 항렬이 어떻게 되
는지 모두 기억할 수 없으므로 그저 누구한테나 네네 하면서
예를 갖추는 수밖에 없었다. 형식은 총무가 안내하는 대로 수
련회를 하고 있는 옆 교실로 따라갔다. 마흔 명 안팎의 젊은이
들이 교실 마룻바닥에 앉아 강사의 이야기를 듣고 있었다.

"우리 문중 가계에 대해서 강의를 하는 겁니다. 고려는 물론
이고 조선 중엽 때까지를 통틀어서 우리 집안처럼 큰 벼슬을
많이 한 집안은 없어요. 그러니까 자연히 여러 파가 있는 겁니
다."

총무의 말을 듣고 보니 칠판에는 나도 눈에 익은 만취공파,
감찰공파, 묵재공파 등의 글씨가 큼직하게 쓰여 있었다. 형식
이가 낭하에 서서 교실을 들여다보자 강의하는 사람도 목례를
했고 마룻바닥에 앉은 젊은이들도 고개를 돌렸다. 러닝셔츠에
반바지 차림도 있었고 교련복 차림도 있었다.

"대학생도 있겠군요?"

"물론이죠. 중학생, 고등학생. 대학생, 모두 다 있지요."

지리산 입구에서부터 까맣게 망각의 과거 속으로 사라져 갔던 서울의 대학생들이 생각났다. 무서운 질풍노도와 같은 함성과 붉은 글씨로 민중정권수립, 남북통일쟁취, 독재정권타도, 어용재벌타도, 기성세대퇴진 등을 쓴 머리띠를 두르고 캠퍼스를 누비는 모습이 눈앞에 퍼뜩 떠올랐다. 국민학생들의 미술작품이 교실 벽에 가지런히 전시되어 있고 막대그래프와 우리나라 지도와 세계 지도가 붙어있는 분교에서, 숭조목종의 수련회에 참가하고 있는 젊은이 가운데 대학생도 있다는 말을 듣자 형식은 이상한 기분이 들었다. 보나 마나 그들도 대학 캠퍼스에서는 머리띠를 두르고 이 세상의 온갖 비리와 부정을 척결하자고 외쳤을 것이며 기성세대의 각성과 퇴진을 부르짖었을 것이었다.

형식은 총무와 함께 다시 본부 사무실이 있는 교실로 돌아왔다. 곧이어 술상이 들어왔다. 술상 위에는 갓 삶아낸 뜨끈뜨끈한 돼지고기와 풋김치가 놓여 있었다.

"박사님, 한잔하시오."

"예, 제가 먼저 올리지요."

그러나 형식의 고집을 꺾고 남원중학교 교감이 먼저 술을 따랐다. 잔의 반은 거품이 일 정도로 미지근한 맥주였다.

"역사학계의 태두를 모시고 한 잔씩 합시다요."

돋보기를 벗으며 백발의 노인이 건배를 제의했다.

"말씀 낮추십시오. 태두는커녕 저는 아직 좁쌀도 못되는 미미한 존재 올습니다."

형식은 잔을 들어서 인사를 표하고 단숨에 마셨다. 취기가 좀 오르는 게 좋겠다는 생각이 들었다. 교실 밖 뒷마당에서 화덕 위에 가마솥을 걸고 아낙네 몇이서 땀을 흘리며 일을 하고 있는 모습이 보였다.

"전주 남원에 사는 족형들께서 부인들을 데리고 왔다오. 돼지도 두 마리나 들어왔고 수박도 봉고차로 들어왔어요. 아마 우리 집안처럼 조상 숭배 잘하고 문중 일에 헌신적인 데는 없을 것이요."

"그나저나 우리 집안에서도 빨리 은행장도 나오고 장차관도 많이 나와야 하지 않겠소? 그래야만 문중이 힘을 쏠 텐데 말이요."

"그것 다 쓸데없는 짓이오. 아, 얼마 전까지도 세도가 당당하던 사람들 요즘 패가망신하는 것 못 봤소? 그저 조상님한테 물려받은 뼈대나 잘 지키면서 사는 게 좋수."

"다른 집안이야 조선말에 세도정치에 빌붙어서 정승판서 하는 바람에 후손에게 재산도 물려주었고, 또 왜정 때는 중인들이 남 먼저 개화 교육을 받고 그놈들 자식들이 높은 자리 차지하는 바람에, 양반 뼈대만을 숭상하는 우리 집안은 세도가 약해졌지만 그까짓 부귀영화가 다 뭐요?"

노인들의 이야기는 끝없이 이어질 모양이었다. 형식은 취기가 오르자 밖으로 나왔다.

막 수업이 끝났는지 옆 교실에서 젊은이들이 우르르 쏟아져 나왔다. 강의를 하던 사람이 땀을 씻으며 형식에게 다가왔다. 형식보다 나이가 댓 살은 아래로 보였다.

"이렇게 먼 길까지 오셔서 감사합니다."

형식이가 목례를 하며 머뭇거리자 그는 또 고개를 숙였다.

"명자 항렬입니다. 박사님이 아저씨뻘이지요."

"예, 조카님. 우리 가문 족보가 워낙 복잡하여 저는 도무지 가계를 잘 알지도 못합니다."

"원, 별 말씀을 다. 저도 아저씨와 함께 묵재공파입니다. 고려 숙종 때 정승을 한 묵재공 할아버지 밑에는 다섯 형제가 있었지요. 아저씨는 그중 셋째분의 직계이시고 저는 둘째분의 자손입죠."

형식의 머리 속에는 커다란 느티나무 한 그루가 떠올랐다. 밑동은 하나이되 또 새 가지를 쳐서 한 조상 밑에서 태어나 세월이 흐르는 동안에 여러 가지로 나뉘는 자연의 이치는 대대로 이어지는 자손만대의 변화에도 그대로 적용되는 것이었다.

"개울로 내려가시죠. 아저씨 연배 사람들이 한창 마시고들 있어요."

그는 운동장을 가로질러 교문을 빠져 비탈길을 내려왔다. 다리 밑으로 흐르는 개울은 나무숲에 가려서 잘 보이지도 않았지만 물 흐르는 소리가 사람들이 떠드는 소리와 어울려 들려왔다. 다리 밑으로 내려가서 상류 쪽으로 조금 올라가자 나무 사이로 커다란 바위가 보였고 거기에 대여섯 명의 사람들이 웃옷을 다 벗어부친 채 앉거나 누웠거나 한 모습이 눈에 띄었다.

형식은 그들과 또 한차례 인사를 했다. 아까 수련회 본부 교실에서 만난 노인들과 인사할 때보다야 마음이 수월했지만 어색하고 어렵기는 마찬가지였다. 할아버지와 아저씨를 만나고 또 조카와 손자들을 만났다.

그들과 어울려 소주를 몇 잔 마셨다. 휴가를 맞아서 수련회에 참가한 농협 직원도 있었고, 군청 서기도 있었고, 국민학교 교사도 있었다. 부인과 아들딸을 모두 데리고 왔다는 은행원도 있었다. 나이도 형식보다 많은 사람 적은 사람 종잡을 수 없었고 항렬도 사람마다 서로 다르니까 손자가 할아버지한테 담뱃불을 먼저 빌리려고 하다가는, 옆에서 누가 항렬을 지적하면 일어나서 넙죽 절을 하면서 잘못을 빌고 그럴 때면 사람들은 박장대소하곤 했다.

노인들을 대할 때보다 형식은 마음이 편했다. 역사학계의 태두니, 박사님이니, 교수니 하지 않고 항렬만 가지고 대해주는 게 더 편한 마음이었다.

"조카는 술이 약한가 보네."

형식한테 이렇게 말하며 술잔을 건네는 농협 직원은 마흔 살이 좀 넘은 듯했지만 이마에 주름살이 깊었다. 아주 반말은 아니지만 그렇다고 존댓말도 아닌 말로 형식에게 술을 권했다.

"할아버지 한잔하시죠."

군청 서기가 말했다. 형식은 누가 무슨 항렬인지 종잡을 수 없었지만 그들은 이미 하룻밤을 함께 지낸 사이여서 서로서로 잘 아는 듯했다. 그래서 늦게 참석한 형식이가 할아버지인지 아저씨인지 아니면 조카 놈 혹은 손자 놈인지 대뜸 기억할 수 있을 것이었다.

"노고단까지 다 포장이 됐으니 지리산도 관광지로 제구실을 하겠군."

자동차 소리가 시끄럽게 들리자 누가 한마디 했다.

"관광지가 되면 뭘해요? 도회지 놈들이 계집 꿰차고 와서 지랄이나 하겠지요. 지리산도 이제 다 망가지겠어요. 산은 산 그대로 두어야지 길을 뚫고 포장을 하고 공중변소를 짓고, 이게 어디 산이요?"

"맞소. 지리산은 우리나라 영산인데 참 부끄럽게 됐소."

술잔이 또 한 바퀴 돌고 나서 그들은 한동안 침묵하고 있었다. 물 흐르는 소리가 어찌나 시원한지 술을 여러 잔 마셨는데도 그다지 취하는 것 같지도 않았다. 눈을 들어 산을 바라다보았다. 그러나 산은 너무 가까이에 다가와 있기 때문에 바라본다는 방식은 이제 가능하지가 않았다. 그냥 자기의 모든 존재가 산속에 들어와 앉아 있는 상태였다. 사람도 산의 일부가 된 듯했다.

한 사람이 술을 마시다 말고 물속으로 텀벙 뛰어들었다. 그 사이 침묵에 쌓여 있던 사람들은 한 사람이 물속으로 뛰어드는 것을 시작으로 해서 약속이나 한 듯 술잔을 비웠다.

"한 할아버지 자손이니까 뭐 가릴 것도 없구려."

또 한 사람이 이번에는 팬티까지 다 벗고 물속으로 뛰어들었다. 나머지도 물속으로 뛰어들었다. 형식이는 망설여졌다. 대학교수라는 작자가 처음 보는 사람들과 꼭 같이 행동할 수야 없는 일이었다. 그래서 소주를 한 잔 자작하고 나서 담배를 피워 물었다.

"할아버지, 들어오시오."

"조카님, 어서 옵쇼."

"아저씨, 지리산 계곡물은 약수요 약수."

"손자님, 어서어서."

저마다 한마디씩 하면서 와자지껄 야단을 떨었다. 형식이는 바지를 입은 채로 물속으로 뛰어들었다. 앗 소리를 지를 만큼 물은 차가웠다. 영하의 물이 아닌가 싶을 정도였다. 물방울이 튈 때마다 숲 사이로 비치는 석양을 받아 순간적으로 무지개 무늬가 생겼다가 사라졌다.

한동안 아이들처럼 물장구를 치자 등골부터 으시시해 오면서 체온이 뚝 떨어졌다. 다시 물에서 엉금엉금 기어 나와서 바위에 앉았다. 바위는 궁둥이가 뜨거울 만치 달아올라 있었다. 팬티까지 벗은 사람은 부자지를 가릴 생각도 않고 그대로 앉아 술을 마셨다. 형식은 우스운 생각이 들었다. 그의 사타구니를 보니까 불알이 찬 물에 얼어붙어서 조그만 곶감처럼 보였다. 석양이라고는 하지만 햇볕은 따가웠다. 술을 몇 잔 마시자 몸이 후끈하니 뜨거워졌다. 곶감 같던 그의 불알이 차츰 커지면서 고환이 상하좌우로 팽창하며 회전운동을 하고 있는 모습이 보였다. 형식은 갑자기 웃음이 나왔지만 참았다.

"아버지 저녁 진지 드시래요!"

중학생 티가 나는 소년이 수영복 차림으로 뛰어오면서 소리쳤다. 부자지를 다 내놓고 앉아 있던 그 사람은 손을 흔들어 자기 아들을 불렀다. 소년이 바위 위로 올라왔다. 소년은 제 아버지가 옷을 하나도 입지 않은 알몸으로 술을 마시고 있는 모습이 재미있다는 듯 생글생글 웃었다.

"너도 한잔해야지. 양반 씨가 술 마다 할 수 있나."

소년은 제 아버지가 건네주는 술잔을 단숨에 비우고는 학교 쪽으로 뛰어갔다. 모두들 시원한 산 바람을 가슴 깊숙이 들이마시며 빙그레 웃었다.

수련회 본부로 쓰이는 교실에 저녁이 차려져 있었다. 젊은 학생들이 식판을 나르고 있었다. 개울에서 목욕까지 한 형식의 일행이 교실로 들어가면서 노인들한테 허리를 굽혀 절을 하고 한쪽으로 앉았다.

식판에는 밥과 돼지고기 찌개 그리고 김치와 멸치가 있었다. 총무가 일어서서 오늘의 수련회가 계획대로 잘 진행되었음을 보고하면서, 서울에 계신 종친 회장님은 내일 낮에 오신다는 연락이 왔노라고 했다.

형식은 밥을 먹는 둥 마는 둥 하고 술을 몇 잔 더 마셨다. 다 젖은 바지가랭이가 살갗에 들러붙었다. 바지에서 흐르는 물이 마룻바닥을 흥건하게 적셨다.

산속의 석양은 어스름도 없이 곧바로 어둠으로 바뀔 모양이었다. 식판을 들고 뒷마당으로 나가서 일하는 아낙네들에게 건네주고 뜨거운 숭늉을 한 그릇 마셨다. 그녀들은 모두 할머니, 아주머니, 조카며느리, 손주며느리들일 것이었다. 옷도 다 젖고 취해서 얼굴이 새빨개진 형식을 재미있다는 듯이 쳐다보면서 아낙네들은 웃었다.

"수박 한쪽 드세요."

한 아낙네가 건네주는 수박 쪽을 들고 돌계단을 내려와서 등나무 아래 걸상에 앉았다. 담배 생각이 나서 주머니를 뒤졌다. 물에 젖어서 못 피게 된 담뱃갑이 나왔다.

어둠은 삽시간에 밀려왔다. 푸른 등나무 잎이 아주 짙은 청회색이 되는가 싶더니 이내 어둠 속에 묻혔다. 운동장에 켜진 외등에는 하루살이 떼가 하얗게 몰려 야단이었다.

"주막으로 가서 한 잔 더 꺾어야죠?"

수련회에서 족보에 대한 강의를 한 조카가 다가왔다. 형식은 그에게 담배를 하나 얻어 피우면서 이제야말로 자기가 서울에 서는 짐작도 못 하는 머나먼 곳으로 홀로 탈출해왔다는 실감이 들었다.

교련복을 입은 청년 몇이 다가와서 인사를 했다. 오후에 교실에서 땀을 흘리며 수련회에 참가했던 대학생들이라고 형식은 생각했다.

"교수님."

그들 중의 하나가 형식에게 이렇게 말했다.

"교수님이 뭐야? 숭조목종 수련회답지 않군."

형식은 담배 연기를 훅 내 불며 큰 소리로 말했다. 교수 노릇은 정말 싫었다.

"잘못했습니다. 저도 식자 돌림입니다. 형님이라고 불러도 됩니까?"

"아무렴, 동생이 이제야 말귀를 알아들었구먼."

"형님."

그는 다시 한번 확인이라도 하듯 이렇게 불렀다. 그러자 옆에 섰던 젊은이들도 웃으며 한마디씩 했다.

"할아버지."

"오냐."

형식은 손자를 거느린 백발노인이 되어서 대답했다. 허리가 아팠다.

"아저씨."

"응, 왜 그래?"

형식은 인자한 아저씨가 되었다. 교수는 발 붙일 자리가 없었다. 한 학생이 헛기침을 한 번 쿡쿡하더니 짓궂은 소리로 말했다.

"어이, 조카."

"예, 아저씨."

형식은 아저씨한테 꾸중을 듣는 여드름투성이의 소년이 돼 버렸다.

"저는 항자 돌림이니까…… 손자라고 부를 수밖에."

한 학생이 이렇게 말하다가는 머뭇거렸다. 아무리 항렬대로 호칭을 한다고 해도 좀 너무 심하지 않을까 하는 생각이 든 모양이었다.

"예, 할아버지."

형식은 할아버지 무릎 위에서 귀여움을 떠는 아기가 돼 버렸다.

"박사님, 피곤하시겠다. 주무실 자리 봐 드려야지."

그때 총무 조카님이 오면서 끼어들었지만 형식과 젊은이 사이에 이리저리 얽힌 줄기와 가지를 그 말 한마디로 떼어 놓을 수는 없었다. 총무는 등나무에 가설된 전등의 스위치를 올렸다. 젊은이들의 모습이 하나하나 드러났다. 그들은 대학교수인 형식과 함께 짤막한 연극의 대사를 연습했다는 듯 스스로 신기해하는 눈치였다. 아낙네가 수박 한 통을 가져왔다. 모두들 수박을 한쪽씩 먹었다.

총무 조카님은 부채질을 요란히 하면서 흥에 겨웠다.

"올 수련회는 대 성공이에요. 중앙 종친회에서도 자금을 많이 내려보냈고 전남북 종친회 지부에서도 온갖 지원을 아끼지 않아요. 이게 얼마나 멋있습니까? 우리들 동조동근의 형제들이 모여 서로서로 화목하게 지내는 게 조상님의 뜻을 받드는 겁니다."

형식은 총무의 말을 듣자 생각나는 게 있었다. 작년인가 문중에서 조상들의 문집을 번역 발간할 때의 일이었다. 그때 형식은 총무가 가져온 한아름의 간찰묶음 속에서 형식의 8대조 할아버지 연초재공의 친필 간찰을 처음 보았다. 연초재 할아버지는 시재가 뛰어났으나 서른 살을 못 넘기고 요절하신 분으로 형식의 집안에서는 전설처럼 이름이 전해지는 분이었다. 형식이네가 연초재의 직계이기는 하지만, 아버지가 일찍 돌아가신 데다가 전쟁 때 집이 불타는 바람에 선조들의 유묵 한점 보관하고 있는 것이 없었다.

워낙 초서로 쓴 서찰이라서 잘 알아볼 수는 없지만, 빛이 바랜 한지에 글자가 살아 숨 쉬듯 완연했다. 한문을 척척 읽어 내려가며 총무가 설명하기를, 이 서찰은 기묘년(1699) 연초재공이 스무 살 때 큰댁 종형께 보낸 것인데 그 집안에서 이백 년 동안이나 보관해온 것이라고 했다. 서찰 내용은 백부님의 문안을 여쭙고 집안 대소사에 대한 애기와 학문의 진전이 부진하여 안타깝다는 것이었다.

형식이가 놀랐던 것은 할아버지의 필체나 내용에 있는 것이 아니라, 그 서찰을 이백년 동안이나 대대로 전수하여 보관해온 종형제간의 우의와 선비다운 품격 때문이었다. 연초재 할아버지는 요절하셨기 때문에 당대에는 선비들 가운데서 어느 정도 문명을 날렸다 해도 무슨 공적인 역사적 가치가 있다든가 예술품으로서의 값이 있는 것도 아니었을 텐데, 어떻게 종형제간에 오간 서찰까지도 그토록 오랜 세월 손때가 묻어서 전해질 수 있었단 말인가.

형식이가 젊은 학생들에게 이 이야기를 하자 총무 조카님은 그것 보라는 듯이 말했다.

"그게 바로 목종의 진정한 뜻이요. 젊은 학생들은 오늘 형식 박사님의 한마디에 큰 뜻을 깨달았을 게요. 수련회를 오늘 밤으로 끝내도 되겠구려."

젊은이들은 백발이 성성한 총무가 이렇게 엄숙히 말하자 그의 말에 압도당해서인지 워낙 비약이 심하니까 어리둥절해서인지 아무 말도 않고 수박만 우적우적 먹고 있었다.

형식은 학생들의 심중을 헤아릴 것 같았다.

완고한 부모의 뜻에 따라서 수련회에 참석하고 있지만 그들은 지금 당장 현실적으로 처한 어려움 때문에 고민하고 있을 것이었다. 대학생은 대학생대로 또 고등학생은 고등학생대로, 설령 사촌한테 편지를 쓰고 전화를 걸고 함께 몰려다니고 싶다고 해도 그것을 금기시하는 현실의 고리에 꼼짝없이 묶여있는 것이었다.

서로 피비린내 나는 생존경쟁을 벌여서 먼저 고지를 점령하는 자만이 살아남고 나머지는 낙오자가 되고 마는 냉엄한 현실에서 어떻게 일가붙이끼리 오손도손 사이좋게 살아갈 수 있겠는가 말이다.

"총무 할아버지 생각은 언제나 시대착오적이에요."

총무가 본부 쪽으로 가고 난 다음에 학생 하나가 이렇게 말했다. 수박을 먹던 학생들이 하하 웃었다.

"아저씨 생각은 어떠세요?"

형식은 담배를 또 하나 피워 물고 한동안 생각에 잠겼다. 시원한 산바람이 등나무 넝쿨을 흔들며 지나갔다. 어디선지 처음 들어보는 산새 울음소리가 은은히 들려왔다.

"나도 편지를 쓰고 싶지. 사촌 동생한테도, 당숙한테도, 이모님, 고모님한테도 말이야. 또 편지를 받고 싶지. 사촌 육촌이 써 보낸 편지를 이백 년 동안 대를 물려서 전수하는 그런 삶을 원하지."

형식은 조용하게 느릿느릿 말했다. 학생들이 한동안 잠잠히 있다가 대꾸했다.

"저희도 그래요. 그건 저희들도 마찬가지지만……"

그리고는 말을 끊고 운동장으로 뛰어가서 텐트 안에서 기타를 치고 노래 부르는 제 또래와 어울렸다.

"저 녀석들 기타 소리에 일찍 잠자기는 틀렸소."

"한잔 더 합시다."

"아뇨, 됐습니다."

형식은 술꾼들과 헤어져서 다리 쪽으로 난 비탈길을 내려갔다. 지척을 분간할 수 없는 어둠이었지만 노고단으로 올라가는 도로를 지나는 자동차 불빛이 어둠을 흐트려 놓았으므로 발을 헛디딜만하지는 않았다. 형식은 다리 위에 서서 상류 쪽을 바라보았다. 어둠뿐이었지만 그 어둠이 바로 지리산 자체라는 것을 대번에 알 수 있었다. 별이 반짝이는 하늘은 턱을 들고 바라보아야 보일 만큼 바로 머리 위에 있었고 그의 시야에 들어오는 것은 모두 다 어둠에 잠긴 큰 산뿐이었다.

형식은 자동차 안에 들어가서 눈을 붙일까 하는 생각이 났다. 운동장에 친 텐트 속에서 잠을 청해 보아야, 어느 술 취한 할아버지가 꾸중을 하시고 아저씨가 훈육을 할 것이었다. 또 조카와 손자들이 가만 내버려 두지도 않을 것이었다. 귓전으로 모기들이 앵앵거리며 달라붙었다. 형식은 손을 흔들어 모기떼를 쫓으면서 재빠르게 자동차 안으로 들어갔다. 운전대 옆자리의 의자를 뒤로 밀어젖히고 앉자 불편하기는 해도 하루 저녁 견딜만했다.

자동차 라디오를 켰다. 아홉 시 뉴스가 흘러나왔다. 2만 명의 학생이 남북국토통일 대행진 집회를 끝내고, 임진각으로 대행진을 시도하여 3만 명의 경찰이 원천봉쇄했지만 일부 학생들은 임진각 근처까지 진출하여 군경과 대치 중이라는 뉴스가 나왔다. 원천봉쇄와 강경진압을 강조하는 내무부 장관의 특별

담화가 방송되고, 남북학생 국토순례의 민족사적 당위성과 군부독재의 타도를 외치는 학생들의 함성도 현장감 있게 흘러나왔다.

형식은 라디오를 껐다. 그리고 운전석으로 옮겨 앉아 시동을 걸었다.

다리를 건너서 오른편 노고단 올라가는 도로로 차를 몰았다. 불빛에 드러나는 울창한 숲은 초록빛 불로 타오르며 자동차를 밀어낼 듯이 달려들어 왔다. 형식은 차창을 열었다. 한기가 느껴질 만큼 시원한 산바람에 숨이 막힐 지경이었다. 한참 올라가자 도로 옆으로 불빛이 정겨운 텐트가 여럿 보였다. 아직 포장공사가 덜 끝난 곳도 있었다. 낮에 열심히 일한 불도저들이 길 한편으로 줄지어 서 있는 모습이 보였다.

커브길을 돌자 조그만 마을이 오른편으로 나타났다. 길가에서 손전등을 든 사람이 차를 세웠다.

"민박 안 하시우?"

차를 태워달라는 사람인 줄 알았던 형식은 뜻밖이었다. 가까이 다가온 사람은 손전등을 껐다 켰다 하면서 다시 말했다.

"조용한 방 있수."

나이가 든 아낙네였다. 형식은 그 말을 듣자 자기가 D분교에서 여기까지 올라온 게 민박할 집을 찾아온 것이라는 사실을 그제야 깨달았다. 아낙네가 차를 세울 때까지도 그는 지리산에서 민박을 하고 싶어한다는 자신의 희망을 자각하지 못했다. 바람이나 쏘이면서 깊은 산 밤 숲속길로 드라이브를 하겠다는 생각뿐이었다.

"예, 민박하러 왔어요."

형식은 아낙네를 태우고 그녀가 가리키는 대로 다리를 건너서 숲속으로 불빛이 언뜻언뜻 비치는 마을로 들어갔다. 자동차 한 대가 간신히 다닐 정도로 좁은 길이었다.

"이 좋은 데를 혼자 오셨수?"

아낙네는 형식의 모습을 곁눈질하면서 말했다.

"모두들 남자 여자 짝을 지어서 오나 보죠?"

"가족 단위로 오는 분들도 많다우. 젊은 사람들은 캠핑을 하지만 좀 나이 든 분들은 민박을 찾지요."

마을로 들어서자 느티나무 아래 조그만 공터가 있었지만 승용차가 꽉 들어차 있었다. 형식은 아낙네가 안내하는 대로 어느 집 대문 앞에 차를 세워 놓았다.

"조금만 올라가면 되우."

아낙네가 손전등을 들고 앞장을 섰다. 집집마다 대문 앞에 외등을 켜고 있었다. 모기장 속에서 화투놀이를 하는 피서객들의 모습이 눈에 띄었다.

그가 안내된 집은 방 두 개에 쪽마루가 붙은 조그만 농가였다. 민박 손님들로 떠들썩한 집들과는 약간 떨어져 있었다. 그녀가 들어가서 마루 위의 전등을 켰다. 웅웅하는 바람소리가 폭포소리 만큼이나 크게 들렸다. 형식이가 바람소리에 놀라자 아낙네는 쪽마루 천장에 붙은 전등을 켜면서 말했다.

"골이 깊고 몇백 년 묵은 나무들도 울창하게 깊으니까 바람 소리도 저리 요란하다우. 우리 살림집은 바로 위에 따로 있수. 이 집이 너무 좁아서 새집을 짓고 옮겼지요."

살림을 하지 않고 민박 손님을 받는 별채인 셈이었다. 깊고 높은 산을 마주하고 서 있는 외딴집이었다.

"오늘 산밭에서 늦게까지 일을 하고 오느라고 손님을 받지 못했다우. 매일 방 두 개가 다 차야 영감 담뱃값 술값이 되는 데."

형식은 마루에 걸터앉았다.

"식사 안 하셨수?"

"됐어요. 맥주나 두 병 갖다 주시오."

아낙네는 사립문을 열고 밖으로 나갔다. 형식은 마루에 걸터 앉은 자세에서 뒤로 벌렁 드러누웠다. 술기운과 피곤이 서로 어울리며 눈까풀을 눌렀다. 바람소리가 귓전을 때렸다. 형식은 눈을 감았다. 전등갓에 날벌레 부딪치는 소리가 곱게 들렸다.

아낙네의 신발 끄는 소리에 형식은 놀란 듯 몸을 일으켰다.

"이 동네에 오래 사셨소?"

"시집오고 나서부터 여지껏 살고 있수."

형식은 맥주를 한 잔 권하면서 묻자 아낙네는 마루에 걸터앉 으면서 말했다.

"벌써 사십 년도 넘었수. 공비토벌이 끝난지 얼마 후에 시집을 왔으니까."

아낙네는 술을 마시고 잔을 내려놓았다.

"저도 한 잔 따라 주셔야죠."

형식이가 잔을 내어밀자 아낙네는 웃으면서 병을 들었다.

"누가 보면 흉보겠수."

형식은 아낙네가 따라준 잔을 입으로 가져갔다.

"아들딸 모두 시집 장가보내고 지금은 막내만 있수. 그 녀석도 요즘 방학이어서 와 있지 남원 가서 고등학교 다닌다우."

"농사지으세요?"

"논밭이 변변하게 있어야 농사지, 그냥 이럭저럭 산다우. 벌도 치고 더덕도 심고, 또 민박손님한테 밥도 팔고…… 도회지 양반들이 보면 한심하겠지만."

"산이 이렇게 깊은데 무섭지 않습니까?"

형식은 술을 마시면서도 너무도 크고 깊은 산의 어둠이 무서워지고 있었다. 이런 곳에서 몇십 년을 살고 있는 아낙네와 자꾸 말을 건네지 않으면 무섬증이 가실 것 같지 않았다.

"무서울 때도 있수."

아낙네는 아무렇지도 않게 말하고 일어나서 방문을 열고 들어가더니 잠시 후에 항아리를 들고 나왔다.

"꿀맛 좀 보시우. 우리 집에서 치는 토종꿀이우."

아낙네는 항아리를 열고 숟가락으로 꿀을 떠냈다. 이렇게 소탈하게 대해주는 아낙네가 형식은 고마웠다. 도회지에서 온 관광객한테 적당히 눈가림으로 친절하게 하며 바가지를 씌우는 흔한 민박촌의 여인이 아니라, 깊은 산과 더불어 평생을 살아오고 있는 아낙네였다.

"한참 젊을 때는 나도 산이 무서웠수. 그런데 이제는 산이 나를 보호해 준다는 걸 알았다우. 산이 없으면 오히려 무섭다우."

"산이 보호해 준다고요?"

형식은 토종꿀을 맛보며 이렇게 물었다. 아낙네는 고개를 끄덕였다. 더 설명할 것도 강조할 것도 없다는 표정이었다. 바람소리가 폭포소리처럼 밀려들어 왔다.

"잠을 설치시는가 보우."

아낙네가 어둠을 바라보면서 말했다. 형식은 산바람이 너무나 시원해서 오슬오슬 한기를 느꼈다.

"뭐라고 하셨지요?"

형식은 영문을 몰라 아낙네를 쳐다보았다.

"산이 잠을 설치니까 바람소리가 저토록 요란한 거 아니겠수?"

"……."

형식은 말문이 막혔다. 아낙네는 일어나서 전등불빛 너머 어두운 섬돌 아래 섰다.

"장작불을 많이 지폈으니까 방이 쩔쩔 끓겠수."

형식은 추워서 입술을 자꾸 떨었다. 아낙네가 사립문 밖으로 나간 다음 형식은 방으로 들어갔다. 방바닥이 쩔쩔 끓었다. 그러나 웬일인지 입술은 계속해서 달달 떨렸다. 형식은 자리에 누웠다. 밖에서 바람소리가 요란히 들렸다. 온갖 나무들의 가지와 잎들이 어둠 속에서 일제히 흔들리는 소리였다.

문득 연초재 할아버지 문집에서 보았던 글귀 한 구절이 떠올랐다. 종형과 작별하면서 쓴 것으로, 다음 날 수련회에서 조상의 글을 말하면서 읽어 주려고 일부러 외워가지고 온 시였다. 형식은 눈을 감고 중얼중얼 시를 암송하였다.

世故憂虞切 離情去住難

深山六月夜 天地小儒酸

此別消魂盡 他時望眼寒

依然荊樹會 獨許夢中看

세고우우절하고　　이정거주난인데

심산유월야에　　　천지소유산이라.

차별소혼진하여　　타시망안한인데

의연형수회를　　　독허몽중간이랴.

세상살이 쉽지 않아 시름겨운데

이별마저 닥치니 어쩔 줄 모르겠네.

깊은 산골짜기 유월의 깊은 밤에

세상에 못난 선비 섧고 섧도다.
이번 이별하면 넋이라도 남을 손가
뒷날을 기다리는 눈빛만 처량하네.
예전처럼 형제들이 한 데 모이는 건
꿈속에서나 볼 수 있으려나.

　형식은 잘 생각나지도 않는 구절을 혼자 중얼거리며 산이 어서 잠들기를 기다렸다. 그러나 서울에서 빠져나온 보잘것없는 불쌍한 형식이를 먼저 잠재우겠다는 듯이 깊은 산은 자꾸 몸을 뒤채고 있었다.

(문학과비평, 1989)

섬

경기도의 교육도시인 S시의 기차역 광장 바로 앞 어두운 지하차도에서 우회전하여 306번 지방도로를 따라 50여 킬로 남양만 쪽으로 가다가, 서해안 방면으로 활처럼 구부러진 309번 지방도로와 교차하는 곳에서 서신면 쪽으로 좌회전하여 4~5킬로쯤 가면, 솔밭 사이로 보이는 군부대의 막사 건물 지붕 위 안테나 너머에 그 작은 섬은 숨어 있었다.

포장이 되었다고는 해도 굴곡이 심하고 노폭이 좁은 지방도로의 양편으로 잇닿아 펼쳐진 논과 밭에서는 겨울잠에서 깨어나는 흙냄새가 바람결에 실려 왔다. 앙상한 가로수들도 기지개를 켜면서 손을 흔들었다. 흙먼지를 뒤집어쓴 상점의 유리창과 이미 몇 달 전에 끝난 지방의회 선거 때 붙인 선거 벽보들이 빛깔이 다 바랜 채 붙어 있는 벽과 '담배'라는 간판이 삐뚤어진 채 내걸린 가게문을 보면서 아직도 한참 동안 더 가야만 그 섬을 찾을 수 있겠다고 짐작하던 나는 갑자기 눈앞에 섬이 나타나자 참으로 이상한 느낌이 드는 것이었다. 서울에서 늦은 아침 식사를 하고 열두 시가 다 돼서 떠났는데 두 시간 남짓 되어서 바닷가에 도착했다는 것이 신기하게만 느껴졌다.

자동차에 흔히들 비치하는 관광지도에는 손톱깎이로 막 깎아낸 새끼손톱만 하게 표시되어 있지만, 호주머니용 수첩에 붙은 일반 지도에는 아예 표시조차 되어 있지 않은 조그만 섬은 그때 두 시간 남짓 전까지도 서울의 굴레에 묶여 있던 나와 아내 앞에 갑자기 나타난 것이었다.

아이들 봄방학이 다 끝나가는 2월 하순이었다. 나는 그날 늦은 아침 식탁에서 아내에게 불쑥 말했다.

"어디 좀 다녀오고 싶지 않아?"

내가 다 시어 터진 겨울 김치를 집어서 한입 씹다가 도로 뱉으며 이렇게 말했을 때 아내는 아직도 지난밤의 피로가 다 가시지 않은 얼굴로 나를 빤히 건너다보았다.

아내는 요즘 식욕이 안 나는지 식탁에서도 식사는 하는 둥 마는 둥 책을 뒤적이는 때가 흔했다. 그날 아침에도 아내는 식탁에서 책을 뒤적이다가 나의 말을 듣고는 내 앞으로 그것을 쑥 내밀면서 말했다.

"이 섬 어때요?"

"섬?"

나는 읽던 신문을 옆으로 치우면서 아내가 건네준 책을 받았다. 조그만 지도책이었다.

국민학교 교사인 아내는 책가방에 지도책을 넣어 가지고 다니기를 잘했다. 아내가 식탁에서나 거실 소파에서나 지도책을 볼 때 나는 신문을 뒤적거리는 게 버릇이었다. 내가 걸프전쟁의 참상과 붕괴하는 소연방의 비극 그리고 바짝 코앞으로 다가온 선거의 뒤숭숭한 예측이나 남북 고위급 회담에 참석한 총리가 김일성과 식사를 하면서 반말지거리를 들으면서도 그냥 황송한 마음으로 몸 둘 바를 몰라한 듯 보도된 그날그날의 신문기사를 읽고 나서 이제까지 쌓아 온 나의 세계관과 가치관의 척도로 소경 매질하듯 그때그때 되는대로 시국비평을 할 때도 아내는 내 이야기는 귓전으로만 들으면서 항상 지도책을 펴서 뒤적거리고 있었다.

서울 근교 드라이브 코스에서부터 관광지 소개까지 여러 가지 정보를 자세히 싣고 있는 자동차 운전자용 지도책은 오토라이프라는 자동차 전문잡지에 난 부록을 단골 세차장에서 얻기도 했고 노후연금을 붓고 있는 대한생명에서도 보내주었다. 또 두산그룹에서는 지난여름 소비자들에게 전국 유명관광지 안내 지도책을 무료로 우송해 주었으므로, 요즘은 자동차 숫자가 늘어나는 것과 비례하여 그만그만한 크기의 지도책이 기하급수적으로 보급되고 있었다.

나는 지도책을 받아들고 아내가 손가락으로 짚는 곳을 자세히 보았다. 그러나 그곳이 남양만 위쪽의 서해 바다라는 것은 알겠지만 글자가 가물가물해서 통 보이지 않았다. 요즘에 와서 특히 심해진 것인데 근시안경을 젊을 때부터 쓴 나는 잔글자를 읽을 때는 안경을 벗어야 보이지 그렇지 않으면 개미 새끼 기어가는 것처럼 가물거려서 통 읽을 수가 없다. 나는 안경을 벗고 아내가 펼쳐 준 지도책을 찬찬히 들여다보았다.

"여기."

아내가 젓가락 끝으로 그 작은 섬을 가리켰다. 아산만 위쪽 남양만 가까이에 있는 그 섬은 너무 작았다. 붉은색으로 가느다랗게 그려진 도로 표시 하나 없었다.

"섬 이름도 없잖아? 무인도인가?"

나는 지도에서 눈을 떼면서 말했다. 무인도. 이렇게 말하고 나자 나는 이상하게도 가슴 한복판이 텅 비어 오는 듯한 느낌이 일어났다. 아내는 지금 나에게 식탁에서 커피를 한잔 권하듯 아주 자연스럽게 이름 모를 무인도를 권하고 있는 것일까. 아이들 봄방학만 끝나 가는 게 아니라 아내의 봄방학도 다 끝나 가는 날 아침에 아내는 지금 무인도를 꿈꾸고 있는 것일까. 며칠 전 내가 술이 엉망으로 취해서 저질렀던 일 때문에 아내는 아주 상심하고 있는 것일까. 아내는 무인도로 못난이 남편과 더불어 아주 숨어 버리고 싶은 것일까.

"아네요."

아내는 나의 짐작을 아는 듯 모르는 듯 방으로 들어가더니 좀 더 큰 지도책을 들고 다시 나왔다.

"여기에는 이름이 나와 있어요. 소라도예요."

"소라도?"

"자동차로도 들어갈 수 있대요. 썰물 때 드러나는 개펄에다가 둑을 쌓아서 길을 놓았대요. 밀물 때면 다시 섬이 된대요. 얼마나 멋져요."

아내는 신이 나서 이야기했지만 나는 처음에는 무슨 말인지 알아들을 수가 없었다. 한참 동안 설명을 듣고 나자 그제서야 간만의 차가 심한 서해안 육지 가까이 있는 조그만 섬이라는 것을 알았다.

"S시에서 한 시간밖에 안 걸린대요. 바다가 하루 두 번씩 열렸다 닫혔다 한다니까 모세의 기적이 일어나는 것 아네요? 하루 두 번밖에 길이 열리지 않으니까 그곳 면사무소로 미리 전화를 해 보고 가는 게 좋대요."

아내는 소라도를 소개한 페이지를 보면서 말했다. 아내가 들고 있는 책은 여느 지도책이 아니라 '우리나라의 섬'이라고 제목이 붙은 관광안내 책자였다. 속표지에는 좀 더 작은 글자로 '우리는 누구나 섬을 하나씩 소유하고 싶다'라고 씌어져 있었다. 그리고 그 아래로는 '전국 섬매매 알선 전문 ― 코리언 아일런즈 에이전시'라는 글자가 보였다. 한동안 남해안의 그만그만한 섬을 서울의 돈 있는 사람들이 사들여 별장을 짓는 일이 유행하여 드디어는 투기꾼이 적발되는 등 사회문제가 된 일이 신문에 보도된 적이 있었다. 나는 아내의 제의를 수락한다는 뜻으로 고개를 끄덕이고 나서 한마디 했다.

"당신 여태껏 지도책을 시도 때도 없이 보더니 무인도를 하나 사고 싶어서 그랬던 것 아냐?"

"아뇨."

아내는 고개를 가로저었다.

아침 일찍 일어나서 학교 가는 아이들 도시락 준비하느라고 제 자신은 아침밥도 굶고 출근하면서 온종일 일에서 헤어나지 못하는 아내는 어떤 때는 한없이 무력해 보이다가도 또 어떤 때는 아주 단호하고 강경하게 보이기도 했는데 조금 전 '아뇨' 라고 말했을 때도 정말 단호해 보였다. 나는 조금 놀랐다.

"아이들 봄방학도 다 끝나 가고 하니까 짬 내서 잠깐 다녀오는 게 좋을 것 같아서 그러는 거예요. 저도 또 며칠 후면 출근해야 하고요. 당신도 이곳 서울을 잠시 떠나고 싶지 않아요? 생각난 김에 바로 오늘 떠나요."

아내는 시어 터진 겨울 김치를 입에서 뱉어 내면서 말했다. 토스트와 우유 한잔으로 아침을 때우고 각각 자기들 방으로 들어간 고2 짜리 아들과 중3 짜리 딸을 불렀다.

"애들아. 여행 떠날 준비 해. 아빠가 섬에 가고 싶으시댄다."

엄마의 갑작스러운 말에 놀란 아이들이 방에서 나왔다.

"너희들 공부에도 진력이 났지? 개학 되기 전에 하루 이틀 바람 좀 쐬다가 오자."

나는 아들에게 이렇게 말하고 나서, 지도책에 나와 있는 소라도 면사무소로 전화를 했지만 신호음이 수없이 가도 수화기를 집어 드는 사람이 없었다. 우선 떠나고 보자는 생각이 들었다. 그래서 나는 큰 결단이라도 내리듯 세면실로 들어갔다. 수염이 꺼멓게 자란 얼굴이 거울 속에서 나를 바라다보았다. 턱수염은 희끗희끗한 게 반도 넘어 보였다. 스스로 보아도 나의 얼굴이 아닌 어느 낯선 사람의 얼굴이 거울 속에 있었다. 흰 머리칼이 나서 어른 대접 받고 싶던 때가 엊그제 같은데 이제는 머리도 반백이 가까웠고 수염마저 흰 수염이 보이니까, 영락없는 중늙은이의 얼굴이었다.

나는 내 젊음을 앗아가고 있는 보이지 않는 시간의 폭력에 저항이라도 하듯 면도기로 수염을 깎아 나갔다. 양치질을 한 다음 스킨로션을 바르고 머리를 빗고 거울을 보니까 흉측한 얼굴은 한결 덜해져서 나는 기분을 새롭게 하고 욕실에서 나왔다. 마치 미지의 세계로 먼 여행을 떠나는 사람처럼 휘파람을 불면서 코끝에 스며드는 스킨로션의 향기도 기분 좋게 들여마셨다.

여행 가방 챙기랴, 카메라에 필름 끼우랴, 식구들이 온통 부산을 떨고 있을 줄 알았는데, 거실은 아무도 없이 조용했다. 서울 근교로 나들이를 할 때도 아내는 아이들을 닦달하면서 법석을 떨곤 하였다. 아이들 손수건과 양말 챙기랴, 음료수 준비하랴, 떠들썩하곤 했는데 거실이 조용하다니 참으로 이상했다. 집에서 반 시간도 채 안 걸리는 남한산성이나 헌인릉에 나가 보면, 손수건을 쓸 일도 양말을 더럽힐 일도 없을 때가 많았고, 아이들도 집에서 준비해 간 음료수는 마시지도 않고 아이스크

림만 먹곤 했다. 하지만 잠깐이라도 집을 떠날 때면 아내는 늘 이것저것 챙기느라고 부산을 떠는 것으로 언제나 유명짜했다.

"뭘 해? 빨리 가자구. 고속도로가 붐빌지도 모른다."

내가 점퍼를 입으며 정적에 휩싸인 거실이 울리도록 소리치자 아들 방에서 아내가 나왔다. 조금 전의 활기에 찼던 모습은 간데없고 풀이 잔뜩 죽은 얼굴을 하면서 나를 잡아끌고 안방으로 들어갔다.

"쟤들은 안 간대요. 엄마 아빠만 다녀오래요. 글쎄 엄마 아빠와 모두 함께 여행을 가 봐야 더 피곤하대나요."

나는 좀 놀랐다. 봄방학도 다 끝날 무렵이라 아이들 데리고 맑은 공기도 마시고 휴식도 할 겸해서 가족 나들이를 생각했었는데, 제 놈들은 쏙 빠지고 우리만 다녀오라는 말을 듣자, 아이들이 이제 다 커서 제 몫의 일을 하고 있다는 대견함보다는 어금니 하나가 흔들리는 듯한 기분이 먼저 느껴졌다.

"어쩔래요?"

아내는 내 얼굴을 똑바로 쳐다보았다. 아버지의 권위를 내세워서 야단을 쳐서라도 같이 데려가지 않겠느냐는 뜻을 나는 아내의 표정에서 읽었지만 그러나 나는 곧 그 뜻을 지웠다.

"됐어. 우리끼리 가지 뭐."

"아이들만 집에 두고요?"

"안 될 것 없잖아?"

아내는 곤혹스럽다는 듯한 얼굴을 하더니 방에 있는 남매를 거실로 불러냈다.

"아빠 엄마가 하루 여행 갔다 올 테니까 너희들끼리 집 잘
보고 있을 수 있지?"

"염려 마세요."

아들과 딸이 동시에 대답했다.

아이들은 집에 두고 아내만 데리고 여행을 떠난다는 것이 썩
내키지는 않았지만, 그러나 나는 그날 아침 서울을 벗어나서
어딘지 모를 곳으로 가고 싶은 마음, 어딘지 모를 곳으로 잠깐
이라도 숨고 싶은 마음이 너무나 절실했다. 서울에서 이제까지
살아온 삶의 찌꺼기가 한꺼번에 내 전신으로 몹쓸 오물처럼
쏟아져 내리고 있다는 것을 깨달은 것은 바로 며칠 전 늦겨울
비가 내리던 날 밤 나를 옭아매었던 도시의 음모가 빚어낸 사
고 때문이라는 것을 나는 잘 알고 있었다. 아는 정도의 차이는
있을지라도 아내도 마찬가지일 것이었다.

그날 G출판사에 번역원고를 넘기고 제법 두툼한 번역료를
받아 가지고 나오면서부터 풀어지기 시작한 그 일의 실마리가
나로서는 어쩔 수 없게 불가항력적으로 나를 옭아매기 시작했
고, 나는 그 오라기에 꼼짝없이 꽁꽁 매여버렸다.

미국으로 망명한 러시아 작가 알렉산드르 이사예비치의 「붉은
강」의 번역은 1년 동안 내가 매달려 온 작업이었다. 그것이 마
침내 다 끝나고 원고를 출판사에 넘겨줄 때의 기분은 아직도
형기가 남아 있는 죄수가 어느 날 갑자기 사면되어서 석방될

때의 기분처럼 뜻밖의 황홀감과 허탈감이 교차하는 것이었다. 10만 부는 그냥 광고 안 때려도 나갈 테니까 오늘 우선 2백만 원을 주겠다는 출판사 사장의 말을 듣고 정말 오랜만에 만족감을 맛볼 수 있었다. 번역원고를 끝낼 때마다 느끼는 것이지만 이것은 조산원의 만족감과 비슷했다. 분만실에 들어온 임산부가 고통 끝에 아기를 낳을 때 조산원이 느끼는 대리만족은 번역 소설을 끝냈을 때 그것이 비록 나의 창작은 아니지만 나의 도움으로 비로소 하나의 작품 형태로 탄생했다는 데서 오는 만족과 쾌감은 조금 허탈하기는 해도 언제나 신나는 것이 아닐 수 없었다.

　그러나 쾌감과 허탈감 사이에서 나의 목뼈를 짓누르면서 예리한 비수를 들이대는 것은 열등감이라고 해야 솔직한 고백이 된다. 제 영혼을 불살라서 창작을 하지 못하고 다른 사람의 영혼을 풀어내는 무성영화의 변사와도 같은 열등감 — 내 스스로의 작품을 쓴다 쓴다 하면서도 좀처럼 쓰지 못한 채 남의 책을 번역하면서 어렵게 생계를 꾸려가는 자신에 대해서 말 못할 열등감을 느껴야 했다. 그날 주머니에 든 10만 원짜리 자기 앞수표 스무 장도 나의 이러한 열등감을 아주 없애 주지는 못했다. 그러나 지루했던 소설 번역을 끝내고 받는 일정액의 번역료는 요즘 아내와 나 사이에 가로놓인 무기력과 나태의 막힌 하수구를 뚫어 줄지도 모를 일이었다.

　출판사의 최 주간은 나와 죽이 잘 맞는 술친구였고 워낙 발이 넓어서 모르는 것이 없고 모르는 데가 없는 한량이었다. 한 잔 꺾고 가자는 그의 말을 기다렸다는 듯 나는 그의 일이 다 끝날 때까지 출판사 근처 기원에서 바둑을 다섯 판 둔 다음 일곱 시가 조금 지나서 그와 다시 만났다. 그와 나는 삼겹살집으로 가서 소주를 두 병 마시고 근처의 카페로 자리를 옮겨 위스키 조그만 병 두 개를 마셨다. 나는 좀 취해 오는데도 워낙 술이 센 그는 멀쩡한 얼굴이었다. 나는 피로했지만 이왕 술을 사는 김에 아주 코가 비뚤어지도록 사는 게 현명하다는 이치를 일찍부터 터득하고 있었으므로 그와 더 어울리기로 했다.

억지로 그런 마음을 먹은 것이 아니라, 술이 취하면서부터 나 스스로 더 취하고 싶은 만취의 유혹이 아편처럼 온몸을 휩싸기 시작했는데, 젊을 때부터 어지간한 술꾼이라는 말을 듣던 나의 본체가 서서히 드러나고 있었다. 닿을 수 없는 아내의 하수구의 깊이, 나태와 무기력의 찌꺼기가 쌓여서 막혀 있는 구멍에 도달하여 그것을 단번에 뚫으려면 술이 필요했다. 아내와 몸을 섞지 않고 지낸 것이 벌써 한 달을 넘어서고 있었다.

밖에는 겨울비가 내리고 있었다. 그와 나는 카페를 나와서 우선 택시를 잡아타고 한강변에 있는 또 다른 술집을 찾아 나섰다. 지난가을에 몇 번 가 본 적이 있는 집인데 규모가 아주 조그만 집으로 술집이라기보다는 찻집 같은 곳이었다. 그러나 카페의 여주인은 참 이상하게도 매력이 있어서 한번 가 본 이후에도 이따금씩 생각이 나곤 했다. 서른 살은 훨씬 넘었을 여주인은 키가 굉장히 컸고 입술이 아주 두툼했는데 말을 할 때마다 단순히 침이라고 보기 어려운 어떤 독특한 점액질의 성분으로 느껴지는 물기가 입술 가득 묻어나곤 했다. 농구선수처럼 큰 키 때문인지 아니면 기다란 목 때문인지는 몰라도 암내를 내는 모가지가 긴 기린의 형상 같기도 했다. 그러나 카페를 찾는 손님들은 그녀보다 모두 키가 작은 살찐 승냥이나 노루밖에는 되지 않는 평범한 술꾼들이었다.

그 집의 분위기는 카페 여주인과 단골손님들이 서로 외형적으로 전혀 어울리지 않는 가운데서 생겨나는 묘한 이질감의 집합이면서도 한편으로는 이러한 이질감과 불일치가 가져오는 심리적 파노라마 현상이 적당한 술기운과 어울려 특유의 멋을 풍기고 있었다.

선생님 소설 읽은 적 있어요. 처음 친구와 갔을 때 소설가 오지현이라고 나를 소개했을 때 그녀는 점액질의 물기가 매혹적으로 묻어나는 입술로 이렇게 말했다. 나는 그때 말 못할 평화를 느꼈다. 내 소설을 읽었다니, 이제는 소설에서 붓을 던진 지가 십 년 가까워지는데 내 소설을 읽었다니 나는 믿어지지 않았다. 그녀의 말은 반은 정말이었다. 그녀는 나의 창작소설을 읽은 것이 아니라 일본 작가 이노우에의 소설 「강변의 집」을 영역판에서 중역한 것을 읽었다는 것을 나는 알았지만 술김에 그 소설이 내 창작소설인 양 맞장구를 쳤다. 일종의 준작가에 해당하는 이노우에의 「강변의 집」은 척추를 다친 여인이 요양하는 별장에서 우연히 만난 곤충학자와 사랑에 빠진다는 게 주된 스토리였다. 벌써 오래전에 번역한 소설이어서 자세한 스토리가 생각나지도 않았지만, 곤충학자가 여자의 휠체어를 밀며 나비 채집을 하기 위해 숲길을 다니다가 일본 곤충학계에서는 아직 발견되지 않은 두눈점박이 말똥나비를 발견하고 깜짝 놀라서 포충망을 흔들다가 그만 휠체어가 길옆으로 나뒹구는 바람에 여자가 굴러떨어지는 장면만은 생각났다.

카페에 도착했을 때는 이미 열한 시가 가까웠고 겨울비는 그대로 내리고 있었다. 겨울이 채 지나가지 않은 2월 저녁에 내리는 비는 그날 저녁 나의 들뜬 기분과는 하나도 맞지 않는 어쭙잖은 비였다. 그와 나는 차에서 내려 카페가 있는 언덕길을 뛰다시피 올라갔다. 조금 추운 기분도 들었지만 이미 상당량의 알코올이 전신에 퍼져 있었으므로 얼굴에 떨어지는 빗방울의 감촉이 아주 싫지만은 않았다.

"눈이 왔으면 얼마나 멋질까요? 겨울에 궂은 비가 오다니."

우리가 카페의 문을 밀고 급하게 들어서자 기린처럼 키가 큰 여주인이 나의 어깨를 감싸듯이 두 손을 벌리며 말했다. 실내에는 담배 연기가 자욱하고, 석유스토브를 피워서 바깥과의 온도 차이가 심했다. 술이 상당히 취한 채 먼 곳에서부터 택시를 불러 타고 찾아온 단골 술꾼답게 나는 여주인이 반가워하는 것도 마음에 들었고 또 실내의 혼탁하면서도 따뜻한 공기도 다 좋다는 느낌이 들었다. 자리를 잡고 앉자마자 친구를 그녀에게 소개했다.

"이름난 술꾼이야."

내가 이렇게 말하자 그녀는 물기에 젖은 두꺼운 입술을 알파벳 O의 대문자 모양으로 동그랗게 만들더니 말했다.

"선생님은 늘 이름난 분들하고만 함께 오시잖아요."

나는 그 말에도 그냥 기분이 좋았다. 최 주간도 기분이 아주 좋은지 수첩에서 명함을 꺼내어 여자에게 주었다. 그의 이런 행동은 그의 기분이 최고조에 달해 있을 뿐만 아니라 방금 소개받은 여자가 마음에 꼭 든다는 표시이기도 했다. G출판사야 그저 흔해 빠진 출판사에 지나지 않았지만 출판사 직원들의 명함만은 아주 독특해서 일종의 허풍기 섞인 사풍이랄까를 남김없이 풍기고 있었다. G출판사 주간 최재기라고 쓰는 대신에 G출판종합주식회사 주간상무 최재기라고 찍힌 명함을 받아든 카페의 여주인은 알고 그러는지 모르고 그러는지 그 분위기에 맞게 호들갑을 떨면서 말했다.

"정말 거물이시네요."

"하하, 거물이지 않고. 이 친구는 물건도 아주 크다고."

내가 한마디 하자 모두들 웃었다.

"아무렴."

최가 기분 좋게 말했다.

이제 마지막 발정기를 맞은 늙은 짐승처럼 우리는 밀폐된 좁은 공간이면서도 한편으로 어딘지 휑뎅그런 구석이 있는 카페의 분위기에 그대로 빠져들기 시작했다.

"양양은 안 나왔나?"

"그만뒀어요. 요즘 애들 한군데 붙어 있길 하나요. 그냥 철새죠, 뭐."

양양이라고 내가 부르는 젊은 여자는 지난번에 왔을 때 처음 본 아가씨였는데 주인 여자가 미스 양이라고 소개했지만, 내가 우스개 삼아 순수 우리말이 좋다면서 양양이라고 불렀기 때문에 생긴 호칭이었다. 나는 양양이 그만두었다는 말을 듣고 실망했다. 지난번에 양양은 내 옆에 앉아서 이미 지나가 버린 문학소녀 시절을 이야기하면서 나를 유혹하기까지 했었다. 선생님한테 소설을 배우고 싶어요. 그녀가 그때 이렇게 말했을 때 나는 곧바로 그녀와 나를 등장인물로 하는 아주 외설적인 소설 한 편을 머릿속에 떠올렸다. 그러한 외설적인 소설은 내가 원고지에 직접 쓸 재주가 없는 것을 제일 잘 아는 사람은 바로 나였다. 그날 밤 내 머릿속에 떠오른 소설적 상상력은 그녀와 나 사이에 소설 대신 현실의 어두운 골목이나 여관방에서 일어날 미래의 사건에 대한 혼자만의 기대감에서 생겨난 것이었다.

"작은 걸로 하나 할까요?"

주인 여자가 말하자 나는 큰소리로 호기를 부렸다.

"큰 걸로 가져와. 나 오늘 원고료 받았다고."

주인 여자가 위스키병을 들고 와서 내 옆에 앉았다. 실내의 습도가 높아서인지 그녀의 몸에서는 마치 공중목욕탕 지하 계단에서 마주치는 여탕에서 세숫대야를 옆에 끼고 젖은 머리로 나오는 여자와 스쳐 지날 때의 냄새가 났다.

"이 친구는 아가씨가 없으면 술을 못 마시는데, 양양도 없으니 어쩐다?"

나는 주인여자에게 불평을 하면서 위스키를 서너 잔 연거푸 비웠다. 목구멍에서부터 뱃속까지 화염이 일듯 술이 취해 왔고 그와 나는 출판 이야기와 문학 이야기를 되는대로 지껄여댔다.

그때 카페 문이 열리면서 찬바람이 실내로 들어왔다. 밖에는 아직도 겨울비가 내리나 보았다. 방금 실내로 들어선 여자가 우산을 접으며 빗물을 털었다.

"어서 와. 너무너무 잘 됐다. 지금 양양이 없다고 안달하시는 분이 있어."

주인여자가 이렇게 말하면서 방금 들어온 여자를 불렀다. 실내조명이 어두운 탓으로 처음에는 그 여자가 바로 양양인 줄 알았다.

"양양 친구예요."

주인여자가 말하자 양양 친구는 우리를 보고 잠깐 고개를 숙였다.

"저도 그냥 양양이라고 불러주세요."

"오 선생님이 붙인 이름이니까 그게 좋겠다."

"좋지. 이 세상 여자가 모두 모두 양양이다."

최 주간이 술잔을 새 양양에게 권하며 낄낄 웃었다.

나는 기분이 금세 최고조에 달했다. 이 세상 모든 아가씨가 양양이다. 이렇게 생각하자 내 머릿속에는 또 그때처럼 아주 외설적인 장면들이 들쭉날쭉거렸다. 이런 카페에 드나드는 여자는 모두 본명은 숨기고 생각나는 대로 이름을 갖다 대는 것은 이미 누구나 다 아는 일이었다.

내 옆에 앉아서 술 시중을 드는 양양의 친구는 시간이 흐를수록 나와 무의식 속에서나마 오래전부터 만나기를 갈구했지만 그녀가 누구인지도 모르면서 기다려오다가 마침내 운명적으로 처음 만나게 된 여자처럼 느껴지기 시작했다. 내가 술 취한 시늉으로 그녀의 손을 만졌을 때 그냥 가만히 손만 빌려주는 것이 아니었다. 운명의 여자임을 자신도 다 안다는 듯 그녀는 나의 손을 더 꼭 잡았다. 그녀의 손은 방금 화로에서 꺼낸 인두처럼 뜨거워서 나는 깜짝 놀랄 수밖에 없었다. 이상한 일이었다. 흔히 술집에서 우연히 만나 합석하는 여자들은 그냥 마지못해서 술손님의 밉지 않은 술주정을 받아 주고 또 좋아하는 체하는 것이었는데 그녀는 전혀 그렇지 않았다. 그녀는 내 가슴속 깊은 곳에 숨어서 눈치를 보던 나의 동물적인 욕망을 일으켜 세웠다.

키가 큰 카페 여주인은 최 주간에게 그녀 특유의 접근법을 실행하고 있었다. 입술 가득히 점액질이 배어 나오는 모습으로 이야기하고 있는 모습이 흐린 조명과 카페를 온통 점령하다시

피 한 습기와 어울려 아주 묘하게 보였다. 최 주간은 그녀에게 아주 깊은 감동을 받았다는 듯한 표정으로 이야기를 듣고 있었다. 그녀의 이야기는 그 내용은 별것이 아니지만 어조나 어투에서 남다른 구석이 있었으므로 그는 그녀의 이러한 점이 특이하다고 느끼는 모양이었다.

나는 그녀의 어조를 이미 다 알고 있는 편이었다. 밤섬을 찾아오는 철새가 자꾸 줄어든대요. 청둥오리 몇 마리밖에는 안 온다지 뭐예요. 그녀는 한강물의 오염이나 도시의 공해를 진정으로 걱정하는 것은 물론 아니었지만, 카페에서는 어울리지 않는 말을 아주 자연스럽게 했다. 철새 보호를 위한 세미나에서나 들을 수 있는 이야기를 하는 것이었다. 그녀는 술집에서 흔히 들을 수 있는 연예인들의 사생활이나 정치인의 사생활을 얘기하는 대신에 이렇게 철새 이야기를 아주 진지하게 해 나가다가는 마치 철새 모이를 주듯 우리들 앞에 새로운 안주 접시를 가져다 놓곤 하였다.

"양양, 남자하고 자본적 있어?"

내가 속삭이듯 물었다. 양양은 위스키를 몇 잔 마셔서 비에 젖은 몸이 더 뜨거워진 것 같았다. 그녀는 따뜻한 체온을 나에게로 전해 주면서 말했다.

"아기도 가져 봤는데요."

"아기?"

"몇 달 동안이었어요. 수술해서 떼어냈어요."

양양의 이야기를 듣자 나는 숨이 막힐 듯한 취기를 느꼈다. 이미 열두 시가 지나고 있었다. 바람에 출입문이 흔들리며 조금씩 열렸다 닫히는 사이로 보이는 바깥 거리는 어둡고도 어두웠다. 어디선가 자동차의 급브레이크 밟는 소리가 들렸다.

나는 양양의 뜨거운 손을, 잡고 카페를 나왔다. 나오면서 보니까 최 주간은 여주인의 높은 어깨에 얼굴을 묻고 잠이 들었는지 조용했다. 양양과 함께 비틀거리며 일어서면서 무리한 도시계획으로 그린벨트가 자꾸 줄어든다는 이야기를 하고 있는 여주인에게 10만 원짜리 수표 두 장을 건네주었다.

밖은 어둡고 추웠다. 비는 멈추었지만 추운 바람의 손끝에는 아직도 빗기운이 그대로 남아 있어서 술이 취해서 달아오른 나의 얼굴을 차갑게 했다.

"어디로 가지?"

내가 이렇게 말했을 때 양양은 대답 대신 나와 팔짱을 끼면서 몸을 나에게로 기대어 왔다. 크고 탄력 있는 양양의 젖가슴이 부딪쳐 올 때마다 나는 정말 행복했다. 택시는 잡히지 않았다. 길가에 서서 택시를 잡으려고 해 보았으나 자정이 넘은 비오는 겨울 밤거리를 과속으로 질주하는 택시들은 나와 양양을 비웃기라도 하는 듯이 아예 멈출 생각을 하지 않고 오히려 상향등을 번쩍번쩍하면서 길가에서 비켜나지 않으면 그대로 깔아뭉개겠다는 듯 질주해 나갔다.

"저희 집으로 가요. 동생이 고향에 내려갔어요. 저 혼자예요."

내가 낭패감에 젖어 있을 때 양양이 말했다. 양양의 말을 듣기 전까지는 그날 밤 내가 양양과 어디에서 무슨 일을 하면서 지내야 할지 도무지 궁리가 서지 않았다. 내 머릿속에서 일어나던 외설적 상상력은 이미 다 소진됐는지도 몰랐다. 한창 젊었을 때는 술집에서 만난 아가씨와 싸구려 여인숙에도 잠입해본 적이 있지만, 요즘에 와서는 술이 함뿍 취하기도 전에 술자리가 파하는 게 보통이었으므로 바깥에서 여자와 하룻밤을 동숙한다는 것은 소설 번역가가 곧바로 소설의 주인공이 되는 것처럼 불가능한 일이었다.

나는 양양에게 이끌려 골목길로 들어섰다. 골목 맞은편에 있는 교회당 첨탑에서 빛나는 십자가의 네온사인이 꼭 선지피 같다는 느낌이 문득 들어서, 예수 믿는 놈 잘 먹고 잘 살아라라고 말하고 싶었을 때 양양의 뜨거운 입술이 나의 찬 뺨에 부딪쳐 왔다.

"꼭 왕자님 같아요."

양양이 가쁜 숨소리로 말했다. 그 말을 듣자 나는 정말 그 순간 왕자님이 되었다.

"궁궐에서 쫓겨난 불쌍한 왕자님 같아요."

양양이 이렇게 말했을 때 나는 겨울 내내 쌓였던 피로가 한꺼번에 가시는 듯한 기분이 되었다. 정말 이래도 되는 것일까. 무면허 치과의사가 농촌지역을 순회하면서 충치도 뽑아주고 틀니도 해 주고 금이빨도 갈아 끼워 주다가 적발되는 일이 신문에 가끔 보도되는 일이 있을 때마다 나야말로 바로 면허도 없이 불법 의료행위를 하는 사람과 똑같은 범죄를 저지르는 것이 아닐까라는 생각을 하곤 했었다. 낯모르는 외국사람이 쓴 소설을 무턱대고 번역을 해 나가면서, 충치를 잘못 뽑아서 치근을 아예 못 쓰게 만들고 과다한 출혈을 시켜서 겉만 멀쩡하게 땜질하여 틀니를 해 넣어 주는 무면허 치과의사와 다를 바가 없다는 생각을 하였다. 번역이라는 것은 생이빨을 뽑아내어 피를 뚝뚝 흘리게 하면서 그 자리에 틀니를 해 박아 놓는 것처럼 삶을 죽음으로 바꾸는 것이 아닐 수 없었다.

솔직히 말해서 어떤 때는 주인공의 심리상태를 묘사한 문장을 도저히 우리말로는 해석할 수도 없어서 그때그때 적당히 우리나라의 습관대로 바꾸어 놓은 때도 한두 번이 아니었다. 그러므로 그러한 번역의 문장들은 이미 이반이나 토마스나 스티븐의 것이 아니라, 철수와 창식이의 심리가 되는 꼴이어서 철수가 시베리아 유형지에서 군수공장의 공장장 딸을 사모하게 되는 격이고 창식이가 스칸디나비아 반도의 어항에서 긴 고무장화를 신고 상어 배때기를 따는 꼴이었다.

이런 생각이 들 때마다 나는 죽고 싶었다. 아무리 호구지책이라고는 해도 차라리 나의 가증스러운 지적인 오만함과 교활함을 벗어 던지면, 기사식당을 하면서 세차도 할 수 있겠고 또 커피전문점을 차려서 생활비와 아이들 학비는 충당할 수 있었겠지만, 대학을 나오고 또 한때나마 소설가입네 싸다니면서 스스로 쳐 놓았던 교만과 위선의 그물을 벗어나지 못하는 내가 나는 정말 미웠다.

내가 미워하는 나를 양양이 왕자라고 불렀을 때 내가 느낀 기분은 그야말로 만년필의 잉크나 타자기의 자판으로는 도저히 묘사할 수는 없는 것이었다. 나는 사랑에 빠져서 왕위 계승권을 포기한 채 부왕에게 미움을 받고 궁궐에서 쫓겨난 왕자처럼 양양을 감싸 안고 그녀가 이끄는 대로 교회당 골목을 지나 외등의 불빛을 따라 언덕받이에 있는 연립주택의 마당으로 들어섰다.

"사모님한테 야단맞지 않으셔요?"

양양은 어두운 층계를 올라가며 말했다.

"왕자님한테 사모님이라니? 왕자에게는 양양뿐이야."

양양이 나를 데리고 들어간 집은 처음에는 무섭고 두려운 어둠뿐이었지만 그녀가 전등 스위치를 올리자, 이미 오래전부터 양양과 나를 기다려 온 운명의 아득한 공간으로 변했다. 주방과 통하는 넓지 않은 거실에는 조그만 텔레비전 세트와 전기밥솥이 보였다. 좁은 거실에는 어울리지 않게 보이는 금장의 벽시계가 자정을 넘어 1시 반을 가리키고 있었다. 온종일 아이들 뒷바라지하다가 피로에 지쳐 곤한 잠에 빠져 있을 아내의 얼굴이 문득 떠올랐다. 내가 자정이 지나서 귀가할 때면 아무리 벨을 눌러도 깊은 잠에서 깨어나지 못하는 아내였다. 언제나 독신자처럼 현관 문구멍에 열쇠를 꽂아 돌리곤 하는 나의 모습이 아내의 잠든 얼굴 위로 떠올랐다.

"위스키 한잔해야죠?"

양양이 말했을 때 나는 심한 열등감을 느꼈다. 내가 술을 마시고 늦게 귀가했을 때 아무리 벨을 눌러도 깊은 잠에서 깨어나지 못하는 아내의 나태에 길들어 있던 나는 양양의 민첩성에 놀랐다. 그동안 번역소설 원고나 메우면서 내 자신의 멀쩡한 이빨을 송곳으로 찌르고 끌로 박살 내면서 스스로 선혈을 흘리고 있었다는 자조감이 온몸을 엄습해 왔다. 열등감, 그렇다. 나는 열등감이 일어나면 저 깊은 곳 나의 빈약한 육체의 깊은 곳에서 잠을 자던 사랑의 욕망이 불끈불끈 일어서는 것이었다. 나는 서둘러서 양양과 한 몸이 되고 싶은 생각으로 위스키를 한입에 비웠다. 머릿속으로는 윤활유가 잘 먹여진 톱니바퀴가 돌아가는 소리를 냈고, 번역소설 원고지가 끊임없이 찢어져 나가는 소리도 났다.

현관문이 요란스럽게 열리면서 손에 핸드폰을 든 사내가 거실로 달려든 것은 톱니바퀴 소리와 원고지 찢어지는 소리 중간쯤이었을 것이었다.

"유부녀와 놀아나는 당신 누구야? 뜨거운 맛 좀 보실까."

양양이 그 순간 나의 왼편에 서 있었는지 오른편에 서 있었는지는 기억할 수 없지만 양양이 사내에게 한 말을 문법에 맞게 재구성하면, '여보, 이 아저씨가 강제로 요구했어요' 라는 것이었다.

'소라도 1km'라고 쓰인 팻말이 국도변의 소나무 사이에 조그만 주말농장의 팻말처럼 세워져 있었다. 경운기나 다닐 만한 좁은 길이 야산 허리로 나 있었다. 길 옆의 논과 밭에는 겨우내 쌓였던 눈이 녹아서 군데군데 웅덩이 모습으로 물이 고여 있었고 불타다가 저절로 꺼진 듯한 볏짚과 참깨 대궁이가 거뭇거뭇한 모습으로 쓰러져 있었다. 붉은 벽돌로 견고하게 지은 교회당이 야산 모퉁이를 돌자 나타났지만 주일이 아니어서인지 교회 마당에는 사람 그림자 하나 보이지 않고, 추위를 유난히 타는 듯 보이는 누렁이 한 마리가 자동차 소리에 몇 번 짖다가 꼬리를 사리고 달아났다.

야산을 끼고 난 길은 시멘트 포장이 됐지만 여기저기가 다 패어서 엉망이었다. 솔밭을 빠져나오자, 거짓말같이 바다가 보였다. 바다가 푸른색이 아니라 은회색의 빛으로 퍼져 나가 있었고 수심이 얕고 간만의 차가 심한 서해바다의 냄새가 가득 몰려왔다. 개펄의 냄새와 소금기를 잔뜩 숨기고 있는 무력해 보이면서도 어딘지 음흉한 기운이 묻어나는 서해바다 특유의 냄새였다.

"섬이에요."

아내가 한곳을 가리켰다. 그곳에 정말 섬이 보였다. 방금 지나온 농촌의 풍경 속에서 작은 마을 하나를 떼어다가 바다 가운데로 옮겨놓은 듯한 모습이었다. 야산을 빠져나오자 페인트칠이 다 바랜 차단기가 길을 막고 있었다. 나는 그 앞에 차를 세우고 클랙슨을 몇 번 눌렀다. 야산 자락 솔밭 사이에 위장망을 뒤집어 쓴 초소에서 병정이 느린 걸음으로 나와서 우리에게 다가왔다.

"주민등록증 보여주십시오."

앳된 병정이 거수경례를 했다. 그는 나에게서 주민등록증을 받아 들고 다시 초소로 들어갔다가 한참 만에 나왔다. 초소의 위장망을 뚫고 하늘로 솟은 텔레비전 안테나 위에 까치 한 마리가 앉았다가 날아가는 모습이 병정이 어깨에 멘 소총의 총구 위로 보였다.

"일박하실 거죠?"

뜻밖에도 그가 물었을 때 나는 얼굴이 조금 붉어졌다. 아내와 내가 옷을 다 벗고 한 이불 속에서 동침하려는 것을 어린 병정이 짓궂게 확인하는 줄 알았기 때문이었다. 집에 있을 때의 아내는 낡은 기성품에 지나지 않았다. 부속품이 녹슬고 나사못이 헐거워진 중고품이었지만, 집을 떠나서 여행을 하는 날 저녁 여관에서의 아내는 거짓말같이 새 물건이 되곤 하였다. 아내의 몸 구석구석의 모든 부속품이 제 기능을 발휘하고 나사못도 헐겁기는커녕 신제품처럼 너무 꽉 조여져 있곤 하였다.

"밀물 때가 곧 됩니다. 오늘은 금방 길이 막히니까 1박하실 수밖에 없겠네요."

병정이 이렇게 말하고 주민등록증을 돌려주었다. 그가 차단기를 올려주었다. 차단기를 벗어나자 곧바로 섬으로 가는 둑길이었다. 군데군데 웅덩이처럼 파인 곳에 바닷물이 고여 있는 개펄, 달의 표면에 바닷물을 쏟아부은 것 같은 이상한 형상을 한 개펄 사이로 섬으로 가는 둑길이 일직선으로 나 있었다. 섬은 손끝에 잡힐 듯이 보였지만, 개펄의 길이가 2킬로미터는 족히 되는 듯해 보였다. 섬에 가까이 가자 바닷물이 개펄 위로 올라왔다가는 다시 물러나는 모습이 바다와 대지의 알 수 없는 몸싸움 같아 보였고 또 격렬한 애무같이도 보였다. 섬으로 가는 길은 자동차 한 대가 간신히 갈 수 있는 정도의 너비였으므로 반대편에서 오는 자동차가 있으면 길 한 쪽에 나 있는 약간 넓은 곳에서 정차했다가 한쪽 차가 지나간 다음에 가도록 만들어져 있었다.

아내는 개펄에 넘실대기 시작한 바닷물에 겁이 났는지 입을 다물고 있었다. 개펄에서 풍기는 소금기 섞인 흙냄새와 바닷바람이 상쾌했고 둑을 지나는 동안 떠나온 서울의 문명은 머릿속에서 말끔히 지워져 버리고 있었다. 그때 마침 섬에서 자동차가 한 대 나오더니 우리와 마주 보고 둑길을 달려왔다. 나는 자동차를 한쪽으로 비켜 세우고 기다렸다.

그들이 지나가면서 손을 흔들었다. 아내가 대답으로 손을 흔들었다. 젊은 연인들로 보이는 그들은 섬을 떠나는 게 아쉬워서일까, 아니면 바다 위의 하늘빛을 역광으로 받고 있어서일까. 딱히 짚어낼 수는 없으나 어떤 슬픔이나 어떤 아쉬움 같은 게 묻어나고 있었다. 손을 흔드는 아내는 말을 잊은 듯 좀 멍한 표정을 하고 있었다. 아내는 바다를 붉게 물들이는 햇빛의 그물 속에 갇혀 있었다.

둑길을 다 지나서 섬으로 올라와서 나는 자동차를 세웠다. 추운 기운은 없었지만 바람이 세게 불어서 처음 차에서 내렸을 때는 숨이 막힐 것 같았다. 나는 방금 전에 지나온 길을 건너다보았다. 밀물의 힘이 점점 거세어지고 있었다. 개펄은 어느새 바닷물로 메워져 있었고 둑길 양쪽으로 밀물의 파도가 하얗게 부서지는 모습이 어떤 막을 수 없는 분노의 몸부림처럼 보였다. 광활한 바다를 가로막고 있는 장애물과 세속의 모든 추잡하고 비열한 요소들에 대하여 투쟁을 선언하는 분노의 모습으로 비쳐졌다.

"굉장하군."

내가 이렇게 무심결에 말하자 아내는 내 곁으로 바싹 다가와서 팔짱을 끼며 얼굴을 내 어깨에 기댔다. 서울에서의 아내가 아니라 이제 섬에 닿자마자 다시 태어난 아내의 신호를 보내고 있다고 나는 느꼈다.

"저것 좀 봐. 우리가 지나온 둑길이 바닷물에 잠기고 있어. 바다가 열렸다가 다시 닫히고 있어."

아내와 나는 바닷물이 개펄을 다 뒤덮고 나서 둑길을 따라 흰 파도로 부서지는 모습을 바라다보고 서 있었다.

"섬에 오길 잘했죠?"

아내가 말했다.

"섬을 한 바퀴 둘러보자구."

우리는 자동차를 타고 언덕받이로 올라갔다. 섬의 모래언덕에 자리 잡은 횟집 앞의 공터에는 자동차가 몇 대 보였고, 섬마을로 들어가는 길은 군데군데 포장이 망가져 있었다. 길 양편으로 보이는 밭에는 가을걷이 후에 한겨울을 보내면서 쌓인 더러운 눈구덩이가 보였다. 조금 가다가 길 한쪽으로 원두막처럼 지은 방갈로가 몇 채 보였지만 페인트칠이 다 벗겨져 있었다. '소라도해수욕장입구'라고 쓰인 팻말도 다 쓰러질 듯 길 옆에 서 있었다.

길 오른편으로 조그만 국민학교가 보였다. 섬 인구가 백 명도 채 안 된다는 아내의 말이 생각나서 나는 나도 모르게 미소가 흘러나왔다. 시골 분교, 조그만 운동장, 창틀이 삐걱거리는 유리창, 국기 게양대, 코스모스, 고추잠자리, 철봉과 수평대 등 우리나라 곳곳에 흩어져 있는 조그만 시골 분교의 절실한 모습을 그대로 나타내고 있는 그 학교는 2월 초에 개학했다가 이제 다시 신학기를 앞두고 짧은 봄방학의 평화로운 잠이 들어 있었다. 아내와 나는 자동차를 국민학교 조금 지나 나 있는 공터에 세우고 마을길로 걸어 들어갔다. 쌀쌀한 바람의 손끝 어디에선가 불쑥불쑥 봄의 향기가 묻어 나왔다. 여름에 피서객들이 함부로 버리고 간 코카콜라 캔과 소주병이 수북이 쌓인 흙더미에서도 이제 지루했던 겨울이 몸을 감추면서 흘리는 눈물처럼 눈 녹은 물이 길 한복판으로 삐어져 나오고 있었다.

바람을 피하느라고 아주 나지막하게 지은 집의 지붕을 얹은 낡은 슬레이트도 세월 속에 그대로 노출되어서 퇴락의 기분을 뿜어내고 있었다. 문 닫은 횟집과 건축하다가 중단된 공사장 사이를 빠져나가자 낮은 구릉이 나왔다.

그 언덕으로 올라가자 여름 피서객을 위해 설치했던 이동식 화장실이 모래언덕 위에 띄엄띄엄 서 있었고, 탈의실이라고 간판이 붙은 상자 모양의 구조물도 출입 문고리가 다 떨어져 나간 채 바람 속에 노출돼 있었다. 해수욕장의 겨울 모습은 그야말로 이미 용도 폐기된 중고품의 하역장처럼 보였다. 여기저기 찢어진 비치 파라솔과 보기 흉한 쓰레기더미들이 반쯤은 모래에 파묻혀 있었다. 아무리 한여름철이라고 한들 여기에 찾아오는 사람이 얼마나 있을지 의문이었다. 이제 바다 너머 저 아득한 곳으로 몸을 옮기며 부서지는 짧은 겨울 해의 슬픈 빛만이 바다를 온통 물들이고 한나절 동안 물러났다가는 다시 대지로 돌아오고 있는 밀물의 물결만이 점점 힘을 내고 있었다.

분교 앞까지 다시 돌아왔을 때 지나가는 마을 소년을 만났다.

"민박할 수 있는 집 안내 좀 할까?"

소년은 조금 성가시다는 얼굴을 했다.

"마을에서는 겨울에 민박 안 쳐요. 저기 저 횟집 식당에 가 보세요."

그는 섬의 초입 쪽에 선 식당 건물을 가리켰다.

"이 학교에 다니니?"

내가 분교를 가리키면서 말했다. 소년은 고개를 흔들었다.

"아뇨. 저는 외가가 있는 서신면 학교에 다녀요. 방학이어서 집에 온 거예요. 이 학교는 학생이 서른 명도 안 돼요. 곧 문을 닫는대요."

소년은 꿈길인 듯한 좁은 마을길을 뛰어갔다. 나에게는 꿈길인 듯 보였지만 소년에게는 이 협소한 공간과 폐쇄된 시간을 탈출한 자랑스러운 길이었을까. 우리는 자동차를 돌려서 모래언덕 위에 자리 잡은 횟집 식당 앞으로 갔다. 오른쪽으로 보이는 육지로 나가는 둑길은 이제 흔적도 안 보였다. 조금 전에 우리가 자동차를 타고 건너온 길은 보이지 않고 잿빛의 바다 물결만이 넘실대고 있었다. 구름 사이로 비치는 햇빛이 여기저기 바다 물결의 지느러미를 황금빛으로 물들이고 있어서 바람 부는 날 큰 저수지에서 잉어가 뛰어오르는 모습을 연상시켰다.

공사장 감독관실을 지을 때 흔히 쓰는 조립식 자재로 지은 식당은 썰렁한 채 몇 명 되지 않은 손님들이 소주를 마시고 있었다. 밖에 놓여 있는 수족관은 텅 비어 있었지만, 유리문을 열고 안으로 들어가자 바다에서 갓 잡아 올린 듯 싱싱해 보이는 고기들이 이 폐쇄된 섬과 바람 부는 모래언덕 위의 쓸쓸한 횟집의 분위기를 아랑곳하지 않으려는 듯 유유히 헤엄치는 커다란 수족관이 보였다.

"길이 막혀서 못 나가셨나 보죠?"

우리가 수족관 속을 헤엄치는 물고기를 신기하게 들여다보고 서 있을 때, 식당의 여주인인 듯한 뚱뚱한 여자가 주방 쪽에서 나오면서 말했다.

"처음부터 하루 묵을 요량으로 왔어요. 이 식당에서 민박도 친다죠?"

아내가 말했다. 여자는 주방 쪽으로 얼굴을 돌리더니 조금 목이 쉰 듯한 소리로 말했다.

"여보. 여기 좀 나와 봐요. 이 손님들이 주무시고 가신대요."

잠시 후에 주방에서 커다란 식칼을 든 남자가 나왔다. 여자와는 대조적으로 아주 깡마른 곱슬머리 사내였다.

"보일러 손을 봐야겠구먼."

그는 손에서 시뻘건 빛깔의 고무장갑을 벗어서 주방의 요리대 위로 집어 던졌다.

"방이 있습니까?"

우리가 문을 열고 들어간 식당은 시골 예식장 근처에 있는 규모만 큰 식당과 같이 칸막이나 방이 따로 없었다. 민박 손님을 받을 방이 있을 것 같지 않았다. 그래서 내가 사내에게 묻자 사내는 좀 기분 나쁘다는 듯한 표정을 했다.

"뒤쪽에 별채가 있소. 방이 여러 개 있는데 한 방 손님 받자고 기름보일러를 돌려야 돼서 하는 말이오. 방값만 조금 더 생각해 주시오."

식당 건물 옆으로 창고같이 지은 낮은 조립식 건물이 보였다는 생각이 그제서야 떠올랐다.

우리는 구두를 벗고 마루방으로 올라섰다. 한쪽에서는 매운
탕에 소주를 마시며 화투를 치는 손님들이 와자지껄했다. 옷
차림으로 보아서 멀리서 온 관광객이 아니라 섬의 주민들처럼
보였다. 가끔 바닷바람에 유리창이 흔들리는 소리가 바닷가의
분위기를 형성하고 있었지만 그 외에는 어느 시골 공사판이
막 벌어진 황량한 공간에 삶의 쓴맛에 힘이 쑥 빠진 채 모여든
인부들의 휴식처 같아 보였다. 폐광 직전의 광산촌 식당에 모
여앉아 재빠르게 탈출하지 못한 신세를 한탄하면서 술에 취하
는 사람들 같았다.

이사예비치의 「붉은 강」에 나오는 유형지의 죄수들이 밤이
되면 철조망을 몰래 넘어가서 여죄수들의 감방으로 잠입하여
벌이는 배설 행위가 문득 떠올랐다. 그러나 그것은 잠입이 아
니었다. 감방의 벽을 타고 올라가서 창을 넘어 여감방의 변기
옆에서 옷을 벗고 벌이는 성행위가 아니었다. 수십 년 동안 눈
과 바람 속에 버려진 채 버티어 온 목조건물은 낡을 대로 낡
아서 감방의 변기에서 흘러나오는 오물이 그대로 건물 주위에
얼어붙어 있고 그 오물 어딘가에 미처 소화되지 않고 섞여 있
는 빵 찌꺼기를 파먹으며 번식하는 들쥐들이 우글거렸다. 그
가운데서 살찌고 용감한 들쥐들이 죄수들의 엉덩이 살을 뜯어
먹으려고 벽을 뚫어 내놓은 쥐구멍의 이쪽과 저쪽에서 마지막
삶의 예식을 행하듯 서로의 성기를 갖다대고 서로의 뼈만 남

은 손을 쥐구멍으로 넣었다 뺐다 하면서 상대방의 욕망을 어루만져 주다가 마침내 삶의 작별을 고하는 듯 신음하며 내뿜는 배설의 행위.

식당 뒤켠에 보이던 조립식 건물이 그날 밤 아내와 내가 묵을 장소라는 것을 알고는 나는 이상하게도「붉은 강」의 그 처절한 성행위의 장면들이 머릿속에 떠올랐다. 나는 피로웠다.

"광어가 싱싱해요. 매운탕도 바로 나오니까 많이많이 드세요."

주인 여자는 광어회 접시를 놓으며 말했다. 수족관에서 방금 꺼내어져 살육을 당한 광어의 하얀 속살이 아직도 옴찔옴찔 경련을 하고 있었다.

"이런 데서 자는 게 위험하지 않을까요?"

내가 소주를 몇 잔 마시고 나서 담배를 피워 물자 그동안 광어회를 부지런히 집어 먹고 있던 아내가 말했다. 아내는 다시 서울의 아내, 늘 가계부를 적으면서 한 달 생활비를 걱정하고 판에 박힌 듯한 나태한 생활 속의 여교사가 지닌 논리와 합리의 세계로 복귀하고 있는 것일까. 나는 술에 취하고 싶었다. 나는 아무 말도 안 하고 아내의 술잔에 소주를 따랐다.

"해결의 열쇠는 이 술잔 속에 있어."

나는 연극배우가 독백을 하듯 말했다. 술잔 속에 열쇠가 있다? 나는 코웃음이 나왔고 이어서 양양의 연립주택 거실에서의 악몽 같은 현실이 생각났다.

유부녀 유인 추행 혐의. 그날 밤 파출소의 경찰이 적고 있는 사건 조서에는 이렇게 씌어 있었다. D일보 해직 기자라고 스스로 신분을 소개하면서 사회윤리의 타락과 부패상을 질타하던 양양의 사내는 내가 파출소에서 조서를 받는 동안 계속해서 어딘가로 전화를 걸고 있었다. 검정색 핸드폰은 그날 밤 나를 저승으로 데리고 가는 사자의 상징처럼 보였다.

놈이 유명한 소설가요. 이 사회가 이렇게 썩어서야 되겠소? 안 부장 안 계셔? 경찰청에서 나갔다고? 그런 일은 안기부 조 국장이 담당 아냐? 이거 왜 이래? 내가 신문사 그만뒀다고 아주 찬밥 대접이야? 알았어. 그만둬. 내 마누라 문제는 내가 알아서 하지. 이놈을 한번 혼쭐이 나도록 조질 테니까. 나는 사내가 전화 걸면서 떠드는 소리를 들을 때마다 나의 목숨의 껍데기가 하나씩 하나씩 벗겨져서 겨울비 오는 길거리에 나뒹굴고 있다고 느꼈다.

그날 밤 내 호주머니 속에는 작은 수첩 하나 없었으므로 최 주간에게 연락을 하고 싶어도 전화번호를 알 수 없었다. 파출소 경찰한테 사정을 해서 집으로 전화를 했다. 아내가 최 주간한테 연락을 했지만 술에 곯아떨어진 그는 아침에야 일의 자초지종을 듣고 파출소로 달려왔다. 재수 옴 붙었어. 최 주간은 말했다. 50만 원 달라는 걸 30만 원으로 깎았어. 그 자식 상습범이야. 여자 내세워서 돈 뜯고 사는 놈이 분명해. 나는 최 주간에게 따지듯이 물었다. 그럼 뭣 하러 돈을 주고 해결했지?

그런 놈을 가만둘 수 없어. 최 주간은 해장국집으로 나를 데려 가면서 말했다. 그런 놈들과 경찰관은 공생 관계야. 이름도 모 르는 여자의 집에 오 형이 들어간 것은 사실 아냐? 이런 문제 를 가지고 정식으로 소송을 제기해 봐야 우리만 더 망신이지. 나는 해장국 속에 대가리를 처박고 빠져 죽고 싶었다. 양양은 파출소에서 똑똑 부러지는 말투로 진술했다. 이 아저씨가 강제 로 따라와서 요구했어요. 카페에 그냥 우연히 갔다가 나오는데 글쎄 부득부득 집까지 따라왔어요. 몸을 강제로 요구했지 뭐 예요.

매운탕이 나왔을 때는 나는 꽤 취했고, 유리문 밖으로 내다 보이는 모래언덕 너머 바다는 완연한 잿빛으로 물들고 있었다. 조금 전까지의 진흙탕 같던 개펄이 광활하고 사나운 바다로 변했다는 사실이 믿어지지 않았다.

소변을 보려고 식당 밖으로 나오자 소금기 묻은 바닷바람이 목덜미를 파고 들어왔다. 나는 모래언덕 끝으로 올라가서 바 다 쪽을 향하고 섰다. 바다 건너 오른쪽으로는 우리가 지나온 야산이 야트막하게 보였지만 차단기가 서 있던 자리와 군부대 막사는 바닷바람 너머 겨우내 푸른 잎이 다소곳한 야산의 소 나무 숲에 숨어 있었다. 야산의 왼편으로는 반쯤 깎여 나간 돌 산이 보였다. 채석장이 있는지 커다란 덤프트럭들이 오가고 있 었다. 나는 못생긴 내 물건을 바지 속에 다시 꾸겨 넣고 식당으 로 돌아왔다.

"내년이면 이 섬이 아주 없어져요."

소주를 가져온 주인 여자가 말했다.

"이제 이 장사도 끝장 다 봤지요."

"섬이 없어지다뇨?"

아내가 말했다. 아내는 소주 몇 잔에 얼굴이 온통 진홍빛이었다. 아내는 손가방에서 조그만 지도책을 꺼내어 펼치면서 주인 여자를 쳐다보았다.

"지금 대소라도에서부터 간척공사를 해 오고 있어요. 저 바다 건너쪽에 있는 산을 깎아서 바다를 메워오는 거죠. 산업단지를 조성한대요."

나는 그제서야 조금 전에 본 바다 건너편의 돌산과 수없이 오고 가는 덤프트럭이 생각났다. 서해안 수심이 얕은 곳의 바다를 메워서 대규모의 간척사업을 하는 국토개발계획은 이미 오래전에 확정된 사실일 것이었다. 작은 반도와 반도 사이의 바다를 막아서 육지로 만들어서 국토를 확장해 나가는 사업은 이 나라 땅덩어리가 좁으니까 얼마든지 해 나갈 수 있는 일이었다. 그러나 소라도에 가슴 설레며 처음 찾아온 아내와 나에게 이제 내년이면 이 섬이 없어져서 육지가 되고 또 섬의 모래 언덕 위 횟집 식당 자리에 반도체 조립공장이 들어선다는 사실은 절망감과 무력감이 뒤죽박죽된 이상한 낭패감을 안겨 주는 것이었다.

"우리나라에 섬이 하나도 남아나지 않겠네요."

아내는 광어 매운탕 냄비에서 젓가락을 거두며 말했다.

아내가 말하는 섬의 의미는 무엇일까. 바다 한가운데 떠 있는 수제비 같은 땅덩이를 뜻하는 것일까. 아니다. 아내가 말하는 섬은, 지금 여기 있는 곳으로부터 지금 여기와는 다른 공간을 건너뛰어서 새롭게 자리 잡은 또하나의 공간. 사람들이 언제나 살아가면서 지금 살아가는 곳이 아닌 다른 곳을 염원하는 마음속의 새로운 시간과 공간일까. 언제나 꿈꾸어도 닿을 수 없는 아내의 슬픈 꿈일까. 창공을 날아갈 것 같았던 젊은 날의 꿈은 냉장고와 텔레비전과 부엌 싱크대에서 얼어붙고 찍찍거리고 개숫물처럼 하수구로 빠져나가고, 이제는 꿈꿀 수 없는 꿈속에서 가위눌리는 슬픈 현실의 그림자일까.

건너편 자리에서 화투를 치던 사내들이 왁자지껄 떠들면서 나가고 나자, 횟집 식당의 마루방은 갑자기 정적에 휩싸였다. 주인 여자가 사내들이 나간 자리의 천장 형광등을 소등하자 실내는 한결 어두워졌다. 정적과 어둠에 휩싸인 식당 안은 한밤중 같은 기분에 휩싸였다. 잠시 후에 밖에서 오토바이의 엔진 소리가 요란하게 들려왔다. 사내들이 자기들의 처소로 어둠을 가르며 돌아가는 소리가 마치 파도 소리처럼 일정한 간격을 두고 들려왔다.

"광어 양식업자들이오. 저 사람들도 이제 삶의 터를 잃고 곧 떠나야 할 처지가 됐다오. 그래서 홧김에 술내기 화투나 치면서 세월 보내는 거라오."

주인 사내가 멍게 한 접시를 식탁에 놓으며 내 곁으로 앉았다.

"이 광어도 양식한 겁니까?"

그에게 소주잔을 권하며 물었다.

"그럼요. 서해안 광어는 모두 양식이지요. 자연산은 드물어요. 그나저나 바다를 돌로 메워 오니까 모두 다 문 닫게 됐다오."

그는 소주를 몇 잔 계속해서 마셨다.

매운탕에 밥을 한 공기 말아서 먹고 아내와 나는 일어섰다. 아내는 못 하는 술을 몇 잔 마신 탓에 나보다도 더 취해 있었다. 주인 남자가 플래시를 들고 앞장을 서고 나는 아내를 부축하다시피 해서 그의 뒤를 따라갔다. 바람도 더 거세어졌고 파도 소리도 사나워지고 있었다. 식당 뒤켠으로 나 있는 별채는 똑같은 크기의 방이 연달아서 일렬로 붙어 있었다. 주인 남자가 전등을 켜고 방의 출입문을 열어 주었다. 아무도 승차하지 않은 객차에 아내와 나만 승차하는 듯한 묘한 기분이 들었다.

"편히 쉬세요. 오늘 밤은 손님들이 이 별채를 독차지했으니까, 거 뭐랄까, 마음 푹 놓으시고, 신혼여행 온 것처럼 주무시오."

주인 남자가 돌아가고 나자 우리는 방으로 들어갔다.

"후후."

아내가 웃었다.

"신혼여행이라니."

나도 웃음이 나왔다.

방바닥에서는 온기가 올라왔지만 방 안의 공기는 차가웠다. 아내가 이불을 펴면서 또 후후 웃었다. 밖에서는 파도 소리가 요란하게 들려왔다.

"서울의 올가미에서 벗어나려고 섬을 찾아왔는데 내년이면 섬이 없어진다니 기분이 묘하지 않아?"

"그래도 오늘 밤만큼은 완전한 섬이잖아요."

"완전한 섬?"

파도 소리가 유리창을 흔들었다.

나는 상의를 벗어서 옷걸이에 걸었다. 아내의 얼굴을 바라다보았다. 울고 싶다는 생각이 문득 들었다. 아내는 내 생각을 다 알고 있다는 듯 배시시 웃으면서 나를 껴안고 뜨거운 입맞춤을 했다.

"당신 정말 그 아가씨하고 사랑을 나눌 생각이었어요?"

전등 스위치 줄을 한 번 당기자 붉은색 꼬마전구가 켜졌다. 아내와 내가 옷을 벗는 사이의 짧은 정적 사이로 파도 소리가 집요하게 비집고 들어왔다. 내일 새벽이면 썰물이 되어 다시 둑길이 트여서 육지와 연결이 되고 또 내년이면 바다가 다 매립되어 이제는 더 이상 소라도라고 이름 붙일 수도 없게 된 섬이지만, 아내와 내가 옷을 벗고 있는 그 순간만은 파도치는 바다에 둘러싸인 섬, 서울의 올가미가 절대로 도달할 수 없는 완전한 섬이었다.

그날 밤 아내와 나는 밤새도록 파도 소리를 들었다. 오랜 시간이 지나도 기진하지 않았다. 아내와 나와 파도 소리가 절정에 이르렀을 때 정말로 섬을 하나 소유하고 싶다는 꿈을 꾸고 있었다.

(현대문학, 1993)

반품

요즘 들어 부쩍 앓는 소리가 많아진 아내는 그날 아침에도 아니나 다를까 또 마찬가지였다.

"허리가 엄청 아파."

아내는 해가 꽁무니까지 올라왔는데도 잠자리에서 일어나지도 않는다. 아침 밥상 볼 생각은 저만치이다. 나는 속으로 은근히 부아가 났지만 아파서 못 일어난다는 데야 뾰족한 수가 없는 노릇이다. 아들딸 낳아 키우고 없는 살림에 허세만 부리는 남편 뒷바라지하느라고 골병도 들었을 아내는 나이 들면서 아프다는 말을 입에 달고 사는 신세가 되었다. 시집 장가간 자식 놈들은 제 어미가 이렇게 허구한 날 아픈지도 모르고, 툭하면 부부동반 동창회다 뭐다 하면서 손자 맡길 생각들만 한다. 그러니 아픈 아내를 상대하면서 속을 썩이는 것은 오로지 내 차지가 되었다. 나는 아침마다 식후에 혈압약을 복용하기 때문에 아침밥을 병아리 오줌만치라도 꼭 먹어야 된다.

달팽이관이 고장 나서 가끔 현기증이 나는 줄만 알았는데 웬

걸 그게 아니다. 오장육부가 다 헝클어지고 망가졌는지 팔다리, 허리, 어깨, 가슴, 무릎까지 온몸이 말을 안 듣는 모양이다. 어떤 때는 속이 메슥거린다면서 왝왝 토하기도 한다.

"당신 애당초 불량품 아니야?"

내가 한마디 할 때면, 아직도 생생하고 빳빳하던 젊은 날의 숨이 다 죽지 않았다는 듯 고약한 성질을 고스란히 드러낸다.

"흥, 누가 할 소리!"

"불량품은 반품해야 된다는 것 몰라?"

내가 정말로 처갓집으로, 아아, 이젠 장인 장모 다 돌아가셔서 문을 닫아버린 그 생산공장으로, 아예 내쫓을 것같이 엄포를 놓아도, 아내는 끄떡도 하지 않는다.

"40년 동안 써먹으며 고장 낸 게 누군데 반품은 무슨 반품!"

나는 할 수 없이 프라이팬에다 달걀 두 개를 부치고 어제저녁 먹다 남은 밥을 떠서 아침상을 본다.

"밥 먹어!"

그제서야 부스스 일어난 아내는 미운 짓만 골라서 한다.

"난 아침에는 달걀 안 먹는데."

이거 원, 볼따구니가 참 두껍기도 하다. 여자가 나이를 먹으면 다소곳하던 여성은 감쪽같이 사라지고 뻔뻔한 중성이 된다더니 이제는 아주 강짜에 배짱에 참 꼴불견이다.

"배멀미가 난 것 같아."

이젠 방 안에서 돛단배도 타는 모양이지? 왜, 비행기는 돈이 아까워서 못 타나? 나는 속으로 중얼대며 아침밥을 몇 술 뜨고 마당으로 나와서 담배를 피워 물었다. 홀아비도 아니고 이게 뭐냔 말이다. 스스로 생각해도 처량하기 그지없다. 아내 밥상까지 보는 걸 누가 알기라도 한다면 이건 완전히 집안 개망신이다. 가부장적인 권위를 늘 뽐내던 나는 담배를 피우면서 내 인생이 참말로 개코같다는 생각을 한다.

그때 택배 자동차가 집 앞에 멈추더니 청년이 짐칸에서 아주 얄팍하고 조그만 박스를 내린다.

아내는 아프다 아프다 하면서도 TV에서 방영하는 홈쇼핑 광고는 하나도 빼놓지 않고 다 보는 모양이다. 우리 집에는 하루에도 두세 번씩 택배가 온다. 꼭 필요한 상품을 심사숙고하여 주문하는 게 아니다. 별별 자질구레한 것들을 즉흥적으로 주문했다가는 조금이라도 마음에 안 들면 식은 죽 먹듯 반품을 한다. 줄잡아 주문상품의 반 이상을 반품하곤 한다.

홈쇼핑의 에이비씨도 모른 채 꼭 수학여행 간 여중생이 기념품 가게에서 이것저것 신기해서 막무가내로 지갑을 털듯 '매진박두!' '원 플러스 원!'이라는 홈쇼핑의 유혹에 홀딱 넘어가서 김, 참기름, 건강 베개, 접이식 의자, 잠옷, 슬리퍼, 반자동 걸레, 바람막이 점퍼, 카펫, 샤워타올 등 그저 아무거나 주문을 한다.

상품을 받은 아내는 테이프가 뜯긴 조그만 박스 두 개를 청년에게 건넨다.

"이건 반품하는 거예요."

청년은 듣는 둥 마는 둥 박스를 받아들고 귀찮아 못 견디겠다는 듯이 아내를 쳐다본다.

"또요?"

청년은 침을 퉤 뱉고는 대문 밖으로 나간다. 그 광경을 물끄러미 지켜보던 나는 얼굴이 후끈 달아오른다.

집으로 들어와 보니까 아내는 상품 포장지를 뜯으면서 얼굴에 화색이 돈다. 한 대 쥐어박고 싶은 마음을 꾹 누르고 짐짓 관심이 있다는 듯 묻는다.

"이번엔 또 뭔데?"

"명품인데 글쎄 값이 너무너무 싸."

"응?"

"프랑스제 명품 팬티."

나이 먹어 다 늙은 주제에 홈쇼핑에서 팬티를 사다니 참 웃긴다. 콧방귀를 뀌는 나를 본 체도 안 하고 아내는 포장지를 다 뜯더니 분홍색 팬티를 꺼낸다. 하트 모양으로 생긴 팬티는 야들야들한 천으로 만든 것인데 꼭 인형한테나 입히면 십상일 듯 꼴같잖게 생겨먹었다. 하지만 팬티까지 홈쇼핑에서 주문하는 아내의 소갈머리가 아주 밉지만은 않았다. 이젠 아득히 흘러가 다 지워진 줄 알았던 추억의 사진첩에서 젊은 날의 아내가 살며시 고개를 쳐드는 것이었다. 신혼 첫날밤 아내가 입었던 분홍색 팬티도 순간적으로 눈앞에 떠올랐다.

"그런데 어째 이상하다. 실크천이 아닌 것도 같고."

아내는 팬티를 이리저리 뒤집어보더니 금세 낙심한 얼굴이 되어 나를 쳐다본다.

"어머나, 베트남제네. 그럼 짝퉁 아냐?"

"또 반품하려고? 그냥 입어. 당신도 짝퉁인데 뭘."

아내는 눈물을 글썽이면서 나를 쏘아본다.

"내가 왜 짝퉁이야?"

"첫날밤 당신이 입었던 분홍 팬티 생각 안 나? 그땐 당신이 진짜 명품이었다구. 그런데 이제 보니 짝퉁이지 뭐야."

그날 아내는 해가 설핏해질 때까지 허리 아프고 정신 어지러운 것도 다 당신 탓이라면서 나에게 온갖 지청구를 주었다. 이제는 잊어버려도 좋을 냄새나는 추억의 갈피갈피를 쫘르륵쫘르륵 넘기면서 시시콜콜 잔소리를 해댔다. 내가 술 먹고 요에다가 토했을 때 온 집 안에 시궁창 냄새가 진동했다며 벌써 30년도 더 지난 일을 또 들먹이는 것이었다.

기억력이 생생한 걸 보니 치매에는 안 걸리겠다 싶은 생각을 속으로 하면서 나는 그날도 할 수 없이 또 저녁상을 보았다.

(현대문학, 2010)

| 작품 서지 |

오탁번 소설 1 『굴뚝과 천장』

「처형의 땅」 (대한일보, 1969)

「선」 (현대문학, 1969)

「종소리」 (월간문학, 1969)

「가등사」 (현대문학, 1970)

「국도의 끝」 (월간문학, 1970)

「한겨울의 꿈」 (현대문학, 1971)

「황성 옛터」 (월간문학, 1971)

「실종」 (현대문학, 1971)

「귀로」 (신동아, 1972)

「거인」 (문학사상, 1973)

「아이 앰 어 보이」 (월간중앙, 1973)

「굴뚝과 천장」 (현대문학, 1973)

오탁번 소설 2 『맘마와 지지』

「종우」 (기원, 1973)

「아웅다웅」 (여성동아, 1973)

「아이스크림 킥」	(여성중앙, 1974)
「1984년」	(여성동아, 1974)
「우화의 집」	(현대문학, 1974)
「세우」	(세대, 1974)
「어둠의 땅」	(문학사상, 1974)
「쥐와 자전거」	(서울평론, 1974)
「불씨」	(문학사상, 1975)
「망년회」	(*****, 1975)
「내가 만난 여신」	(*****, 1975)
「지우산」	(현대문학, 1976)
「맘마와 지지」	(문학사상, 1976)
「뼈」	(한국문학, 1977)
「작은 바닷새」	(월간중앙, 1977)
「흙덩이와 금불상」	(뿌리깊은나무, 1977)
「동행」	(소설문예, 1977)
「옛 친구」	(세대, 1977)

오탁번 소설 3 『아버지와 치악산』

「호랑이와 은장도」	(한국문학, 1977)
「절망과 기교」	(문학사상, 1978)

「달려라 밤 버스」 (한국문학, 1978)

「아버지와 치악산」 (문학사상, 1979)

「인형의 교실」 (문학사상, 1980)

「부엉이 울음소리」 (현대문학, 1980)

「해피 버스데이」 (문학사상, 1980)

「사금」 (한국문학, 1980)

「패배선」 (문학사상, 1981)

「열쇠를 돌리는 법」 (월간조선, 1981)

「정받이」 (현대문학, 1982)

「솔제니친을 위하여」 (광장, 1982)

오탁번 소설 4 『달맞이꽃』

「언어의 묘지」 (소설문학, 1982)

「비중리 기행」 (문학사상, 1982)

「저녁연기」 (문학사상, 1984)

「달맞이꽃」 (현대문학, 1984)

「아가의 말」 (한국문학, 1984)

「낙화」 (샘이깊은물, 1986)

「우화의 땅」 (문학사상, 1986)

「빈집」 (한국문학, 1987)

「절필」 (문학사상, 1987)

「하느님의 시야」 (문예중앙, 1989)

「깊은 산 깊은 나무」 (문학과비평, 1989)

「섬」 (현대문학, 1993)

「반품」 (현대문학, 2010)

오탁번 소설 5 『혼례』

「혼례」 (세대, 1971)

「목마와 숙녀」 (문학사상, 1975)

「새와 십자가」 (문학사상, 1977)

오탁번 소설 6 『포유도』

「미천왕」 (민족문학대계, 1974)

「겨울의 꿈은 날 줄 모른다」 (현대문학, 1987)

「1억 년 전의 새 발자국」 (문학사상, 2000)

「포유도」 (현대문학, 2007)